Brigitte Bailer-Galanda: Haider wörtlich

Brigitte Bailer-Galanda

HAIDER WÖRTLICH

Führer in die Dritte Republik

Löcker Verlag

Umschlagentwurf von Franz Geissler-Moder
unter Verwendung eines Photos von Walter Wobrazek
Satz: Exakta, Wien
Druck: Novographic, Wien
ISBN: 3-85409-253-9

Inhalt

Jörg Haider – Versuch einer Charakteristik

Haiders Aufstieg zum (Partei)Führer

Kaum ein anderer österreichischer Politiker kann auf eine so rasche und medienwirksame Karriere zurückblicken wie der am 26. Jänner 1950 in Bad Goisern in Oberösterreich geborene Jörg Haider. Die nicht sonderlich wohlhabende Familie Haider war seit den Dreißigerjahren deutschnational eingestellt. So wie viele andere jüngere Angehörige dieses Lagers bewies Vater Haider schon früh seine Sympathien für den Nationalsozialismus. Er trat 1930 der SA[1] und 1933 der von Bayern aus gegen Österreich operierenden nationalsozialistischen „Österreichischen Legion" bei. Nach der Okkupation Österreichs durch das nationalsozialistische Deutsche Reich im März 1938 kehrte Haider sen. mit seinen Kampfgefährten aus Bayern zurück und wurde in der Folge Gaujugendwalter von „Oberdonau" (Oberösterreich). 1945 verehelichte er sich mit einer Bannmädchenführerin. Dieser Ehe entstammt Jörg Haider.[2]

Der familiäre Hintergrund Haiders stellt im deutschnationalen Lager und der FPÖ keine Besonderheit dar. Zahlreiche andere freiheitliche Politiker, wie beispielsweise Hermann Eigruber, dessen Vater während der NS-Zeit Gauleiter von „Oberdonau" gewesen war und der in den achtziger Jahren die FPÖ im Nationalrat vertrat, erlebten eine ähnliche politische Sozialisation in ihrem Elternhaus. Familiäre Erfahrungen können, aber müssen nicht die politische Haltung der Heranwachsenden prägen. Viele ehemalige Nationalsozialisten fühlten sich nach der Niederlage des NS-Regimes 1945 durch die ausschließlich bürokratisch-juristisch durchgeführte Entnazifizierung diskriminiert und empfanden diese als Schikane. Insbesondere für in der NS-Zeit angesehen gewesene, nunmehr belastete Nationalsozialisten bedingte die Entnazifizierung einen, wenn auch nur vorübergehenden wirtschaftlichen und gesellschaftlichen Sturz der Betroffenen, ohne daß ihnen demokratisches Umdenken verordnet wurde. Diese Erfahrungen dürften bei den Kindern mancher ehemaliger Nationalsozialisten einen Solidarisierungseffekt hervorgerufen haben, sodaß sie sich besonders empfänglich für deutschnationales Gedankengut erwiesen. Der so übernommene Deutschnationalismus hinderte viele dieser Jugendlichen daran, für sich selbst eine eindeutige Position gegenüber dem Nationalsozialismus zu erarbeiten. Eine solche würde nicht zuletzt offene Kritik an der Haltung des eigenen Vaters und/oder der Mutter bedingen. Die Losung der rechtsextremen „Deutschen National-Zeitung", „Unsere Väter waren keine Verbrecher", verdeutlicht diesen Standpunkt ebenso wie Haiders 1992 geäußerte Aufforderung, es sei „Schluß mit der permanenten Kriminalisierung der eigenen Geschichte zu machen".[3] Wohl nicht zufällig finden wir bei zahlreichen Aktivisten und Funktionären des rechtsextremen Lagers Österreichs ebenfalls einen „nationalen" familiären Hintergrund.

Jörg Haider schloß sich bereits als Gymnasiast deutschnationalen Vereinigungen an. Er trat dem „Österreichischen Turnerbund" (ÖTB)[4] und der deutschnationalen Burschenschaft („Pennälerverbindung") „Albia" bei, der unter anderen auch der in rechtsextremen Kreisen nicht unbekannte Helmut Golowitsch angehört.[5] 1966 beteiligte sich Haider am Rednerwettbewerb des „Österreichischen Turnerbundes" anläßlich des Bundesturnfestes in Innsbruck. Er gewann diesen Wettbewerb mit einem Referat zum Thema „Sind wir Österreicher Deutsche?",[6] das vollinhaltlich in der bereits mehrfach wegen nationalsozialistischer Schreibweise gerichtlich beschlagnahmten „Deutschen National-Zeitung" unter dem Titel „Österreich bleibt deutsch" abgedruckt wurde.[7]

In einem der 1986 erschienenen Jubelbücher über Jörg Haider wird behauptet, der damalige FPÖ-Obmann Friedrich Peter wäre anläßlich eines 1965 abgehaltenen Redewettbewerbs in einem „Turngau" auf Haider aufmerksam geworden und hätte ihn in der Folge politisch gefördert.[8] Peter hatte mittlerweile ausreichend Gelegenheit, diesen Schritt zu bedauern. Wie so viele andere frühere Förderer Haiders hat auch der langgediente ehemalige Obmann mittlerweile die FPÖ enttäuscht verlassen, weil er den Kurs Haiders nicht mehr mittragen wollte bzw. konnte.

Bereits 1968 finden wir Haider als Landesjugendführer der Freiheitlichen Jugend Oberösterreich, 1970–1974 bekleidete er die Funktion des Bundesobmanns des Ringes Freiheitlicher Jugend (RFJ) Österreichs. Nach Abschluß seines Studiums der Rechtswissenschaften arbeitete er ab 1973 als Assistent am Institut für Staats- und Verwaltungsrecht der Universität Wien (bei Univ. Prof. Dr. Winkler). 1976 berief ihn der damalige Landesparteiobmann der FPÖ-Kärnten, Mario Ferrari-Brunnenfeld (nach Bestrafung mit Funktionsverbot 1988 aus der FPÖ ausgetreten) als Landesparteisekretär nach Kärnten. Zugunsten dieser Berufung schlug Haider ein Stipendium in den USA aus. Der Landesparteitag bestätigte ihn als Sekretär offiziell im November 1977. Gleichzeitig wurde Haider Obmann des Kärntner RFJ. Die Bundesführung des RFJ schwenkte zu diesem Zeitpunkt auf eine liberale Linie ein. Dies rief die Unzufriedenheit einiger eher deutschnational orientierter Landesorganisationen hervor, darunter auch Haiders Kärntner RFJ. Haider gründete gemeinsam mit der niederösterreichischen und steirischen Parteijugend eine „Nationale Arbeitsgemeinschaft". Die Mitgliedschaft von Angehörigen der neonazistischen „Aktion Neue Rechte" im RFJ-Niederösterreich scheinen Haider damals nicht gestört zu haben. Solche Mitgliedschaften stören FPÖ-Obmann Haider auch rund zwanzig Jahre später nicht. Immerhin haben während seiner FPÖ-Obmannschaft einige ehemalige Mitglieder und Sympathisanten der ANR den Weg zu den Freiheitlichen gefunden und Funktionen, sogar Mandate übernommen. In den siebziger Jahren allerdings wurden aufgrund dieser Affäre einige niederösterreichische RFJ-Funktionäre ausgeschlossen.[9]

Mit seiner Übersiedlung zur FPÖ-Kärnten fand Haider die ihm und seiner politischen Sozialisation entsprechende weltanschauliche Umgebung. 1981 beurteilte der Historiker Wolfgang Neugebauer die Blattlinie des Zentralorgans der Kärntner Freiheitlichen folgendermaßen: „Nach Durchsicht von zehn Jahrgängen der von der FPÖ Kärnten herausgegebenen

Wochenzeitschrift ‚Kärntner Nachrichten' kann festgestellt werden, daß die Schreibweise dieses Organs sämtliche Kriterien des Rechtsextremismus erfüllt".[10] Haider war spätestens seit 1977, also innerhalb des von Neugebauer angeführten Untersuchungszeitraums, als Landesparteisekretär für die Linie der „Kärntner Nachrichten" mitverantwortlich. Auf eine Frage des Nachrichtenmagazins „profil" stellte der damalige Chefredakteur der Zeitung, Jürgen Nils Cederborg, 1981 dazu fest: „Haider ist für die Linie verantwortlich, er kontrolliert sie, aber die Linie wird vom Parteivorstand bestimmt. Wir lehnen es strikt ab zu zensurieren, und wir haben schließlich auch eine Ventilfunktion. Denn die letzten Bundespräsidentenwahlen haben gezeigt, daß in Kärnten sehr viele Wähler bereit sind, einen Schritt in Richtung Burger zu tun. Wir wollen diese Leute auffangen und sie nicht in Burgers Arme treiben."[11] Anfang 1982 übernahm Haider selbst die Chefredaktion, in der Folge wurde wohl die Schreibweise des Blattes etwas vorsichtiger, eine grundlegende Änderung trat jedoch nicht ein.

Während der Legislaturperiode 1979–1983 (letztes Kabinett Kreisky) vertrat Haider als Nachfolger Otto Scrinzis die Kärntner FPÖ-Landesparteiorganisation in Wien im Nationalrat. Während er in der FPÖ-Kärnten durchaus gemäß seiner „nationalen" Ausrichtung agierte, bezog er als Abgeordneter zum Nationalrat vor allem im sozialen Bereich liberalere Positionen. Er paßte sich damit dem weltanschaulichen Klima Wiens an, ohne diese Anpassung auf Kärnten rückwirken zu lassen – eines von vielen Beispielen für Haiders Anpassungsfähigkeit.

Nach dem Regierungseintritt der Freiheitlichen Partei 1983 nutzte Haider die Unzufriedenheit eines Teiles der FPÖ-Basis mit dem liberalen Kurs des Bundesparteiobmannes Norbert Steger für den weiteren Ausbau seiner Karriere. Bereits unmittelbar nach den Wahlen provozierte er den ersten Konflikt mit der Forderung nach einem Regierungssitz für die Kärntner FPÖ, die „erfolgreichste" freiheitliche Landesorganisation. Als infolge dieser Forderung Mario Ferrari-Brunnenfeld als Staatssekretär nach Wien berufen wurde, war für Haider der Weg in Kärnten frei. Er erreichte einen Beschluß des Landesparteivorstandes, der die Funktion eines Staatssekretärs mit jener des Landesparteiobmanns für unvereinbar erklärte. Noch im Mai 1983 wurde Haider selbst geschäftsführender Obmann der Kärntner Freiheitlichen. Im Herbst 1983 wählte ihn der Kärntner FPÖ-Landesparteitag zum Obmann. Er trat als Landesrat in die Kärntner Landesregierung unter Landeshauptmann Leopold Wagner (SPÖ) ein.

Bis zu seinem endgültigen Sieg über Norbert Steger versäumte Haider nun keine Gelegenheit mehr für öffentliche Auseinandersetzungen mit der Bundesparteiführung. Während der Diskussion um das neue Programm der FPÖ vertrat er namens seiner Landespartei eine deutschnational-rechte Linie gegenüber den liberalen Bestrebungen der Funktionäre rund um Steger. Auch in Kärnten selbst wurde der rechte Kurs wieder verstärkt. 1985 wurde der „Schriftleiter" der rechtsextremen Zeitschrift „Aula",[12] Andreas Mölzer, Redaktionsmitglied der „Kärntner Nachrichten", wo daraufhin in zunehmendem Maße wieder äußerst rechte Inhalte publiziert wurden. So wurde Mölzer 1987 wegen eines das nationalsozialistische Regime verharmlosenden Beitrags sogar verwaltungsrechtlich bestraft.[13] Zu dieser Zeit stießen auch der „Aula"-Schriftleiter Werner Widmann (verstorben 1991) und der ursprünglich aus dem neonazistischen Bereich kommende Jürgen Hatzenbichler zum Team der „Kärntner Nachrichten".[14]

Die Affäre Frischenschlager – Reder führte im Februar 1985 beinahe zum offenen Bruch zwischen Kärntner- und Bundes-FPÖ.

Anläßlich der Überstellung des in Italien inhaftiert gewesenen Kriegsverbrechers Walter Reder begrüßte der damalige Verteidigungsminister Friedhelm Frischenschlager (1993 aus der FPÖ ausgetreten) diesen mit Handschlag am Flughafen. Die demokratische Öffentlichkeit reagierte mit heftigen Protesten. Die Sozialdemokraten, Koalitionspartner der Freiheitlichen, erzwangen daraufhin eine Entschuldigung des Verteidigungsministers. Diese nahm wiederum Haider zum Anlaß, mit der Abspaltung seiner Landesgruppe von der übrigen FPÖ zu drohen. Daraufhin kündigte Steger seinerseits Haider den

Parteiausschluß an. Anstelle des angedrohten Parteigerichts fand aber nur eine Aussprache mit dem streitsuchenden Kärntner Parteiobmann statt. Steger vermied die kompromißlose Auseinandersetzung mit Haider, die Wogen schienen geglättet.

Bald darauf, ab dem Frühjahr 1986, steigerte sich Haiders ständige Kritik an der Bundesparteiführung jedoch zu einem Trommelfeuer und kulminierte letztendlich im außerordentlichen Bundesparteitag der FPÖ in Innsbruck im September desselben Jahres. Haider gelang es im Laufe weniger Monate, einzelne Landesorganisationen der FPÖ, wie beispielsweise die oberösterreichische, auf seine Seite zu ziehen. Rund um den oberösterreichischen FPÖ-Bezirksobmann Raimund Wimmer konstituierte sich ein sogenannter „Lorenzener Kreis", der nach Angaben der rechtsextremen Zeitschrift „Aula" den „Putsch von Innsbruck"[15] „generalstabsmäßig" vorbereitete.[16] Drei Jahre später trat dieser Kreis mit einem stark an neonazistische Programme gemahnenden Forderungskatalog an die Öffentlichkeit.[17] Später rühmte sich die „Aula", bewährtes Bindeglied zwischen gemäßigtem Deutschnationalismus, Rechtsextremismus und Neonazismus und stets dem rechten Flügel der FPÖ verbunden, maßgeblich zum Sturz Stegers beigetragen zu haben.[18] Neben ideologisch motivierter Unzufriedenheit mit dem liberalen Kurs Stegers bewogen auch die ständig sinkenden Werte der FPÖ in den Wählergunstumfragen die „Nationalen" zur Unterstützung Haiders, sodaß er in Innsbruck dann 1986 in der Kampfabstimmung über Steger triumphieren konnte. Damit war der liberale Kurs Stegers als gescheitert zu betrachten. Der sogenannte „nationale" Flügel der FPÖ hatte nach einem kurzen Zwischenspiel wieder die Oberhand gewonnen. Medien ebenso wie die anderen Parteien und selbst das rechtsextreme Lager interpretierten Haiders Sieg richtigerweise als deutliche Rechtswendung der FPÖ. Stegers Bemühen, mitgetragen von jüngeren FPÖ-Funktionären seiner Generation vorwiegend aus dem „Attersee-Kreis", die Freiheitliche Partei zu einer liberalen Partei im Sinne anderer westeuropäischer liberaler Parteien umzugestalten, war an der Parteibasis vorbeigegangen. Christian G. Allesch stellte dazu in einem Referat vor dem „Attersee-Kreis" fest: „Ausschlaggebend für die Niederlage des durch die Person Dr. Stegers gekennzeichneten prononciert liberalen Kurses war die Tatsache, daß die ideologischen Veränderungen, die sich in den letzten Jahren in der Parteispitze und in der Programmatik der FPÖ abzeichneten bzw. ereigneten, von der vielzitierten ‚Parteibasis' allenfalls toleriert, aber nicht innerlich nachvollzogen wurden. In der Struktur der Parteitagsdelegierten, bei deren Analyse überdies die höchst inhomogene regionale Gewichtung zu berücksichtigen ist, hat sich trotz eines gewissen Generationswechsels kein spürbarer Wandel der ideologischen Kräfteverhältnisse vollzogen."[19]

Mit dieser Wendung zu Haider war die Freiheitliche Partei in gewisser Weise wieder ihren ideologischen Ursprüngen nähergerückt. Die FPÖ war 1956 bei ihrer Gründung eine deutschnationale, sehr weit rechts stehende Partei, in der ehemalige, zum Teil sogar schwer belastete Nationalsozialisten führende Stellungen einnahmen.[20] Mit Dipl. Ing. Anton Reinthaller war ein hoher NS-Funktionär an die Spitze der FPÖ getreten: Er war Mitglied der Landesleitung der NSDAP Österreich gewesen, gehörte im März 1938 als Landwirtschaftsminister der Hochverräterregierung Seyß-Inquart an und wurde SS-Brigadeführer. Sein Nachfolger Friedrich Peter, FPÖ-Obmann von 1958 bis 1978, Angehöriger der berüchtigten 1. SS-Infanteriebrigade,[21] hatte 1956 zu seiner NS-Vergangenheit in der SS-Zeitschrift „Wiking-Ruf" erklärt: „Ich bin nicht jenem Kreis zuzuzählen, der ‚gepreßt und gezwungen' wurde, sondern ich bekenne auch heute, daß ich freiwillig gegangen bin. Und dem Vaterland zu dienen, war zu keiner Zeit eine Schande."[22] Am Tag seiner Wahl zum FPÖ-Obmann hatte er in Richtung Frontgeneration erklärt: „Die Soldaten in Stalingrad, gleichgültig ob Deutsche oder Österreicher, haben sich geopfert, um die Heimat zu schützen."[23] Im selben Jahr nahm der neue FPÖ-Bundesparteiobmann an der Konstituierung der Landesgruppe Wien der „Glasenbacher Wohlfahrtsvereinigung",[24] eines Traditionsverbandes ehemals interniert gewesener Nationalsozialisten, teil.[25] Es ist sicherlich kein Zufall, daß gerade jene Kreise von SS-Veteranen und ehemaligen Nationalsozialisten unter Haider wieder stärker an die FPÖ angebunden wurden. So kandidierte zum Beispiel der damals 90 Jahre (!) alte Obmann der Wohlfahrtsvereinigung der Glasenbacher, Hans Ivo Lukesch, bei den oberösterreichischen Gemeinderatswahlen 1991 für die Freiheitlichen.

Andreas Mölzer, längere Zeit Haiders persönlicher Grundsatzreferent und 1990–1994 Leiter des Freiheitlichen Bildungswerks, kommentierte 1990 in seinem Haider-Jubelbuch die Wahl Friedrich Peters mit folgendem für das Selbstverständnis der gegenwärtigen FPÖ aufschlußreichem Satz: „[...] seine Vergangenheit als Offizier in der Waffen-SS erschien den Parteifunktionären seinerzeit zu garantieren, daß der 37jährige, neue Parteiobmann die politische Linie, unter der die FPÖ angetreten war, einhalten würde."[26] Diese alte Basis, die viele ihrer weltanschaulichen Positionen erfolgreich den in den Kaderschmieden der Burschenschaften herangewachsenen Angehörigen der jüngeren Generation weitergeben hatte können, begrüßte Haider als ihren neuen Helden, der sie aus dem politischen Abseits wieder ins Zentrum der Partei holen würde. Der Meinungsforscher Fritz Plasser charakterisiert diese Gruppe äußerst pointiert: „Jene Funktionäre, aufgewachsen im reaktionär-dumpfen Umfeld diverser ‚Heimatdienste', ‚Abwehrkämpfer', ‚Turnerbünde', schlagender Verbindungen, teutonischer Phrasen, chauvinistischer Deutschtümelei, Geschichtsverzerrung, der bizarren Subkultur ehemaliger Nationalsozialisten, unbelehrbarer Ex-Parteigenossen, übelkeitserregender Veteranenrituale – jener inferiore Funktionärstyp, der in emphatischer Begeisterung nach eigenen Angaben mit einem Mann wie Jörg Haider ‚jederzeit wieder nach Rußland marschieren würde', jenes Spektrum, das der FPÖ bis heute den Ruf eingetragen hatte, eine Partei der Ehemaligen, der Unverbesserlichen, des schrillen Nationalkonservatismus zu sein, entdeckte in Jörg Haider seinen langersehnten Führer."[27]

Die FPÖ unter Jörg Haider

Die Entwicklung seit dem Innsbrucker Parteitag bestätigte die Annahme der Kommentatoren von einem neuen Rechtskurs der FPÖ. Neben der inhaltlichen Entwicklung zu einer wichtigen Kraft im rechtsextremen Spektrum Österreichs[28] weisen auch die seit 1986 vorgenommenen Personalentscheidungen den Rechtstrend der FPÖ nach. Mit ausdrücklicher Billigung Haiders kandidierte sein „persönlicher Freund" Robert Dürr, ehemaliges Redaktionsmitglied der neonazistischen Zeitung „Sieg", um die Funktion des burgenländischen Landesparteiobmanns. Er konnte jedoch nur 36 % der Delegierten für sich gewinnen.[29] Der Sekretär des Ringes Freiheitlicher Wirtschaftstreibender, Gerhard Sailer, war in seiner Studentenzeit Aktivist der neonazistischen „Aktion Neue Rechte" gewesen, ihm wurden Kontakte zu militanten Gruppen der BRD nachgesagt.[30] Eine ganze Reihe weiterer jüngerer FPÖ-Funktionäre weist eine ähnliche politische Vergangenheit auf: Der Berater des Freiheitlichen Landtagsklubs Kärnten[31] Jürgen Hatzenbichler kam in seiner Jugend – wie er selbst der neonazistischen Zeitschrift „Sieg" mitteilte – wegen nationalsozialistischer Wiederbetätigung mit dem Gesetz in Konflikt; Bernhard Blochberger, Kandidat der FPÖ Niederösterreich u. a. bei den Nationalratswahlen 1994 und bei den Gemeinderatswahlen 1995, war in den achtziger Jahren Funktionär der neonazistischen Nationaldemokratischen Partei (NDP) Norbert Burgers gewesen; Elmar Dirnberger, Freiheitlicher Bezirksrat in Wien, unterstützte die neonazistische ANR 1977 bei den Hochschülerschaftswahlen; Günter Grassner, Freiheitlicher Kandidat bei den Linzer Gemeinderatswahlen 1991, unterstützte als Burschenschafter die Kandidatur des Neonazis Norbert Burger bei den Bundespräsidentenwahlen 1980; Werner Königshofer, freiheitlicher Bundesrat aus Tirol, war in den siebziger Jahren Aktivist der neonazistischen Nationaldemokraten und laut Impressum Mitarbeiter einer von Walter Ochensberger herausgegebenen neonazistischen Zeitung; Peter Milanollo, freiheitlicher Kandidat bei den oberösterreichischen Landtagswahlen 1991, war 1973 Spitzenkandidat der neonazistischen Nationaldemokratischen Partei gewesen; der ehemalige Spitzenfunktionär der NDP und häufiger Inserent in rechtsextremen Zeitschriften, Dietmar Sulzberger, kandidierte 1991 für die FPÖ bei den Bezirksvertretungswahlen in Wien, trat aber nach öffentlichen Protesten sein Mandat nicht an; Frank-Dieter Stanzel, hochrangiger Funktionär der NDP, fungiert laut Bericht der Tageszeitung Kurier (2. 3. 1995) in der FPÖ als Wirtschaftsberater, mußte aber seine Kandidatur bei den niederösterreichischen Gemeinderatswahlen 1995 zurückziehen, nachdem seine NDP-Vergangenheit öffentlich bekannt geworden war.[32]

Selbst einige, mittlerweile verurteilte Aktivisten der neonazistischen VAPO („Volkstreue außerparlamentarische Opposition") standen kürzer oder länger mit den Freiheitlichen in Kontakt. Der auch wegen Verdachts der Mittäterschaft bei der Versendung der Briefbomben 1993 inhaftierte und angeklagte Franz Radl fungierte 1990 als Wahlzeuge der FPÖ in seinem Heimatort Fürstenfeld, als er bereits selbst Kandidat einer neonazistischen Liste[33] war; der zweite Hauptverdächtige Peter Binder ebenso wie ein weiterer kurzfristig inhaftiert gewesener VAPO-Aktivist hatten sich für das Anti-Ausländer-Volksbegehren der FPÖ 1993 engagiert.[34]

Neben solchen Aktivisten und Funktionären nehmen sich die Repräsentanten der „Wohlfahrtsvereinigung der Glasenbacher", der Kameradschaft der ehemaligen SS-Angehörigen („Kameradschaft IV"), der „Österreichischen Landsmannschaft" oder des „Österreichischen Turnerbundes" schon beinahe harmlos aus.[35]

Diese Funktionärsauswahl verdeutlicht den Rechtskurs Haiders und dessen Bemühen, das rechtsextreme Spektrum an seine Freiheitlichen zu binden. Keine dieser Entscheidungen kann ohne zumindest Billigung oder Duldung Haiders geschehen sein. Denn dieser hat seit seiner „Machtübernahme" 1986 die Partei zur Gänze auf seine eigene Person fokussiert und zu einer autoritären Führerpartei umgestaltet. Seine Wahlerfolge und die von ihm geschaffenen Dankbarkeits- und Abhängigkeitsverhältnisse – nicht wenige verdanken ihr Mandat direkt dem Parteiführer – ermöglichten es ihm, alle Gegner und Kritiker kaltzustellen, an den Rand oder aus der Partei zu drängen. Mit permanentem Köpferollen[36] erzeugte Haider in der FPÖ ein Klima der Angst, sodaß niemand mehr, ohne um seine politische (und oft auch berufliche) Existenz fürchten zu müssen, sich ein Wort gegen Haider zu sagen getraut. In peinlicher Weise wurde dies am Beispiel des Tiroler Landesparteiobmannes Johannes Lugger sichtbar, der FPÖ-Generalsekretär Meischberger wegen dessen Beleidigung des Bundespräsidenten („Hampelmann der linken Schickeria") öffentlich kritisiert und sich bei Dr. Klestil entschuldigt hatte. Als Meischberger im Tiroler Landesparteivorstand eine Videoaufnahme Haiders vorspielte, in der Haider Meischbergers Kritiker rügte, nahm Lugger seine Entschuldigung wieder zurück. „profil"-Herausgeber Hubertus Czernin sieht in diesem Vorfall den „letzten Beweis" dafür, „wie sehr sich die Haider-FPÖ zu einer straff und autoritär regierten Kaderpartei gewandelt hat".[37] Haider selbst steht öffentlich zu diesem Führungsstil. In einem Interview mit der Illustrierten „Basta" erklärte er drohend:

„Wer sich von der politischen Linie absentiert, muß gehen. Da muß man Härte zeigen."[38] Wenig später bekräftigte er diese unerbittliche Haltung in der „Presse": „Wer meine Linie nicht vertreten kann, soll sich eine andere Partei suchen."[39]

Öffentliche Agitation und Wahlwerbung der Freiheitlichen sind seit 1986 ganz auf die Person Haiders zugeschnitten. Kein Wahlkampf, in dem er nicht die Hauptrolle spielt. Die übrigen FPÖ-Funktionäre werden zu Statisten seiner Auftritte. Dies liegt unter anderem daran, daß Haider alle Funktionäre mit ausgeprägter Persönlichkeit mittlerweile aus seiner Partei eliminiert oder zumindest an den Rand gedrängt hat. Er führt die Partei von Wahlerfolg zu Wahlerfolg, nicht weil, sondern obschon sein ideologischer Hintergrund eindeutig dem Rechtsextremismus zuzuordnen ist. Diesen verbirgt er jedoch geschickt hinter dem Image der Protestpartei. Er stellt sich selbst als eine Art „Robin Hood", angeblicher Kämpfer für die „Anständigen und Tüchtigen", aber Entrechteten dar und nützt ebenso geschickt wie skrupellos jeden Skandal, jeden Fehler der

Regierung ebenso wie Ängste und Sorgen der WählerInnen für seine Zwecke. Als sozialdemagogische Protestpartei konnten die Freiheitlichen große Einbrüche in die Stammwählerschichten vor allem der Sozialdemokratie erzielen. Das gewandelte Wählerprofil der FPÖ wird vom Meinungsforscher Fritz Plasser folgendermaßen charakterisiert: „1983 waren es überdurchschnittlich viele Menschen aus freien Berufen, leitende Beamte und Akademiker, die der FP ihre Stimme gaben. 1992 überwiegen Arbeiter, Facharbeiter, kleine Händler."[40] Der Arbeiteranteil der FPÖ-Wähler beträgt bereits 27 % und ist damit gleich hoch wie der der SPÖ. Laut Plasser habe die FPÖ heute nur 16 % Stammwähler, aber 46 % wechselbereite und 38 % ungebundene Stimmungs- und Protestwähler. Um diese Wähler bei der Stange zu halten, stehe die FPÖ unter einem großen „Mobilisierungsdruck"; sie schüre vor allem latente Ängste, wie die vor dem sozialen Abstieg oder vor dem Identitätsverlust durch Modernisierung und Internationalisierung. Zu Recht konstatiert Plasser, daß die FPÖ unter Haider einen „markanten Rechtsruck" gemacht habe und sich zu einer sozialen Protestpartei, zu einer „nationalpopulistischen" Partei gewandelt habe.[41] Der bürgerlich-liberale Journalist Hans-Henning Scharsach, der immer wieder Parallelen zwischen der Politik Haiders und jener der NSDAP vor 1933 herausarbeitet, weist im übrigen darauf hin, daß auch Adolf Hitler als „nationaler Populist" begonnen habe.[42]

Haider nützt mediale Möglichkeiten unglaublich geschickt für Eigenwerbung. Im Rahmen von Fernsehdiskussionen gelingt es ihm fast immer zu punkten. Weniger wegen seiner guten Rhetorik als vielmehr wegen der Rücksichtslosigkeit, mit der er sich über traditionelle Regeln der Diskussionskultur hinwegsetzt. Er unterbricht seine Gesprächspartner, ignoriert das Eingreifen der Moderatoren und stellt überraschend Behauptungen auf, die in der Diskussionssituation nicht überprüft werden können und sich des öfteren nachher als falsch herausstellen. Doch einmal im Fernsehen geäußerte Informationen setzen sich in den Köpfen der Menschen fest, ob sie nun richtig sind oder nicht. Spätere Korrekturen werden vom Medienkonsumenten dann kaum mehr wahrgenommen. Haiders Gesprächspartner, die nicht mit derselben Rücksichtslosigkeit agieren wie er, haben daher sehr oft Probleme, sich ihm gegenüber durchzusetzen.

Seine Erfolge bescherten Haider mit Hilfe der ÖVP im Mai 1990 die Wahl zum Landeshauptmann von Kärnten. In dieser Funktion konnte er zwar keine großen politischen Leistungen vorweisen, fand aber die Möglichkeit zu verstärkter medialer und öffentlicher Präsenz. Beendet wurde dieses Intermezzo durch seinen eigenen Fehler. Als er im Juni 1991 im Kärntner Landtag die „ordentliche Beschäftigungspolitik" des NS-Regimes lobte, veranlaßte dies die anderen im Landtag vertretenen Parteien, ihn als Landeshauptmann abzuwählen. Er und seine Freunde witterten dahinter eine Verschwörung des „Systems", das einen zu starken Gegner auf angeblich undemokratische Weise habe entfernen wollen.

Die rassistische und menschenverachtende Propaganda im Zuge des von der FPÖ losgetretenen Anti-Ausländervolksbegehrens vom Jänner 1993 führte zum bislang (1995) letzten großen Aderlaß der Partei. Mit dem Parteiaustritt der Gruppe der Liberalen um Heide Schmidt wurde ein entscheidender Markstein für die weitere Rechtsentwicklung der FPÖ gesetzt. Haider hat damit den letzten Anschein von Liberalität eingebüßt, auf den er mittlerweile auch gänzlich glaubt verzichten zu können.

Sicht der FPÖ im Ausland

Während österreichische Politiker noch immer laut darüber nachdenken, ob nicht Haiders FPÖ in der einen oder anderen Weise regierungsfähig wäre, zeichnen internationale Medien und politische Gremien ein eindeutiges Bild der Freiheitlichen, insbesondere seit Haiders Lob für die Beschäftigungspolitik des Hitlerreiches.

Im Sommer 1991 verurteilte das Europäische Parlament auf Antrag der deutschen FDP Haiders FPÖ mit unüberbietbarer Schärfe:[43]

„Das Europäische Parlament:

A. Abgestoßen von der Tatsache, daß Herr Haider, als Obmann einer Partei, die sich der Demokratie eines Landes zurechnet, das die Aufnahme in die Europäische Gemeinschaft beantragt hat, wiederholt Sympathien für den Nationalsozialismus bekundet hat;

B. In der Überzeugung, daß es die Pflicht aller Demokraten ist, einheitlich denen entgegenzutreten, die versuchen, Diktatoren und totalitäre Systeme, ob sogenannte linke oder rechte, zu rehabilitieren, die zig Millionen Menschen Leid und Tod gebracht und an der europäischen Zivilisation in der jüngeren Vergangenheit verheerende Schäden angerichtet haben;

1. Verurteilt Herrn Haider für seine Aussagen, die seine Sympathien für Hitler und das „Dritte Reich" zum Ausdruck bringen;

2. Drückt seine Zufriedenheit aus, daß Herr Haider gezwungen wurde, sein Amt als Landeshauptmann von Kärnten niederzulegen;

3. Bedauert, daß Herr Haider als Obmann seiner Partei noch immer beträchtliche Unterstützung genießt; [...]"

In zahlreichen Zeitungen des Auslandes, von der „Mundo" in Sao Paulo über die „Neue Zürcher Zeitung" bis zur „International Herald Tribune", wird die FPÖ als rechtsextrem bezeichnet oder in die Nähe des Nationalsozialismus gerückt.[44] Friedensnobelpreisträger Elie Wiesel meinte, daß Jörg Haider ein „Ehrenplatz" unter den europäischen Rechtsextremisten vom Schlage Le Pen, Schönhuber, Fini und Schirinowski gebühre.[45] Die deutsche „Bild am Sonntag" bildete Haider in einer Reihe mit Küssel, Varela, Le Pen, Schönhuber, Fini u. a. Rechtsextremisten unter der Überschrift „Europas brauner Sumpf" ab.[46] Der ehemalige US-Botschafter in Österreich, Henry A. Grunwald, urteilte über die Haider-Partei: „Die FPÖ ist eine eher häßliche rechtsradikale Bewegung."[47] In einem Untersuchungsbericht des Europäischen Parlaments vom Sommer 1990 wurde Jörg Haider als „Yuppie-Faschist" qualifiziert und seiner Partei eine „rassistische Politik gegen Fremde allgemein und in ihrer Hochburg Kärnten insbesondere gegen die slowenische Minderheit" zugeschrieben.[48] Der aus Österreich gebürtige Philosoph Sir Karl Raimund Popper, einst ein Säulenheiliger des FPÖ-Liberalismus, verglich Haider mit Hitler: „Haiders Ideal ist der Hitler."[49] Im Museum of Tolerance des Simon-Wiesenthal-Centers Los Angeles, einer der bedeutendsten Holocaust-Gedenkstätten der Welt, rangiert Haider gemeinsam mit Idi Amin, Saddam Hussein und Le Pen unter den „Demagogen der Gegenwart".[50] „Die Zeit" kreierte den Begriff „Haiderismus" für die national-populistischen Strömungen in Europa.[51] Schließlich wurde die FPÖ in der „Entschließung zu Rassismus und Ausländerfeindlichkeit" des Europäischen Parlamentes vom 10. 10. 1991 bei der „Verurteilung pronazistischer Äußerungen bestimmter Parteien in Europa" als einzige Partei Europas namentlich genannt.[52]

Die rechtsextremen und NS-apologetischen Äußerungen und Schreibweisen von führenden FPÖ-Politikern bzw. FPÖ-Zeitungen und -Publikationen haben auch das Verhältnis zur Liberalen Internationale (LI) auf das äußerste belastet und schließlich zum Bruch geführt. Die Durchführung des ausländerfeindlichen Volksbegehrens, Haiders Beschimpfung des FDP-Vorsitzenden Graf Lambsdorff und der Austritt der Liberalen um Heide Schmidt Anfang 1993 brachten das endgültige Ende der FPÖ-Mitgliedschaft in der LI.[53] Zwei Tage vor der entscheidenden Sitzung der LI in Tallinn am 10. 7. 1993, bei der die FPÖ endgültig ausgeschlossen werden sollte, beschloß der FPÖ-Bundesparteivorstand seinerseits einstimmig den Austritt aus der LI.[54]

Während Haider bei seinen Auftritten in Österreich meist mit stürmischem Beifall seiner Anhänger rechnen kann, ergeht es ihm im benachbarten Ausland nicht annähernd so gut. Seine Wahlkampfunterstützung für den deutschen EU-Gegner Manfred Brunner war von lebhaften Gegendemonstrationen gekennzeichnet.[55] Erst im Herbst 1995 mußte er einen Auftritt beim traditionellen Münchner Oktoberfest vorzeitig beenden, da er vom Publikum ausgepfiffen wurde.[56]

Haiders Weltanschauung

Die Grundlinie von Haiders Weltanschauung erstreckt sich bruchlos vom Redewettbewerb des ÖTB 1966 bis zur Gegenwart des Jahres 1995. Seit der ersten kritischen Auseinandersetzung mit Haider 1987 können trotzdem einige weitere Entwicklungen festgestellt werden. In manchen Bereichen, beispielsweise in den Stellungnahmen zur Ausländerpolitik, die 1987 noch kaum eine Rolle gespielt hatte, zeichnet sich eine deutliche Verschärfung ab. Haider versucht die Freiheitlichen zu einer Partei zu machen, die sich einer modernisierten Ausdrucksweise traditioneller rechtsextremer Inhalte bedient und damit den Positionen der sogenannten „Neuen Rechten" zuzuordnen ist.[57] Nicht zufällig zählen Publizisten wie Karlheinz Weißmann, Gerd Klaus Kaltenbrunner, Caspar von Schrenck-Notzing u. a. zu den Autoren der Jahrbücher der FPÖ. Während die „Neue Rechte" allerdings auf sogenannte Metapolitik setzt, d. h. die Durchsetzung ihrer Positionen mit Hilfe der Beeinflussung von Entscheidungsträgern, integriert Haider diese Positionen in seine politischen Konzepte. Dabei übernimmt er so wie seine deutschen Gesinnungsfreunde Begriffe, die ursprünglich zum Repertoire der politischen Linken zählten, wie z. B. das Konzept der „kulturellen Hegemonie". Die Forderung, eine politische Bewegung müsse zuerst die „kulturelle Hegemonie" erringen, um ihre politischen Ziele durchsetzen zu können, stammt vom italienischen Kommunisten Antonio Gramsci. Zur Untermauerung eigener Behauptungen werden Ergebnisse naturwissenschaftlicher Forschung herangezogen, wie die beispielsweise wissenschaftlich keineswegs unumstrittenen Erkenntnisse von Verhaltensforschern wie Irenäus Eibl-Eibesfeldt. Dieser meint festgestellt zu haben, daß Fremdenfeindlichkeit zum angeborenen Verhaltensrepertoire des Menschen gehöre, daher natürlich und unabänderlich sei. Gerade im Zusammenhang mit Ausländerfeindlichkeit übernimmt die „Soziobiologie" teilweise die Funktion, die die sogenannten „Rassentheorien" zur angeblich wissenschaftlichen Begründung des nationalsozialistischen Rassismus hatten.

Der Obmann der Freiheitlichen orientiert seine Aussagen sehr genau an der jeweiligen Zuhörerschaft oder dem Zielpublikum der Zeitschriften, denen er Interviews gewährt. Während er Blättern wie „profil" oder „Wirtschaftswoche" tendenziell moderate Meinungen zumutet, betont er in einschlägigen rechtsextremen Blättern seine unverändert „nationalen" und rechten Positionen.

Eine Analyse von Haiders inhaltlichen Aussagen ergibt eine klare Übereinstimmung seiner weltanschaulichen Ausrichtung mit den vom Klagenfurter Universitätsdozenten Willibald I. Holzer bereits 1979 erarbeiteten Bestimmungsmerkmalen rechtsextremer Ideologie.[58] Dies wird im zweiten Abschnitt des vorliegenden Buches, der Zitatendokumentation, anhand eigener Aussagen Haiders eindeutig nachgewiesen. Nach Holzer handelt es sich bei rechtsextremer Ideologie um ein Syndrom aus Einzelaussagen, die um die zwei Zentralbegriffe Volksgemeinschaft und integraler (Deutsch-)Nationalismus gruppiert sind. Als ideologische Klammer findet sich in rechtsextremer Sicht die Berufung auf die vorgebliche „Natürlichkeit" der Weltanschauung, die in engem Zusammenhang mit einem alle Ideologieelemente durchdringenden Biologismus steht. Das Konzept der Volksgemeinschaft als harmonischer, von keinerlei sozialen oder politischen Konflikten gestörter Ordnung, in der der einzelne Sicherheit und Geborgenheit findet, wurde von Deutschnationalen vor 1933 ebenso vertreten wie von den Nationalsozialisten. Aus diesem Konzept ergibt sich die Ablehnung aller die Harmonie angeblich störenden politischen Richtungen, wie Liberalismus, Arbeiterbewegung, Emanzipationsbestrebungen der Frauen, Gewerkschaftsbewegungen. Die Arbeitswelt wird als Leistungsgemeinschaft von Arbeitgebern und Arbeitnehmern interpretiert. Ein nach innen und außen starker Staat hat Harmonie notfalls mit Zwangsmaßnahmen herzustellen. Die Rolle der Einzelperson wird in ihrer Stellung in der Gemeinschaft definiert, der der einzelne primär verpflichtet ist. Individualismus wird als gemeinwohlschädigend abgelehnt. Der Deutschnationalismus bedingt nicht nur Ablehnung aller Fremden, sondern zieht eine den Nationalsozialismus verharmlosende oder beschönigende Geschichtsauffassung nach sich.

Bemühte Haider in der Vergangenheit noch öfter das Begriffspaar „national-liberal" zur Charakterisierung der Freiheitlichen, hat er sich in den letzten Jahren von beiden verabschiedet. Insbesondere seit der Abspaltung des „Liberalen Forums" und dem anschließenden Austritt aus der Liberalen Internationale übergießt er politischen Liberalismus mit Hohn und Diffamierungen. Vom Begriff „national", der in der Sprache der Rechtsextremen deutschnational meint, distanziert sich Haider seit Beginn der Neunzigerjahre verbal, da mit Deutschnationalismus in Österreich keine Wahlen zu gewinnen sind. Er ersetzt diesen Begriff propagandistisch durch einen plakativ zur Schau gestellten Österreichpatriotismus. Analysiert man diesen aber inhaltlich, so stecken dahinter ebenso wie hinter Haiders Beschwörung der „Heimat" die altbekannte Ausgrenzung aller Fremden, die Höherbewertung des eigenen Volkes gegenüber anderen Völkern, die Ablehnung der Vermischung unterschiedlicher Völker. Und das eigentliche Volkstum ist für Haider nach wie vor das deutsche Volk. Eine eigenständige österreichische Nation lehnt er nach wie vor ab.

In engem Zusammenhang mit diesem Volkstumsbegriff steht die vehemente Ablehnung des Zuzugs von Ausländern nach Österreich, die – wie Haider sehr genau kalkuliert – in Österreich bis tief in die Anhängerschaft der anderen Parteien reicht und damit als Vehikel des Stimmengewinns sehr geeignet ist. Einen Höhepunkt erreichte die ausländerfeindliche Agitation mit dem Volksbegehren „Österreich zuerst". Mit diesem Volksbegehren sollte einerseits die Stimmung in der Bevölkerung gegen Ausländer geschürt werden und andererseits ein neuerlicher Beweis der Stärke der Freiheitlichen geliefert werden. Damit erlitt Haider jedoch eine seiner wenigen politischen Niederlagen. Nicht nur blieb die Anzahl der Unterzeichner weit unter seinen Erwartungen. Sondern die über weite Strecken rassistische und emotionalisierende Propaganda entfachte auch die bislang breiteste Gegenbewegung gegen die Freiheitlichen. Dementsprechend haßerfüllt reagierten Haider und seine Funktionäre auf diese Pleite, für die engagierte Künstler und Intellektuelle verantwortlich gemacht werden.

Das Ausländerthema nimmt aber weiterhin zentralen Raum in der freiheitlichen Agitation ein. Im Herbst 1995 verstieg sich Haider sogar zur Aufforderung, Österreich solle aus der Europäischen Konvention für Menschenrechte austreten, um schärfere Ausländergesetze beibehalten zu können. Mit dieser Ablehnung der Menschenrechte für alle Menschen, auch für Nichtösterreicher, steht er in Einklang sowohl mit einer programmatischen Broschüre des Freiheitlichen Bildungswerkes[59] als auch mit der erwähnten Bewegung der „Neuen Rechten", die gleichfalls hinter die Errungenschaften von Aufklärung und Französischer Revolution zurückgehen will.

Ein schwieriges Problem für alle Deutschnationalen ist der Umgang mit der Zeit des Nationalsozialismus, dessen Verbrechen sie nur schwer in eine Kontinuität gerne verherrlichter deutscher Geschichte stellen können. Grausamkeit und Völkermord lassen sich nicht in das Bild des hehren, überlegenen Deutschen einfügen. Als Ausweg wird von vielen das „Dritte Reich" verharmlost. Selbst verurteilte Kriegsverbrecher werden als Märtyrer ihrer Pflichterfüllung und unschuldige Opfer der sogenannten „Siegerjustiz" dargestellt. Walter Reder, verantwortlich für die Ermordung hunderter Zivilisten im norditalienischen Ort Marzabotto,[60] war für Haider ein „Soldat wie jeder andere". Er verwahrte sich energisch dagegen, Reder als Kriegsverbrecher zu bezeichnen. Diese Qualifizierung Reders stellte für Haider einen Verrat an der Programmatik der FPÖ dar. Haider hatte lange Zeit Schwierigkeiten, die Morde an der jüdischen Bevölkerung Europas auch als solche zu bezeichnen. Er versuchte zumeist, eine klare Stellungnahme zum Holocaust zu vermeiden, wohl wissend, daß Teile seiner äußerst rechten und auch rechtsextremen Anhängerschaft dies nicht gutheißen würden. Sozialwissenschaftliche Untersuchungen weisen nach, daß die FPÖ-Wählerschaft gerade in der Beurteilung der NS-Verbrechen Haiders Schwierigkeiten teilt.[61] Bemüht sich Haider einmal um eine Klarstellung – wie in seinem Bekenntnisbuch „Die Freiheit, die ich meine" – stellt er die Opfer des Holocaust in eine Reihe mit anderen Kriegstoten und weigert sich damit, die Einzigartigkeit der nationalsozialistischen Massenmorde zur Kenntnis zu nehmen. Erst im

Frühjahr 1995 erregte seine Bezeichnung „Straflager" für die nationalsozialistischen Konzentrations- und Vernichtungslager wieder öffentliche Empörung.[62]

Ihre Pflicht gegenüber Österreich haben nach Meinung Haiders die in der Deutschen Wehrmacht dienenden Soldaten erfüllt und nicht jene Frauen und Männer, die im Widerstand gegen den Nationalsozialismus ihr Eintreten für Österreich mit dem Tode zu büßen hatten. Konsequenterweise verweigerte er als Landeshauptmann von Kärnten die Überreichung von Ehrenzeichen für ehemalige WiderstandskämpferInnen. Er ignoriert, daß es die Frauen und Männer des österreichischen Widerstandes waren, die durch ihren selbstlosen Einsatz wesentlich zur Wiedererlangung der Unabhängigkeit Österreichs beigetragen haben.

Als Leitkonzept für die staatliche Ordnung finden wir bei Haider das auch für rechtsextreme Ideologie zentrale Konzept der „sozialen Volksgemeinschaft". Dieser Begriff wünscht eine – notfalls auch mit staatlichen Zwangsmaßnahmen durchzusetzende – harmonische Gemeinschaft. In dieser utopischen Idylle wird dem einzelnen sein Platz zugewiesen, dort findet er Geborgenheit. Interessengegensätze sollen zugunsten der organisch verstandenen Gesamtheit des Volkes zurückstehen, der einzelne wird nach seiner Leistung für die Gemeinschaft bewertet und bezieht daraus seinen Wert. Alle Bestrebungen, die diese Gemeinschaft stören oder den einzelnen Menschen in den Mittelpunkt ihres Handelns stellen, werden abgelehnt und bekämpft. Arbeitnehmer und Arbeitgeber sollen daher im Dienst an der Volksgemeinschaft konfliktfrei zu sozialer Übereinkunft gelangen. Logisch weitergedacht macht dieses Konzept Interessensvertretungen wie Gewerkschaften oder Arbeiterkammern überflüssig, daher fordern die Freiheitlichen die Abschaffung der Zwangsmitgliedschaften in den Arbeiterkammern und wünschen eine Entmachtung und Zurückdrängung des Gewerkschaftsbundes. Löhne sollen in der zu schaffenden „Dritten Republik" dann in jedem Betrieb gesondert verhandelt werden. Die Gründung freiheitlicher Arbeitnehmervertretungen stellt daher vor allem Etikettenschwindel zur Werbung neuer Anhängerschaft dar.

Auch in seinen sozialpolitischen Vorstellungen bezieht sich Haider auf dieses Volksgemeinschaftskonzept. Nur wenn jemand unverschuldet nicht in der Lage sei, das Seine für die Volksgemeinschaft zu leisten, gebühre ihm die Unterstützung derselben, wobei Haider Privatinitiative lieber sieht als ein staatlich garantiertes soziales Netz. Frauen und Männer sollen einen Sozialdienst für die Gemeinschaft ableisten – eine Neubelebung des nationalsozialistischen Arbeitsdienstes.

Der Frau wird die Rolle als Frau und Mutter, Bewahrerin der Familie und weitergehend der Volksgemeinschaft zugeschrieben. Gleichberechtigungsbestrebungen der Frauen ebenso wie Frauenberufstätigkeit schiebt Haider die Verantwortung für eine ganze Reihe gesellschaftlicher Probleme zu: Gewalttätigkeit, Kriminalität, Leistungsverweigerung, Wertverlust etc.

Ein starker Staat soll die Sicherheit und Harmonie der Gemeinschaft gewährleisten. Haider fordert dementsprechend schärfere Bestrafung von Verbrechern, Abschottung gegenüber Ausländern, die aus freiheitlicher Sicht alle ein Sicherheitsrisiko darstellen und für erhöhte Kriminalität verantwortlich zeichnen. Haiders „Dritte Republik" wäre von einem starken Präsidenten, der gleichzeitig Regierungschef sein sollte, geführt. Verteidigungs- und Innenministerium sollten zu einem „Sicherheitsministerium" zusammengeführt werden – ein demokratiepolitisch höchst bedenklicher Vorschlag.

An der bestehenden demokratischen Ordnung Österreichs übt Haider fundamentale Kritik. Österreich sei ein undemokratischer „Ständestaat", eine „Entwicklungsdemokratie". Nur er, Haider, wisse, was „das Volk" wirklich wolle, ohne daß er dazu einer demokratischen Legitimation bedürfe. Er stellt sich als Sprecher der angeblichen „schweigenden Mehrheit" vor, die nur vom Druck der „Lizenzparteien" oder „Altparteien" daran gehindert würde, ihn – Haider – offen zu unterstützen. Haider spielt hier nicht nur Theaterdonner – er strebt tatsächlich eine „Dritte Republik" an. Darin möchte er bestimmen, was Journalisten zu schreiben haben – so kündigte er zumindest nach dem Scheitern des Volksbegehrens Anfang 1993 an. Die Freiheit der Kunst wird in Frage gestellt und die Gewährung von Menschenrechten habe sich an der Staatsbürgerschaft zu orientieren. Notfalls müsse Österreich aus der Europäischen Menschenrechtskonvention austreten, um rigidere Aufenthaltsgesetze für Ausländer beschließen zu können. ÖVP-Klubobmann Andreas Khol sprach daraufhin von „präfaschistischen Vorstellungen einer Dritten Republik“.[63]

Einen Vorgeschmack auf die Realität der „Dritten Republik“ und der FPÖ-Demokratievorstellungen gaben die beiden Tage nach den Kärntner Landtagswahlen im April 1994, als die FPÖ glaubte, mit Hilfe der Kärntner ÖVP und Landeshauptmanns Zernatto kurz vor der „Machtergreifung“ zu stehen. Haider gelang es, in Verhandlungen mit der ÖVP mit nur 33 % der Stimmen einen Großteil der wichtigen Positionen in Kärnten für seine Partei zu sichern, und zwar inklusive der Einflußnahme auf die Medien sowie den Wirtschafts- und Schulbereich. Die Zeitschrift „profil“ schilderte die folgenden Ereignisse: „‚Haiders Leibstandarte‘, wie der ‚Kurier‘ die in Kärnten eingesetzte Buberl-Truppe des FPÖ-Chefs nannte, hatte – obwohl die neue Landesregierung noch nicht einmal formell angelobt war – schnell gezeigt, wie sie sich Politik vorstellt: die Eroberung von Fernsehanstalten, Säuberungen mißliebiger Beamter, Demütigung des kleineren Koalitionspartners, Ausschaltung kritischer Kulturinstanzen.“[64] Unter Drohung, Zernatto doch nicht zum Landeshauptmann zu wählen, wurde dieser am Tag nach der Unterzeichnung der Vereinbarung sogar aufgefordert, einen Teil der ÖVP-Klubräumlichkeiten den Freiheitlichen zur Verfügung zu stellen, die für den nächsten Tag bereits eine Pressekonferenz zur „Regierungserklärung“ – traditionell ein Recht des Landeshauptmannes – angekündigt hatten.[65] Zernatto und die ÖVP kündigten – entsetzt von diesem Vorgehen der Freiheitlichen und unter dem Druck der Bundes-ÖVP – den Pakt auf, worauf sich Haider von der Kärntner Parteizeitung als der „wahre Landeshauptmann von Kärnten“ bejubeln ließ.

Ein wichtiges inhaltliches Element von Haiders Rhetorik ist die Konstruktion von Feindgruppen, die angeblich eine Bedrohung für die herrschende Ordnung darstellen, die Destabilisierung der Gesellschaft betreiben, Österreich in geheime Abhängigkeiten verstricken und denen die Verantwortung für tatsächliche oder vermeintliche Mißstände bzw. Probleme zugeschoben wird. Mit Hilfe solcher Feindbild- oder Sündenbockkonstruktionen wird die Zuhörerschaft emotionalisiert, ihrer Unzufriedenheit wird ein vorgeblich berechtigtes Angriffsziel geboten. In rechtsextremen Publikationen wird diese Rolle meist ausländischen Arbeitskräften oder Farbigen zugeschoben, im Nationalsozialismus übernahm der Antisemitismus diese Funktion. Die Feindgruppe wird ausgegrenzt, fremd gemacht, was es erleichtert, Negatives auf diese Gruppe zu projizieren. Der 1986/87 in Österreich im Zuge des Bundespräsidentenwahlkampfes erstarkende Antisemitismus machte diesen Vorgang wieder erschreckend deutlich.

Umso mehr Feinde er sich macht, desto heftiger werden Haiders Angriffe auf verschiedene Berufsgruppen, politische Vereinigungen und Einzelpersonen, desto länger wird die Reihe seiner Feindbilder. Er stellt sich selbst und die Freiheitlichen als Opfer einer umfassenden „linken", „neomarxistischen" Verschwörung dar, die ihn daran hindere, die ihm zustehende Macht im Staat zu gewinnen bzw. deren diktatorische Unterdrückung „des Volkes" es zu brechen gelte. Der Leser von Haiders Texten gewinnt oft den Eindruck, Haider spreche nicht vom realen Österreich der Gegenwart, sondern von einem phantasierten Unterdrückungsstaat. Wichtigstes Feindbild Haiders sind seit 1986 die sogenannten „Altparteien", also ÖVP und SPÖ, deren „Machtkartell" beseitigt werden müsse. Alle angeblichen oder tatsächlichen „Linken" ebenso wie die Aktivisten von „SOS-Mitmensch" planen in den Augen Haiders die Destabilisierung Österreichs, die Herbeiführung der „Anarchie", vor allem durch ihren Wunsch nach einer „multikulturellen Gesellschaft". Wissenschafter, die die Freiheitlichen und Haider angreifen, insbesondere aber ZeitgeschichtlerInnen werden beschuldigt, durch Vermittlung eines falschen Geschichtsbildes „Umerziehung" zu betreiben. Sie werden ebenso als „linksextrem" oder sogar „kommunistisch" diffamiert wie das Dokumentationsarchiv des österreichischen Widerstandes, dem Haider wider besseres Wissen vorwirft, von dunklen Geldquellen oder der SPÖ finanziert zu werden. Tatsächlich handelt es sich bei dem Archiv um eine strikt überparteiliche Stiftung, deren Gelder zur Hälfte von der Stadt Wien und der Republik Österreich zur Verfügung gestellt werden. Da die Freiheitlichen besonders im Kunst- und Kulturbereich auf vehemente Ablehnung stoßen, werden Exponenten der Kunstszene ebenso wie die für Kunst zuständigen Politiker heftig attackiert.

Im Widerspruch zu seiner sozialdemagogischen Rhetorik beschuldigt Haider Arbeitslose, Sozialschmarotzer zu sein, „Tagträumer" würden vom Sozialstaat finanziert anstelle der Leistungswilligen und Tüchtigen. Hier soll ein Keil zwischen jene Menschen, die Arbeit haben, und jenen, die ohne Arbeit sind, geschoben werden. Entsolidarisierte Arbeitnehmer sind leichter zu beherrschen.

Ausländer greift Haider nicht nur aus „völkischen" Gründen an. Sie werden für steigende Kriminalität ebenso verantwortlich gemacht wie für Wohnungsprobleme, Budgetprobleme, Arbeitslosigkeit und Probleme im Schulbereich. Als unterprivilegierte Gruppe ohne politische Vertretung stellen ausländische Arbeitnehmer und Flüchtlinge eine klassische Zielgruppe für Sündenbockphantasien dar.

Insbesondere im Zusammenhang mit der Diskussion um Österreichs Beitritt zur Europäischen Union kultivierte Haider schier unglaublich scheinende Verschwörungstheorien. Die „Bilderberger" (eine informelle Gruppe internationaler Finanzexperten) und die „Freimaurer" stünden hinter den Bemühungen des Bundeskanzlers um Österreichs europäische Integration.

Anspruch und Wirklichkeit

Haiders theoretischen Ansprüchen und Forderungen ist seine persönliche Praxis gegenüberzustellen. Haider selbst wurde dank der Großzügigkeit seines Onkels Wilhelm Webhofer zum reichsten Politiker des Landes. Haider besitzt seit 1986 im Bärental das fünftgrößte Gut Kärntens, dessen Wert zwischen 150 Millionen und 300 Millionen Schilling geschätzt wird. Der Jahresertrag des Besitzes wurde 1987 auf rund 1,8 Millionen Schilling geschätzt, dieser kommt jedoch vorläufig noch seinem Onkel zugute. Das Gut war bis 1939 Eigentum einer italienischen Staatsbürgerin und Jüdin, die anläßlich ihrer Auswanderung dem Verkauf zustimmte. Der Erlös von 300.000 RM wurde abzüglich steuerlicher Verbindlichkeiten auf ein Sperrkonto einbezahlt, über das die Vorbesitzerin nie frei verfügen konnte. Im Rahmen des Rückstellungsverfahrens nach 1945 wurde sie von Webhofer im Rahmen eines Vergleiches mit einigen Jahreserträgen des Gutes abgefunden. Der zwar nach dem Buchstaben des Gesetzes legale, aber menschlich doch zweifelhafte Weg, den sein Vermögen hinter sich hat, beeindruckt Haider nicht im geringsten. Er beschränkt sich darauf zu betonen, daß es sich um kein „arisiertes" Vermögen handle, denn eine „Arisierung" konnte mit dem Besitz einer italienischen Staatsbürgerin nicht durchgeführt werden. Ein solcher Vorgang wie der der Eigentumsübertragung des Gutes im Bärental wurde „Entjudung" genannt.[66]

Als neuer Gutsbesitzer stellte Haider rasch sein soziales Empfinden unter Beweis. Er kündigte den bisherigen Verwalter, Günther Stöckl. Dieser hatte mehr als 25 Jahre lang die Geschäfte des Forstgutes im Auftrag von Wilhelm Webhofer geführt. Der 49jährige Vater von fünf Kindern wurde zum Ende des Jahres 1986 entlassen, kurz bevor ihm der doppelte Härteausgleich zugestanden wäre. Weiters verlor Stöckl damit seine Abfertigung. Anstelle Stöckls nahm dann Haiders Gattin Claudia den Posten ein.[67]

Zumindest in zwei Fällen erhob Haider – „einfach ehrlich, einfach Jörg"[68] – ungerechtfertigte Beschuldigungen gegen politisch mißliebige Personen. Als anstelle einer FPÖ-Gemeinderätin ein der ÖVP zugehöriger Bewerber den Posten eines Direktors der Volksschule in Krenglbach in Oberösterreich erhielt, behauptete Haider, der nunmehrige Direktor hätte wegen „Trunkenheit" seinerzeit die Volksschule verlassen müssen. Der diffamierte Volksschuldirektor erwirkte eine Richtigstellung im ORF und erhob gerichtliche Klage gegen Haider.[69] Haider opponierte auch gegen die Bestellung des Juristen Werner Doralt zum Rechnungshofpräsidenten, der Wunschkandidat von SPÖ und ÖVP gewesen wäre, dann aber seine Kandidatur zurückzog. Im Laufe der Auseinandersetzung unterstellte Haider dem Juristen, er habe ein Naheverhältnis zu Personen und Gesellschaften, die in einen Straßenbauskandal verwickelt waren. Doralt klagte Haider, erwirkte eine einstweilige Verfügung gegen den FPÖ-Obmann, der dann eine Ehrenerklärung für Doralt abgab.[70] Nur wenige Monate später wiederholte Haider jedoch im Fernsehen neuerlich die Angriffe gegen Doralt, worauf dieser abermals klagte.[71]

Auch manche freiheitlichen Funktionäre dürften es mit der geforderten Sauberkeit und Ehrlichkeit nicht ganz so genau nehmen. Denn immer wieder gibt es FPÖ-Funktionäre und -Mandatare, die – wie Zeitungen berichten – selbst wegen diverser Delikte, wie beispielsweise Körperverletzung, Schlägereien, Überlassung von Dienstwaffen an Prostituierte sowie Steuerhinterziehung oder illegale Ausländerbeschäftigung u. a., mit dem Gesetz bzw. dem Dienstrecht in Konflikt kommen.[72]

Im niederösterreichischen Wiener Neustadt tobt seit Anfang 1995 eine mittlerweile auch vor Gericht ausgetragene Auseinandersetzung. Die Vorwürfe des ehemaligen FPÖ-Stadtvorsitzenden Klaus Fabsits gegen seinen Konkurrenten und Nachfolger Wolfgang Haberler reichen von „Fahrerflucht im betrunkenen Zustand, Verstößen gegen das NS-Verbotsgesetz und Einbruch bis zu Waffenschmuggel."[73] Das vor dem Landesgericht Wiener Neustadt ausgetragene Verfahren war bis zum Oktober 1995 noch nicht entschieden.

Jörg Haider bekämpft angebliche und wirkliche Politikerprivilegien. Seine Immunität als Abgeordneter des Nationalrates, gleichfalls ein Privileg von Politikern, nützt er jedoch weidlich aus. Im Schutze dieser Immunität können er und die freiheitlichen Abgeordneten ungehindert Diffamierungskampagnen gegen unliebsame Gegner oder auch ganze Gruppen von Personen durchführen. Während der einzelne kaum Möglichkeiten hat, sich gegen die Verunglimpfungen durch Haider rechtlich zur Wehr zu setzen, ist Haider selbst ungeheuer klagefreudig. So ließ er kein juristisches Mittel ungenutzt, um die Verbreitung des vom Dokumentationsarchiv des österreichischen Widerstandes (DÖW) herausgegebenen Handbuchs des österreichischen Rechtsextremismus zu erschweren bzw. zu unterbinden. Der Leiter des DÖW, Hon. Prof. Dr. Wolfgang Neugebauer, wird von Haider bei jeder nur möglichen Gelegenheit gerichtlich geklagt.

Schlußbemerkung

Die vorliegende Arbeit konzentriert sich auf die äußerst rechten Elemente in den Einstellungen Jörg Haiders, die als wesentliche Leitlinie seines Handelns gelten müssen. Gleichzeitig reicht Haiders Wirkung aber weit über das rechtsextreme Spektrum hinaus. Seine politischen Erfolge beruhen sowohl auf innerösterreichischen als auch internationalen Entwicklungen und Problemen. Eine weltweite Wirtschaftskrise, die radikalen Veränderungen in der politischen Landschaft Europas, die daraus sich ergebenden neuen Unsicherheiten, neue Krisenherde und Kriegsschauplätze in Europa ebenso wie die Bedrohung duch Umweltgefahren, aber auch die rasante technologische Entwicklung rufen Zukunftsängste hervor, können mit einfachen Erklärungen oder Rezepten weder verstanden noch gelöst werden. Gleichzeitig brechen in Österreich jahrzehntealte politische Strukturen auf – eine durchaus auch normale Tendenz, die aber auch Fehlentwicklungen im Bereich der beiden Regierungsparteien ÖVP und SPÖ sichtbar werden lassen. Rechtspopulistische Politik und damit auch Haidersche Politik gedeiht in unsicheren Situationen. Haider spricht nicht die kühle Überlegung, sondern die Emotionen, die Ängste und Befürchtungen der Menschen an. Es gelingt ihm, der Meinung des Wirtshausstammtisches Öffentlichkeit zu verleihen und vorhandene Unzufriedenheit, dumpfe Wut als Folge der Existenzangst für seine politischen Zwecke zu kanalisieren.

Wäre Haider schlicht ein rechtsextremer Politiker, lägen die Dinge einfacher. Er schillert jedoch in vielen Farben – die Grundfarbe hinter dieser Pracht soll jedoch nicht übersehen werden.

Anmerkungen

1 „Sturmabteilung", das war eine in den Dreißigerjahren gefürchtete Wehrformation und Schlägertruppe der NSDAP, die jedoch ab Mitte 1933 stark an Bedeutung gegenüber der „Schutzstaffel" (SS) verlor.

2 profil, 18. 10. 1983.

3 Jörg Haider, Die Freiheit, die ich meine. Das Ende des Proporzstaates. Plädoyer für eine Dritte Republik, Frankfurt/M. 1993, S. 116.

4 Zur Charakterisierung des Österreichischen Turnerbundes siehe: Brigitte Bailer, Wolfgang Neugebauer, Rechtsextreme Vereine, Parteien, Zeitschriften, informelle/illegale Gruppen, in: Handbuch des österreichischen Rechtsextremismus, hg. v. Stiftung Dokumentationsarchiv des österreichischen Widerstandes, Wien 1994 (aktualisierte und erweiterte Neuausgabe), S. 197–201. Zu den Grundsätzen des „Jahnschen Turnens": Andreas P. Pittler, Friedrich Ludwig Jahn und der ÖTB. Zum ideologischen Gehalt des „Jahnschen Turnens", in: dass., S. 297–308.

5 Zu den deutschnationalen Burschenschaften allgemein, siehe: Markus Perner, Klaus Zellhofer, Österreichische Burschenschaften als akademische Vorfeldorganisationen des Rechtsextremismus, in: Handbuch des österreichischen Rechtsextremismus, a. a. O., S. 270–277.

6 Deutsche National-Zeitung, 22. 7. 1966.

7 Deutsche National-Zeitung, 29. 7. 1966

8 Erwin H. Aglas, Rebell Jörg Haider. Der Mann, der aus Kärnten kam, Linz o. J. (1986), S. 37.

9 profil, Nr. 42, Oktober 1981.

10 Wolfgang Neugebauer, Die FPÖ – vom Rechtsextremismus zum Liberalismus, in: Rechtsextremismus in Österreich nach 1945, hg. v. Dokumentationsarchiv des österreichischen Widerstandes, 5., überarbeitete und ergänzte Auflage, Wien 1981, S. 313.

11 profil, 16. 11. 1981. Der Führer der neonazistischen „Nationaldemokratischen Partei", Norbert Burger, hatte bei den Bundespräsidentenwahlen 1980 österreichweit 140.000 Stimmen erzielen können. Besonders hoch war sein Stimmenanteil in den Grenzregionen. Vgl. „Von Hitler zu Burger? Zur Geschichte, Ideologie und Rechtssituation der NDP". hrsg. v. d. Jungen Generation in der SPÖ Wien, Wien 1981.

12 Zur Charakterisierung der „Aula" siehe: Reinhold Gärtner, Die Aula, in: Handbuch des österreichischen Rechtsextremismus, a. a. O., S. 278–296, sowie Bailer, Neugebauer, Rechtsextreme Vereine, a. a. O., S. 122–131.

[13] Beantwortung der parlamentarischen Anfrage der Abgeordneten Anschober, Freunde und Freundinnen durch Bundesminister Dr. Franz Löschnak, 17. 4. 1992, Nr. II-5610 der Beilagen zu den Stenographischen Protokollen des Nationalrates, XVIII. Gesetzgebungsperiode.

[14] Der Kärntner Jürgen Hatzenbichler war zuvor in der Kärntner Neonaziszene aktiv gewesen, wie aus Leserbriefen, die er der neonazistischen Zeitschrift „Sieg" schrieb, hervorgeht. Siehe dazu: Brigitte Bailer, Wolfgang Neugebauer, Die FPÖ – Vom Liberalismus zum Rechtsextremismus, in: Handbuch des österreichischen Rechtsextremismus, a. a. O., S. 472 f.

[15] Andreas Mölzer, Jörg! Der Eisbrecher. Jörg Haider und die Freiheitlichen – Perspektiven der politischen Erneuerung, Klagenfurt, S. 93.

[16] Aula, 10/1989.

[17] Siehe dazu: Wilhelm Lasek, Der „Lorenzener Kreis" – „Das Gewissen der FPÖ", in: Dokumentationsarchiv des österreichischen Widerstandes (Hg.), Jahrbuch 1990, S. 125–138.

[18] Aula 9/1991.

[19] Christian G. Allesch, Zur aktuellen Situation des politischen Liberalismus aus der Sicht des Atterseekreises, Vortrag gehalten im März 1987. Die „Politisch-wissenschaftliche Arbeitsgemeinschaft Atterseekreis" stellt schon seit einigen Jahren ein liberales Zentrum innerhalb der FPÖ dar.

[20] Auch Scrinzi stellt fest, daß erst im Zuge des Gründungsprozesses der FPÖ 1954–1956 „höherrangige ehemalige NS-Funktionäre" in das „politisch aktive Dritte Lager" einzogen, in: Viktor Reimann, Die Dritte Kraft in Österreich, Wien–München–Zürich–New York 1980, S. 243.

[21] Diese SS-Einheit tötete 1941/42 in der Sowjetunion – hinter der Front – Partisanen, tatsächliche und angebliche Unterstützer, vor allem aber Juden. Siehe dazu: Unsere Ehre heißt Treue, Wien 1965.

[22] Wiking-Ruf, Feber 1956, S. 5 f. Der Artikel hat die bezeichnende Überschrift: „An einen unbelehrbaren Patent-Österreicher".

[23] Viktor Reimann, Die Dritte Kraft in Österreich, Wien – München – Zürich – New York, 1980, S. 284.

[24] Zur Charakteristik der „Wohlfahrtsvereinigung der Glasenbacher" siehe Bailer, Neugebauer, Rechtsextreme Vereine, a. a. O., S. 250–253.

[25] Siehe dazu: Heimat Österreich, 11. 10. 1958.

[26] Andreas Mölzer, Jörg! Der Eisbrecher, a. a. O. , S. 45.

[27] Fritz Plasser, Die populistische Arena. Massenmedien als Verstärker, in: Anton Pelinka (Hg.), Populismus in Österreich, Wien 1987, S. 89.

[28] Rechtsextrem wird im folgenden stets im Sinne der wissenschaftlichen Definition des Klagenfurter Universitätsdozenten Willibald I. Holzer verstanden, d. h. als wissenschaftliche Kategorie. Es liegt der Autorin fern, damit jemanden in die Nähe von Nationalsozialismus oder Neonazismus rücken zu wollen bzw. mit dieser Begriffszuweisung persönliche Diffamierungen im Sinne des Paragraphen 111 Strafgesetzbuch vorzunehmen. Zum Begriff siehe: Willibald I. Holzer, Rechtsextremismus – Konturen, Definitionsmerkmale und Erklärungsansätze, in: Handbuch des österreichischen Rechtsextremismus, a. a. O., S. 12–96. Zur Entwicklung der FPÖ siehe ausführlich: Bailer, Neugebauer, Die FPÖ, a. a. O.; Hans-Henning Scharsach, Haiders Kampf, Wien 1992.

[29] Welt der Arbeit, Mai 1987.

[30] profil, 13. 4. 1987.

[31] Laut Freie Argumente, 3/1993, ist oder war Hatzenbichler Referent des Kärntner Landtagsklubs der FPÖ.

[32] Kurier, 14. 3. 1995.

[33] Die Liste „Nein zur Ausländerflut" wurde wegen ihres neonazistischen Charakters nicht zur Wahl zugelassen.

[34] News, Sonderheft 1, Dezember 1993. Zu den Kontakten der FPÖ zur neonazistischen Gewaltszene siehe: Hans-Henning Scharsach, Haiders Clan. Wie Gewalt entsteht, Wien 1995.

[35] Zur Charakteristik der genannten Organisationen siehe Bailer, Neugebauer, Rechtsextreme Vereine, a. a. O.; eine Auflistung aller dieser Funktionäre: Bailer, Neugebauer, Die FPÖ, a. a. O., S. 489–494.

[36] Eine Liste aller Opfer von Haiders innerparteilichem Vorgehen: Bailer, Neugebauer, Die FPÖ, a. a. O., S. 378 ff.

[37] profil, 1. 2. 1993.

[38] Basta, 6/1991.

[39] Die Presse, 30. 11./1. 12. 1991.

[40] Zitiert nach: Kurier, 5. 3. 1993; siehe dazu auch: Der Standard, 5. 3. 1993; Wiener Zeitung, 5. 3. 1993.

[41] Zitiert nach: Kurier, 5. 3. 1993.

[42] Scharsach, Haiders Kampf, a. a. O., S. 27 ff.

[43] Zitiert nach: CEDRI (Hg.), Die Freiheitliche Partei Österreichs (FPÖ). Dokumentation anhand der Selbstdarstellung im Buch Jörg! Der Eisbrecher, von A. Mölzer und weiterer Zeugnisse, Basel 1991, S. 55 f.

[44] Siehe dazu: Mundo, Dezember 1991; Neue Zürcher Zeitung, 31. 1./1. 2. 1993, S. 1; International Herald Tribune, 30./31. 1. 1993, S. 4. Die Autorin identifiziert sich nicht mit diesen und den folgenden Werturteilen.

[45] News, 23/1994.

[46] Bild am Sonntag, 16. 1. 1994.

[47] Neue AZ, 14. 10. 1991.

[48] Wochenpresse, 11. 10. 1990.

[49] Der Standard, 25. 3. 1992 (Auszug aus einem Gespräch mit der Zeitschrift „Der Spiegel"). Haiders Klage auf Entgegnung wurde von einem Wiener Gericht abgewiesen, siehe dazu: Der Standard, 22. 1. 1993.

[50] profil, 15. 2. 1993.

[51] Die Zeit, 10. 4. 1992.

[52] Entschließung zu Rassismus und Ausländerfeindlichkeit des Europäischen Parlamentes vom 10. 10. 1991 (B3-1530, 1534, 1535 und 1538/91), in: DÖW Zeitungsausschnittesammlung, Mappe FPÖ.

[53] Siehe dazu: Der Standard, 18. 1. 1993; Oberösterreichische Nachrichten, 23. 1. 1993; Kurier, 23. 1. 1993. Im Zuge einer Erkundungsmission in Österreich im März 1993 hatte der Generalsekretär der LI, Julius Maaten, auch das DÖW besucht und war mit Materialien und Informationen über die Haider-FPÖ versorgt worden. Der „Standard", 8./9. 5. 1993, S. 5, berichtet, daß aufgrund des Berichts von Maaten das am 7. 5. 1993 in Sofia tagende LI-Büro den sofortigen provisorischen Ausschluß der FPÖ verfügte, der vom nächsten LI-Exekutivkomitee im Juli 1993 fixiert werden sollte. Laut „Neue Freie Zeitung", 12. 5. 1993, wurde Holger Bauer von seinem LI-Vizepräsidentenamt enthoben.

[54] Brief der FPÖ-Bundesparteiobmannstellvertreterin Edith Haller an den Präsidenten der LI, Otto Graf Lambsdorff, 8. 7. 1993 (beiliegend „Declaration by the FPÖ", July 10th 1993), Kopie des Originals im DÖW; deutscher Text in: Neue Freie Zeitung, 14. 7. 1993; Wiener Zeitung, 11. 7. 1993; Kurier, 13. 11. 1993.

[55] Siehe dazu: Peter Mayr, Klaus Zellhofer, Das Modell Haider, in: Wolfgang Purtscheller (Hg.), Die Rechte in Bewegung. Seilschaften und Vernetzungen der „Neuen Rechten", Wien 1995, S. 26–39.

[56] profil, 2. 10. 1995. Haider hatte den Bayrischen Defiliermarsch dirigieren wollen. Buhrufe und „abgenagte Hühnerknochen" vertrieben ihn aber vom Podium.

[57] In diesem Sinne ist auch die Annäherung der Freiheitlichen an die seit Oktober 1995 mit einer Österreich-Ausgabe erscheinende deutsche Wochenzeitschrift Junge Freiheit, die als wichtiges Medium der deutschen „Neuen Rechten" gilt, zu interpretieren.

[58] Willibald I. Holzer, Rechtsextremismus – Konturen und Definitionskomponenten eines politischen Begriffs, in: Rechtsextremismus in Österreich nach 1945, hg. v. Dokumentationsarchiv des österreichi-

schen Widerstandes, Wien 1979, S. 11–97. Ergänzt und aktualisiert um neuere wissenschaftliche Literatur: Willibald I. Holzer, Rechtsextremismus – Konturen, Definitionsmerkmale und Erklärungsansätze, in: Handbuch des österreichischen Rechtsextremismus, a. a. O., S. 12–96.

59 Weil das Land sich ändern muß! Auf dem Weg in die Dritte Republik, Wien 1994 (Reihe Kontrovers des Freiheitlichen Bildungswerks).

60 Vgl. Am Beispiel Walter Reder. SS-Verbrechen und ihre Bewältigung, hrsg. v. Dokumentationsarchiv des österreichischen Widerstandes, Wien o. J. (1986)

61 Vgl. die Studien: Fritz Plasser, Peter Ulram, Radikaler Rechtspopulismus in Österreich. Die FPÖ unter Jörg Haider, Wien im November 1994 (vervielfältigtes Manuskript); Einstellung der Österreicher zu Juden und dem Holocaust, im Auftrag des American Jewish Committee erstellt von Dr. Karmasin Marktforschung, Österreichisches Gallup-Institut, 17. 1.–1. 3. 1995 (vervielfältigtes Manuskript).

62 Kurier, 9. 2. 1995.

63 Salzburger Nachrichten, 6. 10. 1995.

64 profil, 25. 4. 1994.

65 Ebenda.

66 profil, 9. 6. und 9. 12. 1986.

67 Kärntner Tageszeitung, 28. 2. 1987.

68 Slogan der FPÖ zur Nationalratswahl 1994.

69 Der Standard, 10./11. 9. 1994; Neues Volksblatt 27. 8. 1994; Neue Zeit, 27. 8. 1994.

70 Der Standard, 3. 7. 1992; Wiener Zeitung, 3. 7. 1992, 29. 6. 1994; Neue Zeit, 8. 6. 1994; Salzburger Nachrichten, 8. 6. 1994.

71 Tiroler Tageszeitung, 7. 9. 1994; Kurier 7. 9. 1994; Die Presse, 7. 9. 1994; Wiener Zeitung, 21. 9. 1994.

72 Siehe dazu unter anderen: Der Standard, 17. 1. 1994; Freitag aktuell, 25. 4. 1994; Kurier, 12. 4. 1994.

73 Falter Nr. 33/1995.

Wie rechts steht Jörg Haider?

Abschied vom Liberalismus

Innerhalb der Freiheitlichen Partei dürfte sich stets nur eine Minderheit als liberal begriffen haben. Dies zeigten nicht zuletzt die Konflikte um das Bemühen Norbert Stegers, innerhalb der FPÖ dem Liberalismus zum Durchbruch zu verhelfen. Haider selbst vollführte in seinem Verhältnis zum Liberalismus mehrere Wendungen, bis er sich schließlich Mitte der neunziger Jahre davon endgültig abwandte und liberale Gruppen und Parteien nur mehr mit aggressiven Angriffen und Unterstellungen bedachte. Diese Entwicklung des Freiheitlichen Obmannes läßt sich anhand von Äußerungen aus den letzten zwanzig Jahren deutlich zeigen.

Als ausgeschiedener Bundesobmann des Ringes Freiheitlicher Jugend schrieb Haider 1975 zu dieser Thematik in der RFJ-Zeitung „Tangente“:

> „Auf uns warten wichtige Aufgaben: Vor allem sollte auch die Gesamtpartei der jugendpolitischen Ebene mehr Augenmerk widmen. Oder will man der geistigen Umerziehung der Bürger zu oberflächlichen Untertanen im sozialistischen Wohlfahrtsstaat weiterhin überwiegend geistige Schonkost in Form überholter nationaler wie altliberaler Floskeln entgegensetzen? Diese Bekenntnisse mögen durchaus fromm und ehrlich gemeint sein. Sie werden aber nicht ausreichen, glaubhafte Alternativen gegenüber einem sich „liberal“ gebärdenden Sozialismus abzugeben. Da wird man dem Sozialismus schon etwas nachdrücklicher auf die Samtpfötchen steigen müssen! Das geistige Instrumentarium des traditionellen Liberalismus mit seinem „Nachtwächterstaat“ und nationale Wortlücken wirken daher in Anbetracht eines vom Sozialismus dirigierten komplexen Verwaltungsstaates ein wenig hilflos.“
>
> *(Tangente, Heft 22, 22. 12. 1975)*

Nur vier Jahre später betonte Haider hingegen im Nationalrat seine angebliche liberale Position – wissend, was er einem Wiener Publikum schuldete und möglicherweise in der Hoffnung, selbst mit den damals innerhalb der FPÖ aufkeimenden liberalen Strömungen einmal nach oben schwimmen zu können:

> „Die Sozialpolitik muß für uns eine ständige Aufgabe sein; eine Aufgabe, die insbesondere unter jenem Aspekt der Debatte, die über den Liberalismus in Österreich ausgebrochen ist, sehr interessant zu führen sein wird, weil es darum geht, gerechtere Verhältnisse zu schaffen, wofür wir uns als eigenständige liberale Fraktion sicherlich einsetzen wollen."

(Protokoll der 16. Sitzung des Nationalrates, XV. GP, 7. 12. 1979)

In der Auseinandersetzung um die neue Standortbestimmung der FPÖ nach dem Eingehen der kleinen Koalition mit den Sozialdemokraten besann sich Haider wieder der „nationalen" Komponente der Partei, nicht zuletzt mit einem Seitenblick auf den mit dem neuen Kurs unzufriedenen rechten Flügel, dessen Unbehagen er dann bekanntlich zum Aufbau seiner eigenen Karriere erfolgreich benutzte. In einem Interview mit der den deutschnationalen Burschenschaften nahestehenden, tendenziell rechtsextremen Zeitschrift „Aula",[1] stets auch Sprachrohr „nationaler" Freiheitlicher gewesen, stellte er zur Frage „national-liberal" fest:

> „Das Wortpaar „national – liberal" ist an sich eine unvollständige Umschreibung der Grundsätze im Parteiprogramm. Die FPÖ-Programmatik beruht auf vier Säulen: der nationalen, der liberalen, der sozialen und der europäischen."

und weiter unten:

> „Denn es muß doch seine Gründe haben, wenn die national-freiheitlich orientierte Landesgruppe bei einer Nationalratswahl große Zustimmung erhält, obwohl sonst in allen Bundesländern Verluste zu verzeichnen waren. Die Kärntner FPÖ hat nämlich keinen Wähleraustausch vorgenommen, sondern neben den hinzugewonnenen Wählern

auch großes Vertrauen bei den Stammwählern erzielt. Das ist eine klare Verpflichtung und die nationalen Wähler werden von mir entsprechend vertreten."

(Die Aula 10/1983)

Es ist bemerkenswert, daß sich Haider von den vier oben genannten „Säulen" der FPÖ-Programmatik in den folgenden zehn Jahren weitgehend verabschiedet hat. Liberalismus und Integration in die Europäische Union lehnt er vehement ab, das „nationale" Bekenntnis wurde aus Opportunitätsgründen in der Propaganda hinter einem aufgesetzten Österreichpatriotismus versteckt (siehe unten).

Gegenüber dem Magazin „profil" äußerte er sich ungefähr zum selben Zeitpunkt:

„Ich glaube, daß die FPÖ keinen Auftrag hat, die wirtschaftsliberale Partei zu sein. Das wird weder unseren Wählern gerecht noch ist es zielführend. Das kann vielleicht die FDP tun, die FPÖ hat da vergleichsweise eine viel stärkere nationale, das heißt soziale Komponente. Dem kleinen Greißler und dem kleinen Landwirt ist der Liberalismus wurscht, der will die soziale Absicherung. Das ist es, was wir vor Augen haben müssen."

(profil, 14. 11. 1983)

Und am selben Tag in der TV-Sendung „Zeit im Bild":

„*Reporter:* Also das national-liberale Element muß nach wie vor Bestandteil der FPÖ bleiben?

Haider: Da gibt es überhaupt keine Frage.

Reporter: Und wenn der Bundesparteiobmann jetzt etwas anderes wünscht?

Haider: [...] Wenn es zu einer ausführlichen Programmdiskussion kommt, wird es der FPÖ nicht schlecht tun. Es wird aber darüber hinaus von unserer Seite als Kärntner Freiheitliche festzuhalten sein, daß wir nur in einer national-liberalen Partei unsere geistige Heimat sehen."

(„Zeit im Bild", 14. 11. 1983)

In der „Aula" hingegen zieht sich Haider rund ein Jahr später auf die Begriffsbestimmung „national-freiheitlich" zurück:

> „Aber als Obmann der stärksten und erfolgreichsten Landesgruppe erblicke ich meine Aufgabe darin, das nationalfreiheitliche Element in der Gesamtpartei stärker zu vertreten, das von manchen Leuten in seiner Bedeutung vernachlässigt wird. Ein Erfolg in Kärnten würde die Stärkung des nationalfreiheitlichen Lagers insgesamt bedeuten."
>
> *(Die Aula 9/1984)*

Ein nicht nur in diesem Zusammenhang sehr aufschlußreiches, ausführliches Interview gewährte Haider 1985 der Zeitung des „Nationaldemokratischen Hochschulbundes" (Studentenorganisation der bundesdeutschen neonazistischen Nationaldemokratischen Partei), in dem er die später von ihm durchgezogene Wende bereits anspricht:

> „Ich glaube, daß die Partei auf mehreren Ebenen einen neuen Kurs braucht und daß sie nicht darauf verzichten kann, ein gewisses Wählerpotential anzusprechen, das systemkritische Menschen umfaßt. Die Partei muß sich glaubwürdig dieser neuen ökologischen Herausforderung stellen. Es gibt zwei Modellfälle, zum einen die FPÖ-Kärnten und zum anderen die FPÖ-Österreich. Unsere Strategie ist es, die Tradition der Kärntner FPÖ fortzusetzen, gleichzeitig aber auch Elemente der jungen Generation in unsere Politik miteinzubinden. Das ist auch gelungen. Ich glaube, daß eine Partei, die ein Wählerpotential hat, das bewußt ein nationales Bekenntnis formulieren will, sich nicht genieren muß. Aber es ist oft der Eindruck entstanden, daß sich die FPÖ ihrer nationalen Wähler schämt."
>
> [...]
>
> „Die FPÖ steht jetzt vor der Entscheidung. Will sie selbst eine etablierte Partei sein, dann weiß ich nicht, in welche Zukunft sie geht. Ist sie aber eine Reform- und Veränderungspartei, die auch ihre programmatischen Grundsätze bewahrt, dann wird sie durchziehen. Sie braucht sich in keine Grün-Hysterie begeben, sondern sollte vielmehr als

systemkritische Bewegung auftreten. [...] Die Bandbreite der sogenannten Liberalen in Europa reicht von rechtsstehenden Parteien bis an den linken Rand. Der Begriff „Liberalismus" wird in Europa sehr dehnbar interpretiert. Deshalb legen wir in Österreich ja großen Wert darauf, daß die FPÖ eben nicht nur eine liberale Partei ist."

(NHB-report, Nr. 18, Heft 1/1985)

Nach seinem Sieg über den liberalen Parteiobmann Steger differenzierte Haider wiederum in der „Aula":

„Die freiheitliche Partei war sicherlich von ihrer Grundstruktur, aber auch von ihren wesentlichen Führungsorganen aus gesehen niemals eine linke politische Bewegung. Daher war es notwendig, Tendenzen, die sich in der Führungsspitze breitgemacht haben, allzu konziliant gegenüber einem linken Koalitionspartner zu sein und damit auch grundsätzliche Positionen aufzugeben, zu korrigieren und die FPÖ wieder auf einen Standort zurückzuführen, der jener des gemeinsamen Parteiprogramms ist, in dem sowohl nationale als auch liberale als auch national-liberale Menschen Platz haben."

(Die Aula 10/1986)

Haider selbst gab keine eindeutige Definition dieser von ihm oft gebrauchten Begriffe. Ein Umweg kann vielleicht etwas Klarheit bringen. Auf die Frage eines ORF-Reporters bezeichnete er als sein persönliches Vorbild den Ehrenobmann der FPÖ-Kärnten, Reinhold Huber.[2] In einer Serie der „Kärntner Nachrichten" unter dem Titel „Wo steht die FPÖ?" beantwortete Huber die Frage nach dem nationalen und liberalen Standpunkt folgendermaßen:

„Das Wort liberal hat für mich einen bitteren Beigeschmack. Ich würde es viel lieber mit der deutschen Übersetzung „freiheitlich" bezeichnet wissen. Liberal bedeutet uneingeschränkte Freiheit des einzelnen. Diese uneingeschränkte Freiheit kann es nie geben. Ich vertrete die Ansicht, daß die Freiheit des einzelnen dort ihre Grenze zu finden hat, wo durch diese die Freiheit der Gemeinschaft gefährdet wird.

> Daher ist mir das Wort „freiheitlich" lieber als das lateinische Wort „liberal", weil es mit den negativen Auswirkungen des Liberalismus nicht belastet ist."
>
> *(Kärntner Nachrichten, 7. 10. 1982)*

Damit umriß der ehemalige Nationalsozialist Huber ziemlich genau die Position, die Haider nunmehr in den neunziger Jahren selbst vertritt. In seinem Bekenntnisbuch „Die Freiheit, die ich meine", 1993 im Ullstein-Verlag erschienen,[3] beschreibt Haider auf mehr als 300 Seiten seine grundlegenden Positionen, wobei er aber keine klare Aussage trifft, welche Freiheit er denn nun tatsächlich meint. Auf seine darin dargelegten Vorstellungen zur Umgestaltung Österreichs wird noch gesondert einzugehen sein. Dem Liberalismus erteilt er in dem Buch jedoch eine klare und eindeutige Absage:

> „Dieser [Haiders, Anm. d. Verf.] Freiheitsbegriff schließt auch den oberflächlichen Liberalismus von heute mit seiner individualistischen Arroganz aus, die das Ich zum Götzen macht. Aus Angst vor Grundwertentscheidungen propagiert dieser Pseudoliberalismus eine wertfreie Gesellschaft, in der alles erlaubt ist und alles entkriminalisiert wird. Auch der kirchenkritische Politiker darf heute sagen: Wenn Gott tot ist, dann ist alles erlaubt. Auf diese Weise verkommt der Liberalismus zur austauschbaren Randgruppenphilosophie, deren notwendiges Endprodukt Anarchie und Nihilismus sind, und dieser Nihilismus stellt als kulturelle ‚Krönung' alle Konventionen und gesellschaftlichen Auffassungen in Frage und richtet sie zugrunde."
>
> *(Haider, Die Freiheit, die ich meine, S. 28)*

Bis Anfang der neunziger Jahre war den Freiheitlichen sehr daran gelegen gewesen, den seit 1986 immer wieder diskutierten Ausschluß aus der Liberalen Internationale zu verhindern. Haider hatte in diesen Jahren noch um seine internationale Reputation gefürchtet, die er durch die Mitgliedschaft in dieser Vereinigung aufrechterhalten zu können hoffte. Mittlerweile glaubt er, auf solche Unterstützung verzichten zu können, wohl auch wegen der mangelnden politischen Erfolge der Mitgliedsparteien der LI. In seinem Buch stellt Haider im Anschluß an eine Beschimpfung einzelner Mitglieder der Liberalen Internationale sogar fest:

> „Der im Sommer 1993 erfolgte Austritt der Freiheitlichen aus dieser Gemeinschaft des Irrwegs war nur aus einem Grund bedauerlich: weil dieser Schritt schon viel früher hätte getan werden müssen."
>
> *(Haider, Die Freiheit, die ich meine, S. 301)*

Seit der Abspaltung des Liberalen Forums um Haiders ehemalige Stellvertreterin Heide Schmidt wurden Liberale endgültig zu einem neuen Feindbild Haiders. Er unterstellt ihnen Verantwortung am allgemeinen gesellschaftlichen Niedergang, den Haider in zahlreichen seiner Reden und schriftlichen Äußerungen in unterschiedlichen Zusammenhängen immer wieder beschwört.

> „Daher ist auch die Freundschaft der linksliberalen Abspaltung mit der FDP bezeichnend. Es handelt sich geistig um eine sozialistische Partei, ihre Welt ist jene des Ausländerwahlrechtes auch in Österreich, der Abtreibung auf Krankenschein, der Freigabe von Drogen und der Arbeitslosenunterstützung sowie der Pensionssicherung für Strafgefangene. Die FPÖ kann diese linke Gruppe nur wie entfernte Verwandte betrachten, bei denen eine geistige Umnachtung eingetreten ist. Sie sind eine Funktion im Streben der Linken nach kultureller Hegemonie. Der Verfall von Moral und der Niedergang der sozialen Ordnung leitet den Untergang jeglicher Zivilisation ein, hat schon Arnold Toynbee erkannt. Manche Liberalen der Bindungs- und der Grundsatzlosigkeit erweisen sich in diesem Prozeß als durchaus nützlich."
>
> *(Haider, Die Freiheit, die ich meine, S. 301)*

Mit dieser vehementen Ablehnung des Liberalismus nähert sich Haiders Weltanschauung auch in diesem Bereich der Ideologie des Rechtsextremismus an, für den liberale Strömungen als Gegensatz zum zentralen Konzept einer harmonischen Volksgemeinschaft schon stets ein Feindbild darstellten. Nachdem Haider bereits seit langem zu erkennen gegeben hatte, daß auch er die Idee der Volksgemeinschaft als Ordnungskonzept vertritt (siehe den entsprechenden Abschnitt weiter unten), ist diese antiliberale Wendung des FPÖ-Obmanns nur konsequent.

Haider selbst bekundete gegenüber einem ORF-Journalisten keinen Einwand dagegen, als „radikaler Rechtspopulist" bezeichnet zu werden, „wenn radikal nicht mit Umsturz verbunden werde".[4]

Österreichpatriotismus statt Deutschnationalismus als Propagandaschlager

Die FPÖ versteht sich selbst als legitime Erbin des deutschnationalen Lagers Österreichs, das in den dreißiger Jahren weitgehend im Nationalsozialismus aufgegangen war.

Der früher in der Selbstdarstellung der Freiheitlichen häufig bemühte Begriff „national" kann daher einfach interpretiert werden. Darunter verstehen die FPÖ und Jörg Haider das Bekenntnis zur „deutschen Volks- und Kulturgemeinschaft", zu der auch die deutschsprachige Bevölkerung Österreichs gerechnet wird. Das Selbstverständnis als „Nationale" kennzeichnet nicht nur die Freiheitlichen, sondern auch die rechtsextremen Vereinigungen und Parteien Österreichs.[5] Diese deutschnationale Tradition kam selbst in dem damals stark liberal beeinflußten FPÖ-Programm von 1985 deutlich zum Ausdruck, wenn es darin heißt:

> „Familie und Volk sind organisch gewachsene Gegebenheiten, die in der Politik Berücksichtigung finden müssen. Das Volk, als natürliche Gemeinschaft, durch Abstammung und geschichtliche Entwicklung verbunden, hat gemeinsame Sprache und Kultur entwickelt und weist gemeinsame Wesenszüge auf. [...] Die bei weitem überwiegende Mehrheit der Österreicher gehört der deutschen Volks- und Kulturgemeinschaft an. Diese Tatsache bleibt bestehen, ob-

wohl sie als Folge eines verhängnisvollen Kapitels deutscher Geschichte in Österreich vielfach verdrängt wird."

(Das Parteiprogramm der FPÖ 1985, beschlossen am Programmparteitag 1. und 2. Juni 1985 in Salzburg, Informationen. Zeitung des Freiheitlichen Bildungswerkes, 4/1985, S. 13)

Bundesparteiobmann Haider ist in diesem in der Tradition der dreißiger Jahre wurzelnden deutschnationalen Milieu herangewachsen, und das mit der Ablehnung des österreichischen Nationsbegriffs verbundene Bekenntnis zum Deutschtum gehört wohl zu seinem ideologischen Fundament. Bereits der sechzehnjährige Haider formulierte dazu beim Redewettbewerb des „Österreichischen Turnerbundes" (ÖTB) in Innsbruck 1966:

> „Erst die Niederlage des ‚Großdeutschen Reiches' führte zur Geburt des sogenannten volksösterreichischen Gedankens. Damit steht Österreich vor einer Wahl, die seine Entwicklung auf unabsehbare Zeit entscheidet, das deutsche Volk vor der Gefahr, weitere 7 Millionen Menschen zu verlieren. Die politische Lage ist in unserer Heimat nach dem Zweiten Weltkrieg völlig anders als nach dem Jahre 1918. Sie hat auch die nationalen Kräfte in Österreich vor neue Aufgaben gestellt. Die vornehmste dieser Aufgaben ist die Abwehr aller Bestrebungen, die auf eine Loslösung Österreichs vom Deutschtum gerichtet sind. Wir haben daher in den Deutschen Österreichs das Bewußtsein wachzuhalten, ein Teil des deutschen Volkes mit allen sich aus dieser Zugehörigkeit ergebenden Rechten und Pflichten zu sein.
>
> [...]
>
> Als 1945 das deutsche Volk nach einem verlorenen Krieg ohnmächtig am Boden lag und nur der Kampf um das nackte Überleben im Alltag herrschte, schien für gewisse Kreise der Zeitpunkt gekommen zu sein, die Zugehörigkeit der Österreicher zum deutschen Volk endgültig zu verleugnen."

(National-Zeitung und Soldaten-Zeitung, 29. 7. 1966)

Dieses deutschnationale Bekenntnis Haiders läßt sich über die Jahrzehnte seither verfolgen, wenn sich auch die Ausdrucksweise wandelte. So mahnte Haider bei einem Turnfest des Kärntner ÖTB in St. Jakob im Rosental in Anspielung an die in Südkärnten beheimatete slowenische Minderheit:

> „Dieses Land wird nur dann frei sein, wenn es ein deutsches Land sein wird."
>
> *(profil, 13. 8. 1984)*

Im Bericht des ÖTB-Organs, der „Bundesturnzeitung", wird dazu berichtet:

> „Er [Haider] sagte dann, daß es gerade hier am Abwehrkampfdenkmal sinnvoll und wichtig ist, sich daran zu erinnern, daß nur durch das Eintreten der Bevölkerung dieses Kärntner Land ein deutsches Land geblieben ist und bleiben werde, und ermahnte alle zu dieser Einstellung."
>
> *(Bundesturnzeitung 9/1984)*

Als neuer Bundesparteiobmann der FPÖ meinte Haider gegenüber der „Aula":

> „Ich glaube, daß das Bekenntnis zur deutschen Volks- und Kulturgemeinschaft sehr vielen Österreichern etwas bedeutet, die sich ohne Zweifel vorbehaltlos zur Eigenständigkeit der Republik bekennen, die aber kulturpolitisch und politisch einfach den größeren historischen und kulturellen Zusammenhang der Österreicher auch mit dem gesamten deutschen Volk sehen."
>
> *(Die Aula 10/1986)*

In der Sendung „Zeit im Bild 1" erneuerte er dieses Bekenntnis:

> „Die FPÖ hat immer neben ihrer liberalen Gesinnung auch ein nationales Bekenntnis formuliert – das steht in unserem Parteiprogramm, das war in der Zeit meines Vorgängers so, und das wird auch in Zukunft so sein. Wir werden uns nicht durch den Psychoterror von einigen Splittergruppen in Europa tyrannisieren lassen und unsere Gesinnung aufzwingen lassen."
>
> *(„Zeit im Bild 1", 1. 12. 1986)*

Im Laufe des Frühjahrs 1987 schien Haider eine weniger explizite „nationale" Linie zu verfolgen, was ihm umgehend

Kritik aus dem „nationalen“ Lager eintrug. Unter verschiedenem Titel, ansonsten aber gleichlautend, publizierten die „Kärntner Nachrichten“ und die „Aula“ (Interviewer war wohl beide Male Andreas Mölzer) ein Interview mit dem FPÖ-Obmann, in dem dieser wieder die „nationale“ Komponente betonte:

„Kärntner Nachrichten“ (Aula): Und diese Kernwählerschicht muß wohl nach wie vor als „national-liberal“ eingestuft werden. Wo bleibt also die nationale Komponente in der Motivation für ein zukünftiges Aktionsprogramm der FPÖ?

Haider: Wir Freiheitlichen haben uns im Parteiprogramm festgelegt, daß Volk und Heimat für uns unverzichtbare Werte darstellen. Wir wollen eine nationale Politik und sind in diesem Sinne daher auch eine nationale Partei. Wir wissen, daß das Bewußtsein der besonderen Wesensart des eigenen Volkes untrennbar mit der Bereitschaft verknüpft ist, das Besondere auch in jedem anderen Volk zu achten. Die bei weitem überwiegende Mehrheit der Österreicher gehört der deutschen Volks- und Kulturgemeinschaft an. Diese Tatsache bleibt bestehen, auch wenn sie heute in Österreich vielfach verdrängt wird. Selbstverständlich wollen wir, daß Österreich, eingebettet in den deutschen Volks- und Kulturraum, auch in Zukunft dessen Entwicklung eigenständig mitgestaltet. Natürlich sind wir auch überzeugt, daß das Bekenntnis zum eigenen Volkstum eine Grundvoraussetzung für die Bewahrung und Weiterentwicklung der kulturellen Werte und des historisch-kulturellen Selbstverständnisses jeder ethnischen Gemeinschaft und damit auch für uns Österreicher, die der deutschen Volksgemeinschaft angehören, ist. Dies ist selbstverständlich auch Teil eines zukünftigen Aktionsprogrammes der FPÖ.“

(Kärntner Nachrichten, 21. 5. 1987 bzw. Aula 6/1987)

Seither bekräftigte Haider sein deutschnationales Bekenntnis immer wieder. So z. B. 1988 gegenüber der Zeitschrift „Aula“:

„Ich gehe davon aus, daß wir alleine durch die in jüngster Zeit sehr belebte historische Diskussion unseren Auftrag als nationale Bewegung auch dadurch unterstreichen, daß wir auf die besondere Rolle Österreichs im Laufe der jahrhundertealten Geschichte, die eine gemeinsame Geschichte mit dem übrigen deutschen Volks- und Kulturraum gewesen ist, verweisen und auch unser Selbstbewußtsein an dieser historischen Rolle klarmachen und darstellen. Es erweist sich aber auch an unserer kritischen Position im Bereich der Kultur- und Bildungspolitik, wo es, beginnend etwa mit unserem Versuch, die Klarheit und Reinheit der deutschen Sprache zu gewährleisten, bis hin zu den Absichten einer vernünftigen Bildungspolitik, auch Werte zu transportieren gilt, die im Grunde dem nationalen Lebensbereich anheimgestellt sind. So etwa ein positives Heimatbewußtsein, eine grundsätzliche Entscheidung für die Familie, also für eine der wichtigsten Zellen der Freiheitsentwicklung des Menschen, und natürlich auch das Bekenntnis zur deutschen Volks- und Kulturgemeinschaft, wie es in unserem Parteiprogramm niedergelegt ist, bei dem gleichzeitig aber auch programmatisch die Abgrenzung zu totalitären und chauvinistischen Bewegungen der Vergangenheit und der Zukunft erfolgt ist."

(Die Aula 6/1988)

Beinahe gleichzeitig formulierte Haider im Fernsehen zu diesem Thema:

„Das wissen Sie ja so gut wie ich, daß die österreichische Nation eine Mißgeburt gewesen ist, eine ideologische Mißgeburt. Denn die Volkszugehörigkeit ist die eine Sache, und die Staatszugehörigkeit ist die andere Sache. Man hat ja versucht, nach 1945, um hier die besondere Distanz zur Vergangenheit zu wahren, diese österreichische Nation zu schaffen, damit einen Bruch der jahrhundertelangen Geschichte vollzogen. Denn es geht darum, welchen Beitrag Österreich im Rahmen der deutschen Geschichte getragen hat."

(TV-Sendung Inlandsreport, 18. 8. 1988)

Einige Jahre später rechtfertigte Haider diese Position und bezeichnet – in der für Rechtsextreme üblichen Art – die österreichische Nation als Erfindung der Kommunisten:

„Am Anfang stand also nichts anderes als ein strategischer Schachzug der Sowjets, um mit einem Mittel des Kulturkampfs die Schuschnigg-Diktatur zu rechtfertigen und mit dieser aus Moskauer Sicht geringeren Gefahr eine Vergrößerung Deutschlands zu verhindern."

(Haider, Die Freiheit, die ich meine, S. 113)

Katholische und konservative Bestrebungen, etwa die theoretischen Überlegungen von Ernst Karl Winter zur österreichischen Nation, verschweigt Haider geflissentlich.

Entsprechend dieser Grundposition forderte Haider 1990 die Beseitigung des Anschlußverbotes an Deutschland im österreichischen Staatsvertrag (Artikel 4), da dieses die „Souveränität" Österreichs einschränke.[6] Bemerkenswerterweise erhob die neonazistische Zeitung „Halt" diese Forderung beinahe zeitgleich.[7] Ein Jahr später unterstrich Haider nochmals seine Ansicht, indem er die österreichische Bundesregierung zur einseitigen Aufkündigung des gesamten Staatsvertrages aufforderte.[8] In seinem Bekenntnisbuch 1993 setzte sich Haider abermals mit dem Staatsvertrag auseinander und forderte den Ausstieg daraus, wobei Haider auch eine historisch eigenwillige Interpretation des Charakters der NS-Herrschaft in Österreich mitlieferte:

„Zur Beschönigung der historischen Wahrheit hatte er [Bundeskanzler Leopold Figl, Anm. d. Verf.] soeben einen ‚Staatsvertrag' unterzeichnet, also einen Vertrag ohne Namen. Weil man ihn aufgrund der Fiktion, Österreich sei sieben Jahre besetzt, aber nicht angeschlossen gewesen, nicht als das bezeichnen wollte, was er wirklich war: ein Friedensvertrag, der noch dazu in weiten Passagen eines absurden U-Boot-Verbots wörtlich mit den Friedensverträgen mit den ehemaligen Verbündeten Hitler-Deutschlands übereinstimmte. [...] Die so zurechtgemachte eigene Wahrheit verhinderte auch zum Zeitpunkt der deutschen Wiedervereinigung, aus dem Staatsvertrag auszusteigen, um die volle Souveränität zu erhalten. Die Alliierten, die Deutschlands Wiedervereinigung akzeptierten, hatten die im Staatsvertrag geforderte deutsche Souveränitätserklärung gegenüber

Österreich nicht eingefordert. Folglich haben sie sich selbst entpflichtet. Zu diesem Zeitpunkt hätte Österreich den ganzen Staatsvertrag in der Geschichte versinken lassen können und sich damit die Probleme mit den Nachfolgern der Signatarstaaten Jugoslawien und Sowjetunion erspart. Für die autochthonen Minderheiten, deren Rechte im Staatsvertrag verankert sind, hätte man eigene Lösungen in der Bundesverfassung finden können."

(Haider, Die Freiheit, die ich meine, S. 119 f.)

Diese Forderung beinhaltete nicht nur den Bruch des wichtigsten Vertrages Österreichs und eine eklatante Verletzung des Völkerrechtes sowie – aufgrund der verfassungsrechtlichen Verankerung des Staatsvertrages – einen Bruch der österreichischen Bundesverfassung, sondern zielte offenbar auch auf die Beseitigung anderer wichtiger staatsvertraglicher Verpflichtungen wie des Verbotes faschistischer und großdeutscher Propaganda und Organisationen ab. Eine Neuverhandlung der Rechte der Minderheiten in Österreich hätte sich vermutlich sehr schwierig gestaltet, da selbst die staatsvertraglich verankerten Rechte noch nicht zur Gänze durchgesetzt sind.

Auch eine programmatische Broschüre der Freiheitlichen, „Weil das Land sich ändern muß!", formuliert bei den „Leitsätzen der Außen- und Sicherheitspolitik":

„Obsoleterklärung des Staatsvertrages von 1955 zur Bekräftigung der vollen Souveränität."

(Weil das Land sich ändern muß!
Auf dem Weg in die Dritte Republik, Wien 1994,
Reihe Kontrovers des Freiheitlichen Bildungswerks, S. 144)

In diesem Zusammenhang muß weiters darauf hingewiesen werden, daß Haiders Chefideologe Andreas Mölzer – von Haider unwidersprochen – von der „Herstellung der kleinstdeutschen Einheit durch die Vereinigung von BRD und DDR" sprach,[9] während Haider selbst „die deutsche Wiedervereinigung in der kleinen Version" verwirklicht sah.[10] Dabei drängt sich die Frage nach Inhalt und Ausmaß mittlerer oder größerer Wiedervereinigungen geradezu auf.

Da jedoch Deutschnationalismus in Österreich seit vielen Jahren nicht mehr mehrheitsfähig ist – die Deutschtums-Bekenner liegen in der Größenordnung zwischen 5 und 10 %[11] –, propagiert Haider nunmehr einen neuen, Fremde ausschließenden und nationalistisch getönten Österreich-Patriotismus. Dieser wurde in Zusammenhang mit dem Ausländervolksbegehren deutlich, das unter dem Slogan „Österreich zuerst" stand. Die „Kärntner Nachrichten" warben dafür mit der Schlagzeile: „Die Stunde wahrer Patrioten",[12] Haider unterstrich beim Neujahrstreffen der FPÖ 1993:

> „Es ist eine staatspolitische Verantwortung, daß die FPÖ ‚Österreich zuerst' sagt: als eine Sache des Herzens für alle, die zu diesem Land eine tiefe Beziehung haben, denen dieses Land am Herzen liegt."
>
> *(Neue Freie Zeitung, 13. 1. 1993)*

Dieses erste Aufflackern eines vorgeschobenen Österreichpatriotismus im Zusammenhang mit dem gegen Nichtösterreicher gerichteten Volksbegehren verdeutlicht die Ausgrenzungsfunktion dieses neu entdeckten Österreichempfindens, das weniger intern identitätsstiftend wirken sollte, als vielmehr gegen Menschen anderer Sprache oder Hautfarbe gerichtet war.

Anläßlich des Nationalfeiertags – in FPÖ-Diktion Staatsfeiertag – 1993 erläuterte Haider sein Verständnis von Patriotismus:

> „Patriotismus ist Heimatliebe. Heimatliebe wurzelt im Herzen, ist also das, was man bekennt, wenn man irgendwo Wurzeln hat, wenn man irgendwo Beziehungen hat, wenn man sich irgendwo besonders zugehörig fühlt und gerne immer wieder dorthin zurückkehrt, wo man seine besondere Beziehung gelebt hat."
>
> *(Jörg Haider, Erklärung anläßlich des Staatsfeiertages am 26. 10. 1993, in: Für Freiheit und Verantwortung. Jahrbuch für politische Erneuerung 1994, hg. von Lothar Höbelt, Andreas Mölzer, Brigitte Sob, Wien 1994, S. 172 f.)*

Der hier angesprochene Heimatbegriff taucht signifikanterweise vorwiegend in der gegen die Einwanderung Fremder gerichteten Propaganda auf. Darauf wird in einem anderen Abschnitt noch gesondert eingegangen.

Aufhorchen ließ Haider, als er im August 1995 – taktisch geschickt im „Sommerloch" plaziert – erklärte, mit der „Deutschtümelei" innerhalb der FPÖ müsse nun endlich Schluß gemacht werden. Wörtlich erklärte er dazu gegenüber der Zeitschrift „Wirtschaftswoche":

> „Wir schleppen bis zu einem gewissen Grad eine [nationale, Anm. d. Verf.] Tradition mit, aber durch das neue Wählerpotential ist das ursprüngliche 220.000 Wähler ausmachende Potential der FPÖ zur Minderheit geworden. Daher kann man mit Fug und Recht sagen: Eine stärkere österreich-patriotische Profilierung der FPÖ wird in der Zukunft notwendig sein.
>
> [...]
>
> Ich will der Partei überhaupt keinen Zwang antun, aber ich glaube, daß jedes Element der Deutschtümelei in der FPÖ der Vergangenheit angehören muß, weil es in der veränderten europäischen Sicht die wichtigste Aufgabe ist, eine starke österreichische Identität zu gewährleisten. [...] Die Frage ist, ob meine Freunde schon bereit sind, diesen entscheidenden Schritt zu machen."
>
> *(Wirtschaftswoche, 17. 8. 1995)*

In einem wenige Tage später erschienenen Interview betonte Haider abermals die in Hinkunft stärkere Betonung eines Österreichbewußtseins, gab aber gleichzeitig zu verstehen, daß er sich nach wie vor dem deutschen Volkstum verbunden fühlt.

> „Es handelt sich dabei um eine kulturelle Freiheit im Sinne, daß ich ein Bekenntnis abgebe, daß ich mich zu meinem Volkstum bekenne, etwa zur deutschen Volks- und Kulturgemeinschaft, aber genauso zu einer Minderheit, zur slowenischen Volksgruppe oder zur kroatischen. Das soll

auch im Programm bleiben, nicht aber als Staatszielbestimmung, weil damit sofort der Gedanke da ist: Vielleicht wollen die Freiheitlichen doch wieder irgendwann einen Anschluß. [...]

Da bin ich wirklich der Meinung, daß dieser spezifische Beitrag Österreichs im Laufe der deutschen Geschichte eigentlich zu dieser Verwandtschaft geführt hat. Wir sind ja nicht die Provinz von Deutschland gewesen, sondern Österreich hat sowohl politisch wie kulturell, von hier aus wirkend, den deutschen Kulturraum maßgeblich beeinflußt."

(profil, 21. 8. 1995)

Diese Äußerungen Haiders erregten Enttäuschung und Wut beim angestammt deutschnationalen Flügel der älteren Generation, wie beispielsweise Alois Huber und seine Schwester Kriemhild Trattnig in Kärnten.[13] Andere freiheitliche Funktionäre durchschauten rasch Haiders neues Kalkül, aus wahltaktischen Überlegungen den Deutschnationalismus in den Hintergrund zu rücken. So interpretierte Andreas Mölzer, langjähriger Chefideologe der Freiheitlichen, die FPÖ sei „immer gegen Deutschtümelei im Sinne von Überbetonung des nationalen Elements" gewesen. Das deutschnationale Bekenntnis sei für die neuen Wählerschichten zweitrangig, „und die alte Klientel ist klug genug zu wissen, daß eine Bürgerbewegung keine Ersatzreligion ist, wo man die reine nationale Lehre behauptet."[14] Auch der freiheitliche Funktionär Walter Sucher, von seiner politischen Vergangenheit her tief im rechtsextremen Lager verankert, bekundete im freiheitlichen Zentralorgan sein Verständnis für Haiders neuen Schachzug. Er bekräftigte aber sogleich: „Die Mehrheit der Österreicher gehört der deutschen Volks- und Kulturgemeinschaft an."[15]

Die „Kärntner Nachrichten" beruhigten ihre Leser gleichfalls:

„Wer modernes Österreich-Bewußtsein in den absoluten Vordergrund seiner politischen Handlungen stellt, kann nicht gleichzeitig in der Geschichte leben. Nicht anders ist Jörg Haiders striktes Nein zur Deutschtümelei zu verstehen.

Was nicht heißt, daß das individuelle Bekenntnis zur ‚deutschen Volks- und Kulturgemeinschaft' als ideeller Wert an Bedeutung verloren hätte. ‚Wer standfest sein will, tut gut daran, seine Wurzeln nicht abzuschneiden!' sagt Jörg Haider in einem Interview für die dieswöchige Ausgabe der „Neuen Freien Zeitung". Nur der, der sein Volks- und Kulturbekenntnis politisch mißbraucht, hat in einer Österreich-Bewegung keinen Platz."

(Kärntner Nachrichten, 24. 8. 1995)

In der Ende Oktober 1995 erstmals erscheinenden Österreichausgabe der „Jungen Freiheit", die – von Andreas Mölzer gestaltet – beinahe den Eindruck einer FPÖ-Zeitung erweckt, stellte Haider nochmals klar:

„JF: „[...] Haben national-liberale Menschen nach wie vor Platz in der freiheitlichen Bewegung?

Haider: „Absolut. Ich betrachte mich ja selbst auch als ein solcher und ich möchte auch nie die Wurzeln meiner Familie und meiner Traditionen leugnen. Ich glaube allerdings, daß das national-liberale Lager in der Zweiten Republik immer in einer gewissen Außenseiterposition gestanden hat und daß es erst jetzt wirklich zu einer tragenden Kraft in Österreich werden kann. Es geht doch darum, daß wir in Österreich Verantwortung tragen und nicht für die EU und nicht für Maastricht und nicht für irgendwelche internationale Ideen, sondern eben für diese unsere Heimat. Unsere freiheitlichen Erfolge sind eine Einladung an all jene aus diesem national-liberalen Lager und an all jene, die von ihrer weltanschaulichen Position hierher gehören."

(Junge Freiheit, 20. 10. 1995)

Anzumerken wäre noch, daß die „Junge Freiheit" von deutschen Verfassungsschützern dem rechtsextremen Spektrum zugerechnet wird.

Volksgemeinschaft statt pluralistischer Gesellschaft

Die Idee einer organisch gewachsenen Volksgemeinschaft, in der Interessensgegensätze und Pluralismus hinter der vordergründigen, behaupteten Gemeinsamkeit des Volkes zurückzutreten haben, vertraten bereits die deutschnationalen Gruppierungen vor 1933, und in der NS-Bewegung bzw. dem NS-System wurde dieser Begriff zu einem zentralen Ideologie-Bestandteil. Heute findet sich das Postulat der sozialen Volksgemeinschaft in der Programmatik rechtsextremer und neonazistischer Gruppierungen ebenso wie bei der FPÖ.

1978, also kurz nach seiner politischen Übersiedlung nach Kärnten, stellte Haider dieses Konzept eingebettet in das „nationale" Gedankengut dar:

> „Und Götz machte es klar: Für die FPÖ bedeutet national zu sein 1978 etwas anderes als ominöse Vergangenheitsbewältigung. Es bedeutet das Streben, die Interessen eines Volkes sinnvoll in das europäische Gemeinschaftsleben zu integrieren. Kein Nationalstaatsfetischismus, keine Anschlußideologie! Die Interessen einer Volks- und Kulturgemeinschaft liegen entschieden woanders. Sie liegen dort, wo es um die Strukturen einer volks- und kulturbewußten Gemeinschaftsordnung geht. Sie liegen dort, wo es um ein Gegengewicht zu einer materialistischen, totalitären Ideologie und an Produktionsnotwendigkeiten orientierten Lebensordnung geht."
>
> *(Kärntner Nachrichten, 26. 10. 1978)*

Im Rahmen der Beschlußfassung des damals neuen Parteiprogramms sah Haider das Konzept der Volksgemeinschaft als Bestandteil freiheitlicher Programmatik:

> „Diese Grundsätze [der FPÖ-Programmatik] sind in einer Politik der sozialen Volksgemeinschaft zu verwirklichen. Dabei ist auf das Bekenntnis zur Volksgemeinschaft besonderer Wert zu legen, die eine organische und ethische Ge-

bundenheit des Menschen in verschiedene Gemeinschaften, von der Familie bis zum Volk, zum Ausdruck bringt. Damit grenzen wir uns von materialistischen Ideologien ab, für die der Mensch nur ein einzelhaftes Wesen in einer gesichts- und bindungslosen Gesellschaft darstellt."

(Die Aula 10/1985)

Die „Kärntner Nachrichten" gaben im Jahr 1983 – Haider war zu dieser Zeit Chefredakteur des Blattes – eine aufschlußreiche Darstellung zum Gedanken des 1. Mai, die ebenfalls diese Konzeption verdeutlicht:

> „Ganz bewußt wurde von der FPÖ-Kärnten der 1. Mai dieses Jahr nicht als Tag der Arbeit gefeiert, sondern unter das Motto der Besinnung zur ‚sozialen Volksgemeinschaft' gestellt. [...] Gerade zu einem Moment, wo der FPÖ eine historische Chance zu einer Regierungsmitverantwortung erwächst, will man sich von der Klassenpolitik der SPÖ und der Gruppenpolitik der ÖVP absondern. Die Bevölkerung ist wie ein kompliziertes Uhrwerk zu verstehen. Wenn das kleinste Rädchen nicht mehr läuft, kommt das gesamte Werk zum Stehen."

(Kommentar von Kurt Knappinger, „1. Mai – Tag der „Sozialen Volksgemeinschaft"„, Kärntner Nachrichten, 5. 5. 1983)

Im Vorwort zur Broschüre „100 Jahre freiheitliche Tradition in Kärnten" schrieb Haider:

> „Im krassen Gegensatz zu den Ideologien der sozialdemokratischen Klassenkämpfer sowie der christlich-sozialen, klerikalen, ständisch ausgerichteten Bewegung verfolgte dieses dritte Lager von Anbeginn an die Idee der Gemeinschaft. Diese hat sich bis herauf in die jüngste Geschichte der freiheitlichen Bewegung erhalten, wo sie sich programmatisch als die Idee der sozialen Volksgemeinschaft niederschlägt. Die Bedeutung dieses Grundgedankens kann gerade in einer Zeit, in der der wachsende politische Gruppenegoismus die Fundamente von Demokratie und Rechtsstaat erschüttert, nicht hoch genug bewertet werden."

(100 Jahre freiheitliche Tradition in Kärnten, S. 5)

Auch Haiders Grundsatzreferent, Andreas Mölzer, bekannte sich in seinem Haider-Jubelbuch „Der Eisbrecher" zum Grundsatz der Volksgemeinschaft:

> „Sozialpolitisch ist es nach wie vor das Ziel der sozialen Volksgemeinschaft, das im Mittelpunkt der freiheitlichen Überlegungen steht. Klassenkampf, Generationenkonflikte, berufsständische Auseinandersetzungen und ähnliches lehnen die Freiheitlichen ab."

(Andreas Mölzer, Jörg!
Der Eisbrecher. Jörg Haider und die Freiheitlichen – Perspektiven der politischen Erneuerung,
Wien-Klagenfurt 1990, S. 172)

Die Volksgemeinschaft als erwünschte Idylle und Ort der Geborgenheit für das Individuum schwingt auch in Haiders Klagen über den seiner Meinung nach vorherrschenden gesellschaftlichen Egoismus durch:

> „Die moralische Dekadenz des Sozialsystems mit seinen zahlreichen Gefahren des Mißbrauchs besteht in der Auffassung der Bürger, sich mit ihrer Abgaben- und Steuerleistung von jeglicher Mitverantwortung freikaufen zu können. […] Freiwillige Gemeinschaftsleistungen müssen daher belebt werden, wenn individuelle Verantwortung nicht verkümmern und die heute zu Recht oft beklagte Kälte des sozialen Systems beseitigt werden soll."

(Haider, Die Freiheit, die ich meine, S. 153)

Und an anderer Stelle seines Buches führt er aus:

> „Es fehlt der westlichen Gesellschaft heute an Gemeinwohlorientierung oder an der spontanen Bereitschaft, Opfer für die Gemeinschaft zu erbringen."

(Haider, Die Freiheit, die ich meine, S. 21)

Haider verordnet Gemeinschaftssinn als Heilmittel für gesellschaftliche Probleme:

> „Der Sozialismus hat hierzulande den Menschen zum Produktions- und Konsumfaktor herabgewürdigt. Eine tiefgrei-

> fende Auseinandersetzung über die ethischen Grundlagen der Gesellschaft steht auf der Tagesordnung. Gemeinschaft und Bindung des einzelnen in seiner Lebensordnung sind das Korrektiv zum entfesselten Egoismus und Hedonismus unserer Zeit."
>
> *(Haider, Die Freiheit, die ich meine, S. 214)*

In den unter Haiders Obmannschaft verabschiedeten „Freiheitlichen Thesen zur politischen Erneuerung Österreichs" heißt es dazu:

> „Die ganzheitliche Betrachtung vielschichtiger Probleme ist auch eine Absage an das egozentrische Weltbild und muß zum Prinzip, das Gleichgewicht zwischen Denken und Handeln, zwischen persönlichen Sorgen und der Verpflichtung gegenüber der Gemeinschaft, zwischen der Liebe zur natürlichen Umwelt und unserer Zivilisation zum Ziel werden."
>
> *(Aula, 11/1993)*

Hier tritt das Volksgemeinschaftskonzept hinter dem in letzter Zeit modernen Begriff der Ganzheitlichkeit, in diesem Falle der Gesellschaft, zurück, der von der sogenannten „Neuen Rechten" in der Tradition der „Konservativen Revolution" der Weimarer Republik wieder aktualisiert wird.

In dieser Zielvorstellung einer harmonischen, konfliktfreien, Geborgenheit bietenden Gemeinschaft gibt es keinen Raum für die Austragung von Interessensgegensätzen, Verfolgung von Partikularinteressen, Bestrebungen zur Aufhebung der Benachteiligung einzelner Bevölkerungsgruppen. Der Wert des Individuums ergibt sich aus seiner Leistung für die Gemeinschaft. Liberale, die Einzelpersönlichkeit betonende Vorstellungen werden in der Logik des Konzepts ebenso abgelehnt wie sozialistische Ideen, Arbeiterbewegung, Frauenemanzipation u. a. Das Volksgemeinschaftskonzept bedingt daher ganz bestimmte politische Zielvorgaben, die unter anderem im Abschnitt über Haiders „Dritte Republik" dargestellt werden.

Kritik der Demokratie

Rechtsextreme kritisieren das demokratische System Österreichs und dessen Einrichtungen als vorgeblich „undemokratisch" und dem „Volk" entfremdet, während sie sich selbst als die „wahren" Demokraten präsentieren. Jörg Haider und mit ihm die FPÖ betreiben seit Jahren eine systematische Diffamierung der parlamentarischen Institutionen, der Interessenvertretungen und der anderen Parteien.

Bereits 1975 hatte Haider in der Zeitschrift des Ringes Freiheitlicher Jugend die Unterdrückung der Bürger im „sozialistischen Wohlfahrtsstaat" beklagt.[16] Sobald er innerhalb der FPÖ an die Macht gekommen war, setzten seine Angriffe gegen die Großparteien im besonderen und das österreichische parlamentarische System im allgemeinen mit aller Vehemenz ein. Anfang 1987 versuchte er mit seinem „Antiprivilegienvolksbegehren" („Für Leistung und Gerechtigkeit – gegen Parteibuchwirtschaft und Privilegien") gegen die Regierungsparteien Stimmung zu machen.[17]

In den „Kärntner Nachrichten" (und gleichlautend in der „Aula") erläuterte Haider 1987 dazu die geforderte „politische und moralische Erneuerung Österreichs":

> „Österreich als Staat ist in den letzten beiden Jahrzehnten zunehmend in eine Krise des Selbstverständnisses geraten, die ihre Ursachen in der mangelnden Ehrlichkeit und Offenheit besonders des politischen Lebens hat. Die Aufteilung des Staates in Machtbereiche der Großparteien, gepaart mit der Pfründewirtschaft gewissenloser Funktionäre, die sich nicht Österreich, sondern nur mehr ihrer Partei und ihren Portemonnaies verpflichtet fühlen, die Mißwirtschaft mit öffentlichen Geldern durch parteipolitisch ausgewählte Manager, haben eine tiefe Vertrauenskrise zwischen den Bürgern und ihrem Staat verursacht. In diesen Bereichen muß daher Ordnung geschaffen werden, damit Österreich wieder attraktiv wird und damit es demokratiepolitisch überlebensfähig bleibt.
>
> […]

> Die alten Parteien werden es sich bei der Gefahr ihrer Reduzierung auf Bruchteile der heutigen Größe nicht auf die Dauer leisten können, die berechtigten Anliegen der Bürger, die unserem Volksbegehren zugrunde liegen, zu negieren oder auf die lange Bank zu schieben. Die politisch moralische Erneuerung Österreichs muß kommen."
>
> *(Kärntner Nachrichten, 21. 5. 1987 bzw. Die Aula 6/1987)*

Seither versucht Haider, jegliche Skandale oder Mißstände mit Unterstützung der ihm völlig ergebenen freiheitlichen Parteipresse für seine politischen Zwecke zu instrumentalisieren. So titelte z. B. die „Neue Freie Zeitung" einmal:

> „Blecha, Lichal, Noricum, Braun, Milchwirtschaft & Co: Wesenszüge des Systems der Schacherdemokratie".
>
> *(Neue Freie Zeitung, 15. 2. 1990)*

Haider präsentiert sich selbst als die einzige Kraft, die die Rechte des Volkes vertrete und der immer wieder dazu bemühten „schweigenden Mehrheit" ein Sprachrohr biete:

> „Ich habe den Fehdehandschuh aufgenommen und zeige auf die immer größer werdende Kluft zwischen veröffentlichter und öffentlicher Meinung für den Bürger. Das Volk denkt anders. Das Bildungsbürgertum denkt anders, und jene Intellektuellen, die sich ein kritisches Bewußtsein bewahrt haben, schweigen verschämt. Darin liegt auch die Ursache für den politischen Erfolg unserer Bewegung, daß wir entgegen der veröffentlichten Meinung des medialen und politischen Establishments die öffentliche Meinung breiter Bevölkerungsschichten artikulieren. Die schweigende Mehrheit, die die Last dieses Staates trägt, hat ein Recht, gehört zu werden."
>
> *(Haider, Die Freiheit, die ich meine, S. 53)*

Im Sommer 1995 betonte Haider abermals, Sprachrohr für den „normalen Österreicher" zu sein:

> „Es gibt weiters ein stilles Einverständnis vieler Österreicher mit uns. Wir sind die Feinde der antielitären Eliten, die sich auf der obersten gesellschaftlichen Ebene treffen und sich be-

stätigen, wie stark sie sind. Wir sind eine Art Polizze für den normalen Österreicher."

(News, 17. 8. 1995)

In einer Erklärung Haiders anläßlich des „Staatsfeiertages" 1993 heißt es:

„Das Bodengewölbe der Macht in Österreich ist letztlich auf dem krummen Rücken vieler Österreicher erreicht worden, denen bis zum heutigen Tag durch Parteibuchdiktat, durch Machtpolitik, durch zu viel Einflußnahme der Parteien in das private Leben der Menschen der Rücken gekrümmt wurde. Das ist es, was wir überwinden müssen und wo wir Freiheitlichen dafür einstehen wollen, eine Entwicklung einzuleiten, die diese geistige Besatzungsmacht zurückdrängt und das Prinzip der politischen Apartheid in Österreich der Vergangenheit angehören läßt."

(Jörg Haider, Erklärung des Bundesparteiobmannes anläßlich des Staatsfeiertages am 26. 10. 1993, in: Lothar Höbelt, Andreas Mölzer, Brigitte Sob (Hg.), Für Freiheit und Verantwortung. Jahrbuch für politische Erneuerung 1994, S. 171)

In seinem Bekenntnisbuch spart er weiter nicht mit Kritik am politischen System Österreichs, wenn er z. B. schreibt:

„In diesem verfilzten System von Abhängigkeiten, Vetternwirtschaft und politischer Intrige ist es sehr schwer, Ordnung zu schaffen. Viele, die heute noch mitspielen, warten aber darauf. Sie wollen frei sein – so wie es in den Grundrechten verbürgt ist."

(Haider, Die Freiheit, die ich meine, S. 143)

Mittlerweile spricht Haider dem politischen System Österreichs bereits die demokratische Qualität ab, wobei er sich einer bisher nur von neonazistischer Seite verwendeten Diktion bedient:

„Österreich ist ja in Wirklichkeit keine funktionierende Demokratie, es ist eine autoritäre Entwicklungsdemokratie unter der Vorherrschaft von Lizenzparteien, die von den Besatzungsmächten zugelassen, aber nie von der Bevölkerung gegründet wurden. [...] Gewählt worden durch ein System, das durch Stimmenkauf und Abhängigkeit bestimmt ist. [...] In Wirklichkeit erleben wir in Österreich die Wiedergeburt eines Austrofaschismus."

(Basta, 3/1993)

Den Ausdruck „Lizenzparteien" griff er seither mehrfach auf, unter anderem in der Erklärung zum 26. Oktober 1993:

> „Obwohl wir diese Befreiung von den Befreiern gefeiert haben, ist uns doch etwas von diesen Befreiern geblieben. Wir sind nämlich im Geistigen vielfach noch in der Tradition jener Phase von 1945 bis 1955 verblieben, die wir eigentlich überwinden wollten. Die geistige Besatzungsmacht ist noch nicht ganz abgezogen, jene geistige Besatzungsmacht, die sich durch Intoleranz, Ausgrenzungsdenken, Machtbedürfnis und Machtbesessenheit der sogenannten Lizenzparteien von 1945 äußert."

(Jörg Haider, Erklärung des Bundesparteiobmannes anläßlich des Staatsfeiertages am 26. 10. 1993, a. a. O., S. 171. Nochmals bekräftigt Haider den Begriff in: Die Freiheit, die ich meine, S. 119)

Auch vor der Nationalratswahl 1994 malte Haider ein angsterzeugendes Bild von einer Gefährdung der österreichischen Demokratie durch angebliche Unterdrückung der Freiheit:

> „Totalitarismus, freiheitsfeindliche Bedrohung der Autonomie und autoritäre Unterdrückung freier Meinung braucht nicht mehr staatliches Gewaltmonopol, Geheimdienste, Gesinnungspolizisten und Vernichtungslager wie Archipel Gulag. Die Methoden sind andere, feinere geworden. Die Bedrohung der Freiheit der Bürger ist somit weniger offenkundig, jedoch wesentlich wirksamer. Die Gefahr auch für unsere Demokratie liegt heute in der Herstellung einer uniformierten Gesellschaft, in der die politisch vorgegebene Einheitsmeinung Gültigkeit hat. Ist es nicht so? Wer den Zugriff auf die Massenmedien hat, erringt oder befestigt seine Macht."

(Jörg Haider, Österreich-Erklärung zur Nationalratswahl 1994, in: Lothar Höbelt, Andreas Mölzer, Brigitte Sob (Hg.), Für Freiheit und Verantwortung. Jahrbuch für politische Erneuerung 1995, S. 337)

Immer wieder klingt bei Haider das Motiv des Gegensatzes zwischen angeblich unterdrückter Bevölkerung und politischen Institutionen an:

> „Die Bruchlinie zwischen ziviler Gesellschaft und institutionalisierter Politik ist überdeutlich vorhanden. Das System der Prätorianergarden läßt nur die Wahl zwischen Mitmachen (das heißt für die Prämie der öffentlichen Pfründen und Benefizien die Untugenden und Fehlentwicklungen des Systems zu verteidigen) oder der ehrenwerten politischen Klasse die Stirn zu bieten."
>
> *(Haider, Die Freiheit, die ich meine, S. 200)*

Den Politikern der anderen Parteien wird mit dieser Wortwahl sogar eine strukturelle Nähe zur Mafia („ehrenwerte Gesellschaft") unterstellt. An anderer Stelle setzt er die österreichische Demokratie sogar mit einem autoritären „Ständestaat" gleich:

> „Es geht um die Überwindung der freiheitsfeindlichen Elemente eines ständestaatlichen Systems und um die Entmachtung der herrschenden politischen Klasse durch Beseitigung ihrer Pfründen, Privilegien und demokratisch nicht legitimierten Machtinstrumente, die die Entstehung einer offenen Gesellschaft freier Bürger mit aufrechtem Gang verhindern sollen."
>
> *(Haider, Die Freiheit, die ich meine, S. 200)*

Anläßlich der Präsentation einer englischen Fassung seines Buches in den USA bezeichnete Haider Österreich als „unterentwickelte Demokratie", in der es „keine Meinungsfreiheit gebe und der Kanzler via Presseförderung freundliche Berichterstattung kaufe". Diese Österreich-Beschimpfung im Ausland löste in Österreich heftige Reaktionen aus. Im Gegensatz zu seinem eigenen Vorgehen hatte Haider in eben jenem in den USA vorgestellten Buch harte Worte für jene gefunden, die im Ausland Österreich und dessen Politiker, seine Person eingeschlossen, nicht bedingungslos verteidigen:

> „Eigentlich ist es politisch-moralischer Landesverrat, wenn man wider besseres Wissen und Gewissen aus Angst vor

den politischen Herausforderern den Ruf des eigenen Landes im Ausland gefährdet."

(Haider, Die Freiheit, die ich meine, S. 135)

Gegen ihn gerichtete demokratische Entscheidungen und Willensbildungsprozesse bezeichnet Haider stets als angeblich „undemokratisch" und hat größte Probleme, diese auch zur Kenntnis zu nehmen. Es entsteht der Eindruck, daß Haider als „demokratisch" sieht, was ihm nützt, als „undemokratisch", was ihm schadet – also ein sehr eingeengtes Demokratieverständnis.

Seine Parteipresse sekundiert dabei beflissen.

Seine Abwahl als Landeshauptmann von Kärnten definierte Haider als Ausdruck einer „medialen Vernichtungsmaschinerie" eines „linken Pöbels". (Der Standard, 20. 6. 1991).

Die „Kärntner Nachrichten" kommentierten diese Ereignisse des Juni 1991 folgendermaßen:

„In Kärnten hat ein System bewiesen, wozu es noch immer fähig ist: zu totalitärer Machtpolitik mit allen Auswirkungen, zum Gang über politische Leichen."

(Kärntner Nachrichten, 27. 6. 1991)

Das Scheitern der totalen Machtansprüche der Kärntner FPÖ nach der Landtagswahl 1994 veranlaßte Michael A. Richter zu folgendem Kommentar in der „Neuen Freien Zeitung":

„Aber auch das ist ein Indiz für die Arroganz parteipolitischen Machtdenkens, für ein politisches Verständnis in den überkommenen Strukturen des Ständestaates: Die Kärntner haben gewählt, jetzt werden sie dafür bestraft. Der Wille der Wähler, der eigentliche Auftrag an die Politik, wird vergewaltigt, ignoriert, aus Selbstsucht und Parteitaktik heraus mißbraucht."

(Neue Freie Zeitung, 27. 4. 1994)

Der Kommentator übersieht dabei geflissentlich, daß immerhin noch rund 66 % der Kärntner nicht der FPÖ ihre Stimme gegeben hatten, also keine freiheitliche Machtübernahme wünschten. Die „Kärntner Nachrichten" schlagzeilten dazu:

> „Unser Land von Zernatto und Ausserwinkler der Lächerlichkeit preisgegeben. Ballhausplatz dirigiert Kärnten: Nun Koalition der Schwächlinge. So wurde die Heimat verraten."
>
> *(Kärntner Nachrichten, Nr. 17, 28. 4. 1994)*

Die „Dritte Republik"

Seit geraumer Zeit beschwört der FPÖ-Obmann die Notwendigkeit der Schaffung einer „Dritten Republik", ein an sich von der ÖVP vor einigen Jahren aufgebrachtes Schlagwort:

> „Wir Freiheitlichen wollen eine neue, eine Dritte Republik. Unser Wollen setzt dem Machtkalkül der Altparteien ein Ende, reduziert öffentliche Kosten, um Zukunftsaufgaben wahrzunehmen, und setzt an die Stelle der Herrschaft der Funktionäre die Mitverantwortung der Bürger. Die Dritte Republik ist kein Schlagwort. Die Formulierung dieses Zieles ist in Anbetracht der globalen Machtverschiebungen und internationalen Veränderungen das Gebot der Stunde, um das Land von seinem strukturkonservativen Geist zu befreien."
>
> *(Haider, Die Freiheit, die ich meine, S. 147 f.)*

Im Oktober 1995 formulierte er abermals:

> „Die Dritte Republik wird sich evolutionär aus der Zweiten Republik entwickeln, da man einfach sehen muß, daß die jetzigen Zustände im Lande gerade aus verfassungsrechtlicher Sicht nicht mehr verantwortbar sind. Die Oligarchie der etablierten Parteien hat längst abgewirtschaftet, und durch Einheitspartei, Einheitskammern, Einheitsmedien gibt es die Gefahr eines neuen Absolutismus in Österreich. So wie unsere politischen Vorfahren vor 150 Jahren gegen den Absolutismus Metternichs zu Felde gezogen sind, so müssen wir heute der roten Machtkonzentration die Stirn bieten."
>
> *(Junge Freiheit, 20. 10. 1995)*

Als „Denkanstoß“ (Mölzer) erarbeiteten 15 Autoren, unter ihnen – neben Mölzer – der Historiker Lothar Höbelt und der Jurist Wilhelm Brauneder, beide Universitätslehrer, unter dem Titel „Weil das Land sich ändern muß! Auf dem Weg in die Dritte Republik“ eine Broschüre, die die FPÖ-Vorstellungen für die Zukunft Österreichs zusammenfaßt. Darin präsentierte Ideen übernahm auch Haider in seinem Bekenntnisbuch „Freiheit, die ich meine“, wodurch diese Broschüre noch an offiziellem, sozusagen FPÖ-amtlichem Charakter gewinnt. Einige der darin erhobenen Forderungen hat Haider seither auch öffentlich in die Diskussion eingebracht, ein Signal dafür, daß diese Anregungen durchaus ernstgemeint sind.

Politische Strukturen für einen starken Staat

Die Thesen der freiheitlichen Vordenker postulieren eine „Totalreform des Verfassungsrechtes“,[18] wobei das Schwergewicht auf einer weitgehenden Reduktion der repräsentativen und Stärkung der direkten Demokratie hin zu einem Präsidialstaat liegt. Das Amt des Bundeskanzlers möchten die Autoren zugunsten einer Aufwertung des Bundespräsidenten ebenso abschaffen, wie insgesamt eine Entmachtung der bundesstaatlichen Organe, auch des Nationalrates, zugunsten der Länder und deren Kompetenzen stattzufinden hätte – Vorstellungen, die Haider im August 1995 gegenüber der Tageszeitung „Der Standard“ bestätigte (Der Standard, 16. 8. 1995).

Haider wünscht auch ein anderes staatliches System. Die repräsentative Demokratie möchte er in jedem Fall abschaffen. Die Austria Presse Agentur berichtete dazu:

> „Die ‚klassische Form der repräsentativen Demokratie habe sich überlebt‘, erklärte F-Obmann Jörg Haider Mittwoch abend bei einer Diskussionsveranstaltung in Wien.“
>
> *(APA, 5. 4. 1995)*

In einem Interview mit der Zeitung „Der Standard“ sagte er dazu:

„Wir werden den Weg zum Bürgerrechtsstaat nicht schaffen, wenn wir den Parteienstaat nicht überwinden. Die repräsentative Demokratie ist überholt."

(Der Standard, 31. 8. 1994)

Die Parteien hätten keine Existenzberechtigung mehr, daher plädierte Haider für die Umbenennung seiner eigenen Partei in eine Freiheitliche Bewegung (Der Standard, 16. 1. 1995). Das hinderte die Freiheitlichen aber nicht daran, weiterhin den mit vor allem auch finanziellen Vorteilen verbundenen Rechtsstatus einer Partei beizubehalten. Im Herbst 1995 nahm Haider diesen Schachzug der Umbenennung aber wieder zurück, da er „auch den eigenen Leuten" nicht gefallen habe (News, Nr. 41/1995).

Die Zahl der Ministerien möchte Haider auf sieben reduzieren, wobei die Bundesministerien für Landesverteidigung und für Inneres zusammengelegt werden sollen:

„*Standard:* Und welche Ministerien würden Sie einsparen oder abschaffen?

Haider: Das Gesundheitsministerium mit einer Chefin, die Landesräte beschimpft, ist eine Zuchtkammer, aber keine Kompetenzlösung. Dann müßte man Wissenschaft und Bildung zusammenlegen. Vor allem aber die äußere und die innere Sicherheit.

Standard: Also das Verteidigungs- und das Innenministerium zu einem einzigen Ressort machen?

Haider: Ganz wichtig. Und schließlich noch das Wirtschafts- und das Landwirtschaftsministerium vereinigen."

(Der Standard, 16. 8. 1995)

Ein derartiges „Sicherheitsministerium" ist normalerweise eine Besonderheit von Diktaturen, die gegen Feinde von außen wie von innen mit gleicher Härte vorgehen.

Die von Haider propagierten „Freiheitlichen Thesen zur politischen Erneuerung" fordern in diesem Zusammenhang mit unverhohlener Offenheit:

„Sicherheit durch Recht und Ordnung

Für eine Sicherheitspolitik, die dem Sicherheitsbedürfnis der Bürger, nicht aber gesellschaftspolitischen Utopien dient. Die Bekämpfung der Kriminalität hat unter dem Gesichtspunkt der Prävention und der Abschreckung zu erfolgen. Zur Verbrechensbekämpfung hat die Behörde ausreichenden Rückhalt, Rechtsschutz und optimale personelle und materielle Ausstattung zu erhalten. Zur Bekämpfung des Terrorismus und Drogenhandels sind alle erforderlichen Gewaltmittel geboten."

(Aula 11/1993 sowie Broschüre des Freiheitlichen Bildungswerkes)

„Professionelle Landesverteidigung ohne Wenn und Aber

Für eine wesentlich gestärkte Landesverteidigung und ein Berufsheer, das laufend an die Erfordernisse anzupassen ist, die sich aus der Bedrohungsanalyse ergeben. Hohe Professionalität und modernste Ausrüstung sind am besten durch eine Freiwilligenarmee aus Berufsheer und Freiwilligenmiliz zu erreichen. Die Erhöhung der bisher eher symbolischen Verteidigungsausgaben ist unumgänglich."

(Aula 11/1993 sowie Broschüre des Freiheitlichen Bildungswerkes)

Hier werden die Bestrebungen zur Erzielung eines starken Staates, wie sie auch von Rechtsextremen vertreten werden, sehr deutlich. Das Konzept der Volksgemeinschaft fordert – wie oben ausgeführt – eine harmonische Gemeinschaft, deren Harmonie nötigenfalls auch mit staatlichen Zwangsmitteln herzustellen ist. Die nationalsozialistische und die faschistischen Diktaturen haben dies im zwanzigsten Jahrhundert ja bereits vorexerziert.

Bereits 1980 war Haider im österreichischen Nationalrat gegen die Einrichtung des Zivildienstes aufgetreten:

„Aber aus der Gleichstellung ist heute eine Abwertung des Wehrdienstes geworden. Das ist ein Affront gegen -zig Tausende junge Wehrmänner, die zur Kenntnis nehmen müssen, daß man über sie einfach hinwegsieht und eine Privilegierung für Zivildiener schafft, die sachlich nicht vertretbar ist, meine Damen und Herren."

(48. Sitzung des Nationalrates, XV. Gesetzgebungsperiode, 23. 10. 1980)

Haider befand sich damit in derselben inhaltlichen Position wie die Organisatoren eines Zivildienstvolksbegehrens, das in den achtziger Jahren durchgeführt wurde, und zu dessen Unterstützung unter anderen eine große Zahl rechtsextremer Organisationen aufgerufen hatte.

Dienst an der Gemeinschaft statt Sozialsystem

Eine historisch in faschistischen Regimen durchgesetzt gewesene Einrichtung möchten Haider und die Freiheitlichen ebenfalls wiederbeleben – die allgemeine „Dienstpflicht" für Männer und Frauen. In den „Freiheitlichen Thesen" heißt es dazu im Abschnitt Landesverteidigung:

> „Die allgemeine Dienstpflicht für Frauen und Männer kann außer der aktiven Teilnahme am Milizsystem auch durch die Ableistung eines allgemeinen Sozialdienstes erfüllt werden."

(Aula 11/1993 sowie Broschüre des Freiheitlichen Bildungswerkes)

Dieses Ansinnen formulierten auch die Autoren der erwähnten Broschüre „Weil das Land sich ändern muß!" als „allgemeine Wehr- und Dienstpflicht"[19] auch für Frauen. Haider selbst wiederholte diese Forderung im Frühjahr 1995 im Rahmen eines Vortrags zur „Dritten Republik". Die Austria Presse Agentur berichtete dazu:

> „Als weitere Vorstellungen seiner ‚Reformschritte' nannte der F-Obmann den Ausbau des Rechnungshofes zu einer ‚vierten Gewalt' sowie die Einführung eines freiwilligen ‚allgemeinen Sozialdienstes' für Burschen und Mädchen, da man der Entsolidarisierung nicht einfach zusehen könne."

(APA 5. 4. 1995)

Überhaupt möchte Haider an die Stelle des derzeitigen Sozialsystems „freiwillige Gemeinschaftsleistungen" setzen:

> „Die moralische Dekadenz des Sozialsystems mit seinen zahlreichen Gefahren des Mißbrauchs besteht in der Auffassung der Bürger, sich mit ihrer Abgaben- und Steuerleistung von jeglicher Mitverantwortung freikaufen zu können. Da aber der Mensch nun einmal ein zoon politikon (Aristoteles) ist, gibt es im Zusammenleben viele Probleme, die nicht mit Geld zu regeln sind. Freiwillige Gemeinschaftsleistungen müssen daher belebt werden, wenn individuelle Verantwortung nicht verkümmern und die heute zu Recht oft beklagte Kälte des sozialen Systems beseitigt werden soll. Unserer Gesellschaft ist die Nestwärme verlorengegangen."
>
> *(Haider, Die Freiheit, die ich meine, S. 153)*

Gleichlautend meinen die Autoren der Broschüre „Weil das Land sich ändern muß!", die soziale Sicherung solle dem einzelnen bzw. der Verantwortung der Gruppe übertragen werden. Über eine „Pflicht zur Solidarität" solle die Vorsorge für Alte oder Arbeitslose gewährleistet werden. Haider meint weiter dazu:

> „Soziale Besitzstände, die Form der öffentlichen Aufgabenerfüllung, wird man gründlich überdenken müssen. Das schließt die Fähigkeit der Politik ein, den Bürger auf die Notwendigkeit von Opfern vorzubereiten. Die Menschen müssen einfach wieder für die Mitverantwortung an der Gemeinschaft gewonnen werden."
>
> *(Haider, Die Freiheit, die ich meine, S. 153)*

Für die weitere Gewährleistung der sozialen Sicherheit weiß Haider ein ganz besonderes Rezept:

> „Die ehrliche Alternative für die Finanzierbarkeit der sozialen Sicherheit lautet: Mehr arbeiten, mehr Kinder und weniger ausländische Zuwanderer oder weniger arbeiten, weniger eigene Kinder und mehr Einwanderer."
>
> *(Haider, Die Freiheit, die ich meine, S. 173)*

Welche der beiden Alternativen der FPÖ-Obmann selbst bevorzugt, wird im Lichte seiner – später noch näher zu zeigenden – Forderungen nach Einwanderungsstopp und rigider Aufenthaltsgesetzgebung deutlich.

Rolle der Frauen

Haider und die Freiheitlichen möchten Frauen, vor allem Mütter, aus dem Berufsleben ausgliedern, nicht zuletzt um so die Arbeitslosigkeit niedrig zu halten.

> „Noch ein Gedanke im Zusammenhang mit der Zukunft der Arbeitsgesellschaft erscheint mir wichtig. Zu den Gruppen, die ganz besonders vom Schicksal der Arbeitslosigkeit betroffen sind, gehören die Frauen. Die feministische Illusion von der Selbstverwirklichung der Frau und Mutter im Beruf hat sich als verhängnisvoller Irrtum erwiesen. [...] Unsere zerrüttete Gesellschaft sollte uns Warnung sein, daß die Entwicklung in die falsche Richtung geht. [...] Haben wir jemals die Mütter gefragt, ob ihnen diese Entfremdung und Vereinsamung gegenüber ihren Kindern tatsächlich gleichgültig ist? Der Materialismus hat uns eines gelehrt: Es ist nicht so selbstverständlich, daß die Kinder – bei allem Wohlstand – so gedeihen, wie wir uns als Eltern dies wünschen. [...] Viele in die volle Berufstätigkeit getriebene Frauen sind nicht glücklich damit. Der Zwang zum Verdienen bringt sie dazu, ihre Aufgabe als Mütter zu vernachlässigen. Die Mehrfachbelastung überfordert viele Frauen nicht nur körperlich, sondern läßt sie geistig, seelisch müde werden. Kinderhorte und Kindergärten sind für die Kinder auch kein Ersatz für die Mutter. Es ist heute eine gesicherte Erkenntnis der Psychologie, daß alle Kinder unter drei Jahren und eine große Zahl der Drei- bis Fünfjährigen durch Mutterentbehrung oder Vaterentbehrung Schaden nehmen. [...] Die Folgen dieser fortgesetzten Entfremdung der Kinder von ihren Müttern sind generelle Ablehnung von Ordnung, illusionäre Riesenansprüche, Passivität im Berufsleben, Unvermögen zu gefühlsmäßiger Bin-

dung, Verkümmerung des Gewissens, nihilistische Weltsicht und Neigung zu Gewalt und Egoismus. Wir müssen also von den Frauen den Druck nehmen, das Kind aus Gründen der Berufstätigkeit von Fremden aufziehen und erziehen zu lassen. Wir müssen die Frauen ermutigen, das zu tun, was ihr ureigenstes Anliegen ist, nämlich ihr Kind groß und tüchtig werden zu sehen und sich ihm zu widmen."

(Haider, Die Freiheit, die ich meine, S. 212 f.)

Gegenüber der „Aula" bekräftigte er 1994 nochmals sein Bekenntnis zur Familie, das er wieder mit einer Ablehnung der Frauenberufstätigkeit verband:

„Und zu diesen Wertvorstellungen bekennen wir uns nicht nur, sondern sie sind auch wesentlich für unseren Weg, beispielsweise etwa das Bekenntnis zur Familie, von dem ich glaube, daß es in der Zukunft eine ganz zentrale Bedeutung bekommen wird. Wir haben in Österreich eine totale Zerstörung gewachsener und solider Familienstrukturen, nicht nur die hohe Scheidungsrate, sondern auch die Anzahl der nichtversorgten Kinder. Die psychischen Defekte, die in der Jugend auftreten, sind eine Folge einer Desintegration des Familienverbandes. Es hat damit zu tun, daß der Sozialismus sein Ziel schrittweise erreicht, daß beide Elternteile gezwungen werden, berufstätig zu sein und damit die Kinder tatsächlich beim Staat zur Erziehung und zur Betreuung abgegeben werden."

(Aula 9/1994)

Arbeitswelt und Interessensvertretungen der Arbeitnehmer

Eine gegen Arbeitnehmer und deren Interessensvertretungen gerichtete Tendenz wird in den gesellschaftspolitischen Forderungen der Freiheitlichen sehr deutlich, wie sie sich ja bereits in den letzten Jahren mit der Forderung nach Schwächung der Arbeiterkammer gezeigt hat. An die Stelle der Kollektivverträge sollen nach Meinung der Autoren der erwähnten programmatischen Broschüre Betriebsvereinbarungen treten, die von den zuständigen Betriebsräten oder Personalvertretungen auszuverhandeln wären, die jedoch – in der Regel – in direktem Abhängigkeitsverhältnis zum Eigentümer oder dessen Vertreter stehen. Der Gewerkschaftsbund soll aus solchen Verhandlungen ausgeschlossen werden. Dem steht eine deutliche Erweiterung der Möglichkeiten für Arbeitgeber in wirtschaftsliberalem Sinne gegenüber.[20] Ähnlich fordern die „Freiheitlichen Thesen zur politischen Erneuerung":

> „Vorrang für individuelle und betriebliche Vereinbarungsfreiheit durch Zurückdrängen der parteipolitisch orientierten Sozialpartner und Gewerkschaften."
>
> *(Aula 11/1993 sowie Broschüre des Freiheitlichen Bildungswerkes)*

Haider setzt in seinem Bekenntnisbuch seine Angriffe gegen die Arbeiterkammern und deren Funktionäre fort:

> „Privatisierung über 50 Prozent und Zusammenlegung von öffentlichen Unternehmen, um notwendige kostensparende Synergien zu erzielen, sind unumgänglich. Das Machtspiel der Altparteien aber läßt dies nicht zu, obwohl dies den positiven Aspekt hätte, daß die Vertreibung der Funktionäre aus den selbsterrichteten Paradiesen von Kammern, Fonds und geschützten Sektoren erzwungen würde. Die Arroganz der Funktionäre ist ohnedies unerträglich geworden. Sie verhalten sich wie die Nomenklatura in ehemaligen östlichen Kommandowirtschaften. Sinnlos wird das Geld der Fleißigen zum Fenster hinausgeworfen. [...]
>
> Diese Funktionäre kennen Anstand und Verläßlichkeit nicht mehr. Daher ist es notwendig, diese Kammern weitgehend zu entmachten, ihnen die behördenähnlichen Aufgaben zu entziehen und durch eine Zweckbindung ihrer Mittel einen Schwerpunkt in den Bildungseinrichtungen von WIFI (Wirtschaftsförderungsinstitut) und BFI zu setzen."
>
> *(Haider, Die Freiheit, die ich meine, S. 209 f.)*

Während einerseits die Freiheitliche Interessensvertretung AUF um Stimmen der Beamten bei den Personalvertretungswahlen wirbt, äußert sich Haider selbst eher abfällig über den öffentlichen Dienst:

> „Öffentliche Dienstleistungen sind zu privatisieren. In staatlichen Dienstleistungsbereichen ist zwingend eine Kostenrechnung einzuführen. Limitierte Budgets für einzelne Abteilungen, keine schleichenden Gehaltserhöhungen während des laufenden Arbeitsjahres, strenge Mißbrauchsbekämpfung bei der Inanspruchnahme sozialen Rechts sind unumgänglich erforderlich. Außerdem ist mit einem bestimmen Stichtag Lohn-, Arbeits- und Sozialrecht der Privatangestellten im öffentlichen Dienst einzuführen, um den Zusammenbruch der staatlichen Verwaltung und ihrer Finanzierungsgrundlagen zu verhindern. Ein tüchtiger Beamter wird so am Ende besser dastehen, und die bürokratischen Faulpelze verdienen ohnehin keine Milde. Es erscheint mir gerechtfertigt, wenn in Zukunft nur noch ältere Menschen, die schon eine Berufserfahrung in der Privatwirtschaft nachweisen können, die Chance einer Arbeit im öffentlichen Dienst haben. Denn das Problem der älteren Arbeitslosen kann nicht durch Subventionen und Sondernotstand (Sozialhilfe) gelöst werden."
>
> *(Haider, Die Freiheit, die ich meine, S. 210 f.)*

In diesem Absatz unterstellt Haider den Beamten nicht nur kostenrelevanten Mißbrauch bei sozialen Rechten, sondern wendet sich gegen die Pragmatisierung, die ja bei Übernahme des normalen Angestelltengesetzes wegfiele und die er offenbar auch rückwirkend streichen möchte. Außerdem soll der öffentliche Dienst als Auffangbecken für ältere Arbeitslose umgewidmet werden.

Ähnliche Forderungen finden sich in der erwähnten programmatischen Broschüre „Weil das Land sich ändern muß!". Die „dienst- und personalrechtliche Stellung" der wissenschaftlichen Universitätsbediensteten und der Lehrer soll abgeschafft und die Betroffenen in „privatwirtschaftliche Dienstverhältnisse" überführt werden.[21]

Bildungspolitik – Handwerker statt Studenten

Schulversuche lehnen Haider und die Freiheitlichen ebenso ab wie antifaschistische Aufklärung in den Schulen. Anstelle kritischer Wissenschafter sollen lieber Handwerker ausgebildet werden. Nur für Eliten sollte es eine besondere Förderung geben:

> „Für einen Abiturienten gibt der Staat pro Jahr 60.000 Schilling aus. Die ungebrochene Produktion von Abiturienten führt direkt in die Arbeitslosigkeit oder in ein Studium, das der Staat zu großen Teilen mitfinanziert. [...]
>
> Erst wenn in Österreich ein Grundberufsbildungsjahr zur Verbesserung der Allgemeinbildung geschaffen und der Staat bereit ist, genausoviel in die Ausbildung unserer künftigen Facharbeiter zu investieren, dann wird die Qualifikation durch Bildung erst sinnvoll sein. Doch vor dieser klaren gesellschaftspolitischen Weichenstellung haben sich alle Politiker gedrückt. Für sie war es wichtiger, die Jugend in Schulversuchen zu Versuchskaninchen zu machen und ihnen die inhaltsleere Phraseologie des hehren Antifaschismus zu vermitteln, als durch zukunftsorientierte Ausbildung, Öffnung des Bildungssektors für Begabungseliten auf allen Ebenen der Jugend eine berufliche Chance zu eröffnen [...].
>
> Es könnte nichts schaden, wenn weniger weltfremde Politologen und Soziologen produziert und dafür ein Bildungssystem eingerichtet würde, in dem jeder Jugendliche grundsätzlich einen handwerklichen Beruf erlernt, unabhängig davon, wohin er sich anschließend beruflich entwickelt."
>
> *(Haider, Die Freiheit, die ich meine, S. 179 f.)*

Kunst und Kultur

Haider und die Freiheitlichen beklagen immer wieder den angeblich von einer „Kulturmafia" beherrschten Kunst- und Kulturbetrieb in Österreich:

> „Der linke Kulturtotalitarismus beherrscht im Bündnis von Kulturminister, Bundestheatern und staatlichem Monopol-

rundfunk das sogenannte Geistesleben. Wer nicht mit den Wölfen heult, ist chancenlos als Schauspieler, Maler oder Literat. Künstler, die sich nicht in den vom Antikulturmessianismus lizenzierten gesellschaftlichen Kreisen bewegen, die mit Kritikern der österreichischen Zustände Umgang pflegen, stehen unter Rechtfertigungszwang. Jene, die die künstlerische Freiheit einfordern und exzessiv ausleben, sind nicht einmal bereit, die Meinungsfreiheit zu respektieren. […] Wie mit einer Dampfwalze wird jeder Widerspruch niedergemacht. Verletzung sittlich-moralischer Anschauungen, Brutalität und Gewaltverherrlichung, gepaart mit einer abgrundtiefen Mißachtung des Menschlichen, sind die ‚Normen', auf die ‚Kunstschaffende' verpflichtet werden. Feigheit, Ignoranz und Geistlosigkeit der Repräsentanten sogenannter gesellschaftlicher Eliten züchten eine primitive Beifallsgesellschaft, die im Bewußtsein, daß eigenes Urteil gesellschaftliche Verurteilung bedeuten könnte, in die avantgardistische Meinungs- und Standpunktlosigkeit abgleiten. Anything goes. Nur die Kritik an diesem Kulturzerfall ist tabuisiert."

(Haider, Die Freiheit, die ich meine, S. 226 f.)

Und an anderer Stelle meint er:

„Jedenfalls ist das Leben im österreichischen Kulturfaschismus bedrückend und besorgniserregend. Der Kultur fehlt die Kultur".

(Haider, Die Freiheit, die ich meine, S. 228 f.)

Haider fordert daher einen „werteverteidigenden Kulturkampf":

„Ohne werteverteidigenden Kulturkampf ist eine Überwindung des linken Kulturfaschismus nicht möglich. Bürgerliche Feigheit und Borniertheit haben diesen Kampf bisher sabotiert."

(Haider, Die Freiheit, die ich meine, S. 230)

Er diagnostiziert eine seiner Meinung nach gefährliche Bindungslosigkeit der Kultur:

„Die Kultur hat sich aus religiösen und sozialen Bindungen der bürgerlichen Gesellschaft gelöst und ist im wesentlichen zu einer Gegenkultur der sozialen Verhältnisse geworden. Die selbsternannten Heilsapostel in Massenmedien, Literatur, Film und Theater schaffen sich ihr Publikum und beherrschen es. Da die bürgerliche Masse über keine intellektuelle Kultur mehr verfügt, wird sie zu einer unkritischen Beifallsgesellschaft gegenüber der Gegenkultur und ihren Akteuren. Diese ‚Macher' verachten das breite Publikum – und leben gut davon, auf seine Kosten, auch auf Kosten seiner moralischen Werte."

(Haider, Die Freiheit, die ich meine, S. 22)

Zur Förderung und Unterstützung des „gesunden Kunstempfindens und Wertebewußtseins"[22] wurde im Rahmen des Freiheitlichen Bildungswerkes das „Kulturforum Freie Kunst" geschaffen, dessen Leiter, Walter Marinovic, dazu feststellt:

> „Das vom linken Kulturbetrieb angewiderte Publikum sehnt sich danach, Künstlern zu begegnen, denen es gegeben ist, dem anderen durch das Wort, durch das Lied, durch das Kunstwerk eine Botschaft zu sagen. Sie alle sind heute sehr allein. Diese Menschen zu sammeln, wäre die rechte Antwort auf die zersetzende Politik der linken Kulturmafia. Aus diesen Überlegungen wurde im Rahmen des Freiheitlichen Bildungswerkes das ‚Kulturforum Freie Kunst' gegründet. Es will Künstlern, die ehrlich arbeiten, ein Podium bieten. [...] Es will den gesunden Kräften unseres Volkes wieder Mut machen."

(Walter Marinovic, Linke Kulturmafia – rechte Kunst, in: Für Freiheit und Verantwortung, Jahrbuch für politische Erneuerung 1994, a. a. O., S. 324)

Marinovic ist kein Unbekannter. Er ist gern gesehener Referent bei rechtsextremen Organisationen, Bundesobmann des weit rechtsstehenden „Verbandes der Professoren Österreichs" und über 1989 hinaus Chefredakteur der Zeitung des Verbandes, „Professor". Das Titelblatt der Folge 4/1992 dieser Zeitung zeigte eine im Stil des nationalsozialistischen Blattes „Stürmer" gehaltene antisemitische Zeichnung von Bundesminister Dr. Scholten, die zu einer Verurteilung des Blattes durch den Presserat führte.[23]

Aus dem bisher Dokumentierten erscheint es nur konsequent, daß die Autoren der Broschüre „Weil das Land sich ändern muß!" die Freiheit der Kunst durchaus in Frage stellen. In den „Leitsätzen zu Kunst und Wissenschaft" heißt es:

> „Art. 1: Kunst ist über weite Strecken alogisch. Die Thesen: ‚Alles kann Kunst sein', ‚Die Kunst ist frei', ‚Kunst muß provozieren' sind abzulehnen, wenn ihnen nicht der Begriff ‚Verantwortung' beigestellt wird."

(Weil das Land sich ändern muß! S. 116)

Die „Freiheitlichen Thesen zur politischen Erneuerung" formulieren dazu:

> „Für eine Kultur, die die freie Entwicklung der Bürger und der Gesellschaft wiederspiegelt. Aufgabe des Staates ist es, für die Erhaltung des kulturellen Erbes zu sorgen, Gegenwartskultur hat sich an Angebot und Nachfrage, nicht an politischer Einflußnahme und Subvention zu orientieren. Geschmacksbevormundung durch subventionierte ‚Kultureliten' ist entbehrlich."

(Aula 11/1993 sowie Broschüre des Freiheitlichen Bildungswerkes)

Grundrechte, Heimat und Fremde

Im Bereich der verfassungsmäßig garantierten Grundrechte soll nach Meinung der Freiheitlichen zwischen Staatsbürgern und Fremden differenziert werden. Allgemeine „Grundrechte sollen dabei vorrangig" für Staatsbürger in Geltung sein:

> „Die Grundrechte sollen dabei vorrangig als Bürgerrechte (bezogen auf Staatsbürger) und in bestimmten Bereichen als für jedermann zugänglich verstanden werden."

(Weil das Land sich ändern muß!, S. 31)

In diese Richtung geht auch Haiders Forderung nach dem Ausstieg Österreichs aus der Europäischen Menschenrechtskonvention, da diese eine liberalere Ausländergesetzgebung erzwinge:

„Wenn Österreich durch die Europäische Menschenrechtskonvention beim Familiennachzug für Ausländer in die Pflicht genommen werde, sollte man diese Bestimmung aufgeben."

(Der Standard, 6. 10. 1995)

Die „Salzburger Nachrichten" berichteten dazu:

„Außerdem sei das Recht der Inländer auf Heimat stärker als das Recht der Ausländer auf Familienleben. Österreich solle daher von der Europäischen Menschenrechtskonvention abgehen."

(Salzburger Nachrichten, 6. 10. 1995)

Damit wiederholte Haider nur eine Forderung, die er bereits in seinem 1993 erschienenen Buch aufgestellt hatte:

„Darüber, wie man Heimatrecht und damit Bürgerrecht, also Staatsbürgerschaft, erwerben kann, gibt es zwei unterschiedliche Auffassungen, das Abstammungsprinzip auf der einen und das Territorialprinzip auf der anderen Seite. Das Abstammungsprinzip umfaßt nicht nur das Recht, in der Heimat zu bleiben, sondern bietet ethnischen Minderheiten auch das Recht auf Rückwanderung und Einbürgerung. [...] Auch den Landlern, die zur Zeit der Gegenreformation aus Oberösterreich und Kärnten ausgesiedelt wurden, sollte dieses Recht auf Heimat nicht vorenthalten werden.

[...]

Das Territorialprinzip wird heute in Europa in erster Linie von denen propagiert, die einer schrankenlosen Einwanderung das Wort reden. Ihre Anhänger berufen sich zwar häufig auf die Menschenrechte, übersehen dabei aber, daß sie damit gerade das Recht auf Heimat negieren und die Überlebensrechte ethnischer Minderheiten preisgeben."

(Haider, Die Freiheit, die ich meine, S. 88 f.)

Damit verlangt Haider aber nicht weniger als eine Änderung des österreichischen Staatsbürgerschaftsrechts zu einem an der Abstammung orientierten Recht, das es Nichtösterreichern sehr schwer, wenn nicht gar unmöglich macht, die Staatsbürgerschaft zu erwerben. Dabei unterscheidet er gemäß seinem deutschnationalen Grundbekenntnis zwischen Fremden mit „deutscher" bzw. „österreichischer" Abstammung und jenen, die diese nicht haben. Das heißt, ein rumänischer Flüchtling, der von den sogenannten „Landlern" abstammt, soll in Österreich eingebürgert werden, ein Rumäne mit anderer Herkunft jedoch nicht.

In diese Richtung wies ein Antrag der Freiheitlichen Fraktion im Wiener Gemeinderat betreffend die Änderung der Vergaberichtlinien von Gemeindewohnungen. In diesem Antrag wurde, nach einer Kritik an der vorzeitigen Einbürgerung von Ausländern, zwischen „eingebürgerten" Österreichern und „alteingesessenen" Wienern differenziert und gefordert, daß österreichische Staatsbürger, in deren Familienverband sich Ausländer befinden, gegenüber „reinen" österreichischen Familien diskriminiert werden sollten.[24]

Die Broschüre „Weil das Land sich ändern muß!" postuliert gleichfalls die Einführung eines „Rechts auf Heimat" und des „Rechts auf kulturelle Identität des einzelnen und der ethnischen Gruppe".[25] Diese sogenannten „Rechte" werden auch von rechtsextremer Propaganda immer wieder als Begründung für die Abwehr aller Fremden ins Treffen geführt. Diese Grundtendenz wird deutlich, wenn Haider fragt:

> „Was ist den Bürgern und der Gesellschaft eines Landes zumutbar? Wie viele Fremde können wir aufnehmen, ohne den sozialen Frieden und die Sicherheit in unserem Land zu gefährden? Wer ermächtigt die Politiker, die eigenen Bürger zu Fremden in der Heimat zu machen?"
>
> *(Haider, Die Freiheit, die ich meine, S. 95 f.)*

Daraus folgert er:

> „Unsere Aufgabe muß es daher sein, die Wanderungsursachen zu bekämpfen. Wer in seiner Heimat keine Zukunftsperspektive sieht, wird naturgemäß versuchen, sie woanders zu finden. Das darf nicht dazu führen, einer verdeckten Landnahme auf dem Rücken der eigenen Bevölkerung das Wort zu reden. [...] Es geht nicht um Eindringen und Be-

sitzergreifen von fremder Heimat, sondern um ein Besuchsrecht. Wer als Gast kommt, hat sich aber auch als solcher zu benehmen und sein Gastland als solches zu respektieren."

(Haider, Die Freiheit, die ich meine, S. 105)

In logischer Konsequenz wendet sich Haider daher gegen weiteren Zuzug von Ausländern und forderte im Volksbegehren „Österreich zuerst" sofortigen Einwanderungsstopp.

Nicht einmal Verfolgte sollten seiner Meinung nach Aufnahme finden. Den Vorschlag, Frauen, die im Zuge des Kriegs im ehemaligen Jugoslawien vergewaltigt wurden, als Flüchtlinge anzuerkennen, lehnte Haider in der ORF-Sendung „Anders gefragt" vehement ab.[26]

Haiders Frauenbild

Einem in den achtziger Jahren erstellten Programm der „Freiheitlichen Frauenschaft Kärnten" widmete Haider ein Nachwort, in dem er unter anderem forderte:

„Muttergeld durch Steuervorteil für den Alleinverdiener. [...] Damit wird eine

- merkliche Entlastung der Familie vom Steuerdruck bewirkt
- Entlastung des Arbeitsmarktes durch Abbau der Frauenbeschäftigung erreicht
- Verfügbarkeit der Mutter für Familie und Kinder sichergestellt
- Einkommenssicherung der Mutter gewährleistet
- Notwendigkeit zum Doppelverdienertum ausgeschaltet."

*(Freiheitliche Frauenschaft Kärnten,
Die Frau in Familie,
Beruf und Gesellschaft, S. 20)*

Anliegen Haiders war schon damals nicht die wirtschaftliche Unabhängigkeit und berufliche Gleichberechtigung der Frauen, sondern die unveränderliche Bewahrung der Rolle als Ehefrau und Mutter, wie es ähnlich im oben zitierten Frauenprogramm zum Ausdruck kommt. Im Rahmen von Ausführungen über die „soziale Volksgemeinschaft" nannte er unter anderen folgende sozialpolitische Forderungen:

> „Als Beispiel sei nur auf die Altersversorgung der Frau und Mutter verwiesen. Erkennt eine Gesellschaft die stabilisierende Aufgabe der Familie an, erscheint es untragbar, daß Mütter im Alter, vor allem im Witwenstand, keine entsprechende Versorgung erhalten. Das Prinzip der sozialen Volksgemeinschaft gebietet es, hier Reformen Platz greifen zu lassen. Möglich wäre, allen verwitweten Müttern pro Kind, für welches diese in der Familie gesorgt haben, einen prozentuellen Zuschlag zur Witwenpension von 2 bis 3% zu gewähren."

(Neue Freie Zeitung, 9. 10. 1980)

Gegenüber einer Reporterin des „Kurier" präzisierte er 1984 seine Vorstellungen von Partnerschaft:

> „Die heutige Form des Zusammenlebens ist denaturiert. Das ist kein Ideal im nationalen Sinn."
>
> „Ich habe noch nie eine erotische Politikerin kennengelernt. Fast alle werden verhärmt davon. Bitte, vielleicht gibt es Einzelfälle, wo der Politikerjob paßt. Aber eine richtige Frau ...!"
>
> „Partnerschaft besteht doch aus zwei Funktionen: dem dienenden und dem führenden Teil. So ist das!"

(Alle Zitate: Kurier, 7. 10. 1984)

Nach der Bestellung der vier Staatssekretärinnen durch Bundeskanzler Kreisky bedachte er dieselben im Nationalrat mit Zynismus:

> „Denn wenn wir jetzt anfangen, für jeden Schwerpunkt, der im Rahmen der Regierungserklärung gesetzt wurde, einen eigenen Staatssekretär einzuführen, dann würde das ja noch nicht das Ende dieser Entwicklung bedeuten. Denn man hat ja hier nur punktuell irgendwelche Schlaglichter

der Regierungserklärung herausgenommen und diesmal unter dem Deckmantel „Frau" versucht, eine Fülle von neuen Regierungsfunktionären zu schaffen. Dann werden wir künftighin einen Staatssekretär zur Bekämpfung der Armut in Österreich brauchen, dann werden wir einen Kinder-Staatssekretär brauchen, dann werden wir aber auch sicherlich einen Staatssekretär brauchen, der für die Schichtarbeiter zuständig ist, wenn wir jetzt einen Staatssekretär haben, der für die Belange der arbeitenden Frau zuständig ist, wie man es in den Zeitungen lesen konnte."

(11. Sitzung des Nationalrats,
XV. Gesetzgebungsperiode,
6. 11. 1979)

Als die Annahme der Konvention zur Beseitigung jeder Form der Diskriminierung der Frau im Nationalrat behandelt wurde, ging auch Jörg Haider auf die Problematik der Gleichberechtigung ein. Während er in dieser Rede einerseits bestehende Ungerechtigkeiten gegenüber berufstätigen Frauen auflistete, kehrte er letztendlich doch wieder zur Aufgabe der Frau als Mutter zurück:

„Ein weiteres Beispiel, das ich hier noch zitieren möchte, ist auch der Artikel 11 Z 2, wo es um die Vermeidung der Diskriminierung aus Gründen der Mutterschaft und Eheschließung geht. Auch hier wieder die Praxis, die in den erläuternden Bemerkungen zutage gefördert wird, daß man sagt, ja hier geht es darum, mehr Kindergärten zu schaffen, damit die Diskriminierung der Mutter, wenn sie auch berufstätig ist, unter Umständen noch beseitigt wird. Ich glaube, das ist nicht das Ziel, das uns gestellt ist. [...] Wir haben die Aufgabe als Sozialgesetzgeber und als Parlament, dafür Vorsorge zu treffen, daß mehr Mütter die Möglichkeit haben, in jener Zeit, in der ihre Kinder noch sehr klein sind, in den ersten Lebensjahren also, zu Hause zu bleiben und sich selbst um ihre Kinder kümmern zu können."

(104. Sitzung des Nationalrats,
XV. Gesetzgebungsperiode,
17. 2. 1982)

Auch in einer anderen Sitzung des Nationalrates trat Haider als Verfechter des traditionellen Rollenbildes von Frauen auf:

> „Sie haben gesagt, meine Damen und Herren, Chancengleichheit für die Frau. Sie haben aber nicht gesagt, daß es Ihnen an Mut und Kraft fehlt, bei der Regierung jenen Standpunkt durchzusetzen, der dazu geführt hätte, daß von den Frauen der Zwang zum Doppelverdienst genommen wird. [...]
>
> Und es ist eine Illusion zu glauben, daß man die Augen davor zumachen kann, daß heute eine kinderreiche Familie imstande wäre, Doppelverdiener zu verkraften, weil es sich schließlich und endlich keine verantwortungsvolle Mutter bei mehreren Kindern leisten kann, einem Erwerb nachzugehen, sofern die materielle Basis nicht so gut ist, daß man sich ein Kindermädchen oder eine Aufsichtsperson leisten kann, die sich während der Zeit der Berufstätigkeit um die Familie kümmert."
>
> *(36. Sitzung des Nationalrates,*
> *XV. Gesetzgebungsperiode,*
> *3. 6. 1980)*

Partnerschaftliche Aufteilung der Familienpflichten bzw. Betreuung der Kinder in Kindergärten oder ganztägigen Schulformen zog Haider nicht in Erwägung.

Bis in die neunziger Jahre bleibt Haider seinen Vorstellungen über die biologisch vorgegebene besondere Rolle der Frauen verhaftet:

> „Familie und Kinder haben Vorrang: Die Geburtenentwicklung hat das demographische Fundament des Sozialstaates ins Wanken gebracht. [...] Die Erziehung von Kindern ist eine vorrangige gesellschaftliche Aufgabe, und deshalb müssen auch die Leistungen der Frau und Mutter unabhängig von ihrer möglichen Berufstätigkeit anerkannt werden. Eine Alterspension für die „Nur"-Hausfrau und Mutter ist ein gesellschaftspolitisches Grundanliegen. [...] Wer kümmert sich aber um die große Zahl von Müttern, die in der Zeit des Wiederaufbaus oder bis heute auf eine Berufstätigkeit verzichtet haben, um ihre Kinder auf das Leben

vorzubereiten? Lohnend wäre eine Untersuchung, aus welchen Familien die Kinder mit Alkohol-, Gewalt- und Drogenproblemen kommen und aus welchen Familien Persönlichkeiten hervorgehen, bei denen keine Tendenz zum Abbruch der Ausbildung und zum beruflichen und moralischen Scheitern besteht. [...] Aber hat man schon einmal darüber nachgedacht, daß die Frau von ihrer biologischen Struktur her ein ausgesprochen starkes Schutz- und Sicherheitsbedürfnis wegen ihrer Kinder hat? Mutterliebe ist durch Vaterliebe nicht zu ersetzen. [...] Das Recht auf Chancengleichheit und Entscheidungsfreiheit für die Frau ist unbestritten, aber man sollte auch darauf achten, ihren Gefühlen keine Gewalt anzutun und ihr das Frau- und Muttersein nicht beinahe schon zu verbieten."[27]

(Haider, Die Freiheit, die ich meine, S. 167 f.)

Berufstätige Mütter werden so zu Sündenböcken für eine Vielfalt angeblicher oder tatsächlicher Probleme gestempelt. Solche Vorwürfe dienen nicht zuletzt der Ausübung von Druck auf die Frauen, um so die Gleichberechtigungserfolge der letzten Jahrzehnte wieder rückgängig zu machen.

Haiders Geschichtsbild

Deutschnational eingestellte Personen oder Gruppen haben oftmals Schwierigkeiten in der Auseinandersetzung mit der Zeit des Nationalsozialismus. Dies erweist sich in den inhaltlichen Positionen rechtsextremer Vereinigungen, gilt aber auch für eine Zahl von FPÖ-Politikern, darunter Jörg Haider. Dieser weist jedoch Vorwürfe in diese Richtung mit der Bemerkung zurück, er sei nach dem Krieg geboren, also könne er mit dieser Zeit auch keine Probleme haben. Doch die sogenannte „Gnade der späten Geburt" hat den Nachgeborenen wohl die Entscheidung abgenommen, für oder gegen den herrschenden Nationalsozialismus zu sein, entbindet diese Generation jedoch nicht von einer ernsthaften Auseinandersetzung mit dieser Epoche unserer jüngsten Geschichte.

Die kritische Auseinandersetzung mit der in der zweiten Hälfte der Siebzigerjahre aktuellen Hitler-Nostalgie stellt für Jörg Haider ein bloßes Ablenkungsmanöver dar. Die Ursache für das Aufkommen des Nationalsozialismus ortet er in den Friedensverträgen von Versailles und St. Germain, also mittelbar bei den Entente-Mächten des Ersten Weltkriegs, unter Außerachtlassung wirtschaftlicher und gesellschaftlicher Bedingungen. Bereits 1977 sieht Haider antifaschistische Bestrebungen als „Ablenkungsmanöver".

> „Ein Adolf Hitler und der Nationalsozialismus waren keinesfalls Erscheinungen, die gleichsam aus dem Nichts entstanden und vielleicht gar die Gestalt gewordene „Häßlichkeit" der deutschen Wesenheit darstellen. [...] Die Ursache [...] ist vielmehr in jenem verderblichen Friedensvertrag von Versailles zu suchen, der für Österreich sein Ebenbild im Vertrag von St. Germain 1919 findet. [...]
>
> Diese Sicht macht aber auch deutlich, daß die von manchen heute beschworene Angst vor einer Hitler-Nostalgie nichts anderes als ein abzulehnendes Ablenkungsmanöver darstellt."
>
> *(Kärntner Nachrichten, 7. 9. 1977)*

Als 1985 die Begrüßung des Kriegsverbrechers Walter Reder durch den damaligen FPÖ-Verteidigungsminister Frischenschlager für einen auch internationalen Skandal gesorgt hatte, befragte das Magazin „profil" Jörg Haider zu seiner Meinung über den Nationalsozialismus:

> *„profil:* War die NS-Diktatur eine wie jede andere?
>
> *Haider:* Ich glaube, daß man graduelle Unterschiede bei totalitären Systemen nicht machen soll. Sie sind insgesamt abzulehnen.
>
> *profil:* Die Naziherrschaft hat sich durch nichts von anderen Diktaturen unterschieden?
>
> *Haider:* Es ist nicht meine Aufgabe zu prüfen, ob Diktaturen anderswo humaner sind.

profil: Die NS-Diktatur war die inhumanste?

Haider: Diese Wertung haben Sie vorgenommen. Ich werte nicht."

An anderer Stelle des Interviews sagte er:

„*Haider:* Für mich hat es eine Ära gegeben, in der es zu kriegerischen Auseinandersetzungen gekommen ist, in die unsere Väter verwickelt waren. Und gleichzeitig hat es im Rahmen des NS-Regimes Vorgänge gegeben, die nicht zu akzeptieren sind. An denen waren aber keine Familienmitglieder von mir beteiligt.

profil: Höre ich richtig: ‚Vorgänge'. Was nennen Sie Vorgänge?

Haider: Na ja, es waren Aktivitäten und Maßnahmen gegen Bevölkerungsgruppen, die eklatante Verstöße gegen die Menschenrechte waren.

profil: Haben Sie Schwierigkeiten, von Vergasungen und Massenmord zu sprechen?

Haider: Wenn Sie so wollen, dann war es halt Massenmord."

(profil, 18. 2. 1985)

Ebenfalls in einem Interview in der Zeitschrift „profil" , 16. 3. 1987, rang sich Haider zu dem Satz durch:

„Die Verbrechen, die in Auschwitz oder Treblinka begangen worden sind, waren Massenmord."

Ob diese verbale Meinungsänderung von Opportunität oder Gesinnungswandel diktiert war, bleibe dahingestellt. Andreas Mölzer, zu dieser Zeit neben seiner Funktion als Redakteur der „Kärntner Nachrichten" Schriftleiter der „Aula" und Gastjournalist rechtsextremer Publikationen, unter anderem im „NHB-report", fühlte sich in der Folgenummer des Kärntner FPÖ-Organs bemüßigt, Haiders „profil"-Interview für die Kärntner Anhängerschaft wieder zu relativieren und unterstellte dem Herausgeber des „profil", der das Interview geführt hatte, „Geschichtsaufarbeitung mit Moraltheologie" zu verwechseln.[28]

Als der italienische Politiker Dr. Hubert Frasnelli (SVP) die Kärntner FPÖ mit der neofaschistischen italienischen MSI verglich, verwahrte sich Haider dagegen in einem Brief an Silvius Magnago, der auch in der „Aula" abgedruckt wurde. Darin schrieb Haider:

> „Gleichzeitig verwahre ich mich aber namens meiner Gesinnungsgemeinschaft dagegen, uns als eine den Neofaschisten vergleichbare Bewegung abzustempeln. Von der Tradition unseres Lagers her betrachtet, waren es gerade in Kärnten immer Menschen aus diesem politischen Bereich, die für Freiheit und Unabhängigkeit des Landes und für die Erhaltung der Demokratie gekämpft haben. [...] Auch mußte der vom nationalliberalen Landbund gestellte Landeshauptmann von Kärnten, Ferdinand Kernmayer [sic!], 1934 abtreten, weil er als Demokrat gegen das ständestaatliche System aufgetreten war."
>
> *(Die Aula 9/1986)*

Den weiteren Lebensweg Kernmayrs verschweigt Haider jedoch. Kernmayr wurde in den Jahren 1934 und 1936 wegen illegaler NS-Betätigung verhaftet und zu mehreren Monaten Polizeiarrest verurteilt.[29] Nach dem Anschluß wurde Kernmayr in Kärnten hochrangiger nationalsozialistischer Funktionär.

In seinem 1993 veröffentlichten Buch versuchte Haider wohl eine Klarstellung, die jedoch Opfer und Täter des NS-Regimes durcheinandermischt und auch die nur implizit erwähnten Holocaust-Opfer zu den Kriegstoten zählt, wodurch der Holocaust zu einem grausamen Ereignis neben anderen wird:

> „Die Schrecken des 20. Jahrhunderts mit zwei Weltkriegen und der ersten industriellen Massenvernichtung von Menschen haben alle Greuel der Geschichte in den Schatten gestellt. Niemals zuvor gab es so viele Millionen ziviler Opfer durch Rassenverfolgung, Städtebombardements und Vertreibung."
>
> *(Haider, Die Freiheit, die ich meine, S. 107)*

Für Rechtsextreme aller Schattierungen hat der Begriff „Umerziehung“ einen zentralen Stellenwert, weil sie davon ausgehen, daß Pädagogen, Zeitgeschichtler, Politikwissenschaftler und andere in der politischen Bildung Tätige im Auftrag der alliierten Siegermächte eine Art Gehirnwäsche zur Entnationalisierung der Deutschen betreiben. Auch Jörg Haider hat sich diesen Begriff und diese Sichtweise zu eigen gemacht und scheut sich nicht, den rechtsextremen Terminus „Umerziehung“ zu verwenden. Im Rahmen einer Veranstaltung des freiheitlichen Hanns-Rader-Bildungswerkes zum Thema „Österreich 1848–1938“ kritisierte Haider den Umgang mit dem Jahr 1938.

> „Es sei ‚stets dieselbe Gruppe der Vergangenheitsbewältiger, die mit Schuldzuweisungen‘ auftrete. Im Falle des Jahres 1938 gelte es, ‚der Opfer, der Ermordeten, der gefallenen Soldaten, der Witwen und Waisen und der schwergeprüften Mütter zu gedenken‘. Statt dessen aber werde heute die Vergangenheitsbewältigung allzu häufig als ‚Vergewaltigung der Vergangenheit‘ betrieben. Besonders die Schule habe als Bildungsorganisation in diesem Falle kläglich versagt. Österreichs Freiheitliche wollen nun keineswegs eine Art alternative Geschichte in ihrem Sinne schreiben, das Gedenken an das Jahr 1938 dürfe allerdings nicht zu einem ‚Femegericht der Umerzieher, bei dem die geschichtslose Generation als Geschworne‘ auftritt, werden.“
>
> *(Kärntner Nachrichten, 11. 2. 1988)*

In Fortsetzung dieser Linie bezeichnete Haider mehrfach die kritische Auseinandersetzung mit der Zeit des Nationalsozialismus als eine „Kriminalisierung der Geschichte“, die endlich beendet werden müsse:

> „Kein Volk kann auf die Dauer mit einer Kriminalisierung seiner eigenen Geschichte leben, und damit muß auch in Österreich einmal Schluß sein.“
>
> *(Neue Freie Zeitung, 15. 1. 1992)*

1993 wiederholte er dieses Postulat.

> „Jedenfalls ist Schluß mit der permanenten Kriminalisierung der eigenen Geschichte zu machen, gleichsam als wäre

das Leben der Kriegsgeneration ein einziges Verbrecheralbum."

(Haider, Die Freiheit, die ich meine, S. 116)

Im Zusammenhang mit dem auf Angehörige der Minderheit der Roma im burgenländischen Oberwart verübten Bombenattentat im Februar 1995, dem vier Menschen zum Opfer fielen, bemühte sich Haider anfangs um eine staatsmännische Haltung, wobei ihm jedoch ein bemerkenswerter Versprecher unterlief:

> „Das Nichtintegrieren einer ethnischen Minderheit, die schon einmal vor 50 Jahren fast vernichtet wurde in den Straflagern des Nationalsozialismus, sie wieder auszusiedeln und auszugrenzen, hängt damit zusammen, daß man den Willen, den man hier bekundet, in der praktischen Politik gar nicht einbringt."

(Kurier, 9. 2. 1995)

Das NS-Regime hatte die Sinti und Roma in seinem Machtbereich zuerst in sogenannten „Anhaltelagern" (in Österreich in Maxglan in Salzburg und Lackenbach im Burgenland) inhaftiert. Tausende von ihnen wurden im Sommer 1944 im Vernichtungslager Auschwitz-Birkenau mit Giftgas ermordet. Die nationalsozialistischen Konzentrations- und Vernichtungslager als „Straflager" zu bezeichnen, stellt eine grobe Verharmlosung des Charakters dieser Lager dar und impliziert zusätzlich, daß es sich um Lager für Kriminelle gehandelt habe. Ehemalige Konzentrationslagerhäftlinge und Verfolgte, unter anderen die weltbekannte Architektin Grete Schütte-Lihotzky, haben daraufhin beim Handelsgericht Wien eine Klage gegen Haider auf Widerruf und Unterlassung eingebracht.

Auch die Befreiung vom NS-Regime 1945 stellt für Haider keinen Grund zur Freude dar, wie er anläßlich des 50. Jahrestages des Kriegsendes bekräftigte:

> „Es waren nicht viele, die 1945 Grund zur Freude hatten oder gar Grund, stolz zu sein. Die Widerstandskämpfer, die diesen Namen auch verdienen, waren zum größten Teil nach dem Juli 1944 hingerichtet worden. Und viele, die sich

heute mit dem Widerstand schmücken, haben diese ihre Berufung erst angesichts des Herannahens der Alliierten entdeckt. Gar nicht erst zu reden von den heutigen Berufswiderstandskämpfern, die 1945 noch nicht einmal geboren waren."

und später in derselben Rede:

„Meine Freunde, die Befreiung von Hitler war noch lang keine Freiheit für uns. Das war die Freiheit der Sowjets, die Freiheit der Vergewaltigungen, die Freiheit Stalins und damit vielleicht die Freiheit derer, die im ORF das Sagen haben. Unsere Freiheit war das nicht. Da unterscheiden wir [uns] ganz deutlich von den Linken. Unsere Freiheit war diejenige, die Leopold Figl vom Belvedere verkündete, zehn Jahre später."

*(Jörg Haider, 50 Jahre zweite Republik –
Rückblick und Ausblick,
Rede im Palais Auersperg, 26. 4. 1995)*

Haider übersieht hier – ob absichtlich oder nicht sei dahingestellt – einiges: befreit wurden 1945 alle Demokraten, die sieben Jahre lang ihr politisches Bekenntnis nicht hatten äußern dürfen, befreit wurden alle Menschen in den Konzentrationslagern des NS-Regimes und in den Gefängnissen, vor allem jene, deren Ermordung durch das Kriegsende verhindert worden war. In der Geschichte des antinationalsozialistischen Widerstandes nehmen die Ereignisse des 20. Juli 1944 nur eines unter zahlreichen Kapiteln ein. Sich darauf zu berufen, alle wahren Widerstandskämpfer seien ohnehin hingerichtet worden, enthebt Haider der Aufgabe, sich mit den überlebenden Opfern und Widerstandskämpfern auseinanderzusetzen, wie unten noch gezeigt werden wird. Die Gründer der FPÖ allerdings hatten 1945 tatsächlich keine Befreiung erlebt, denn sie mußten sich zuerst einmal mit der – allerdings ohnehin vergleichsweise harmlosen – Entnazifizierung auseinandersetzen.

Die „Beschäftigungspolitik" des Dritten Reiches

In die Kontinuität dieser Haiderschen Position zum NS-Regime fügte sich seine Äußerung über die „Beschäftigungspolitik" des „Dritten Reiches" nahtlos ein, die er am 13. Juni 1991 an die sozialistische Fraktion im Kärntner Landtag adressierte:

> „Im Dritten Reich haben sie ordentliche Beschäftigungspolitik gemacht, was nicht einmal Ihre Regierung in Wien zusammenbringt."
>
> *(Protokoll der Sitzung des Kärntner Landtags, 13. 6. 1991)*

Nach dieser Äußerung setzte ein bemerkenswertes Wechselspiel von Haider-Äußerungen ein. Als er noch in der Landtagssitzung merkte, daß er mit seiner Äußerung zu weit gegangen war, versuchte er abzuschwächen:

> „Indem ich hier vor dem Landtag klarstelle, daß ich in keiner Weise eine positive Bewertung der ‚Beschäftigungspolitik' des ‚Dritten Reiches' gegenüber der österreichischen Beschäftigungspolitik gemeint habe, das bitte ich noch einmal zur Kenntnis zu nehmen."
>
> *(Protokoll der Sitzung des Kärntner Landtags, 13. 6. 1991)*

Die Unterstützung, die er von seinen Parteifreunden, wie beispielsweise dem burgenländischen FPÖ-Obmann Rauter, erhielt, sowie Zustimmungen aus der Bevölkerung ließen Haider rasch wieder umschwenken. Positive Reaktionen auf Haiders Äußerung sind leicht erklärbar: Hatte er doch eine der hartnäckigst kolportierten Legenden über das NS-Regime angesprochen: Hitler habe wenigstens die Arbeitslosigkeit beseitigt. Daß die Überwindung der Arbeitslosigkeit um den Preis der Verfolgung zehntausender Menschen, mittels Rüstungsproduktion, Krieg, Zwangsarbeit sowie KZ-System erfolgt war, fällt bei den Legendenverbreitern meist unter den Tisch.

Haider selbst bekräftigte diese seine Meinung im Herbst 1991 bei mehreren Gelegenheiten und stilisierte sich selbst zum Tabu-Brecher in zeitgeschichtlichen Fragen hoch:

> „Haider erklärte, er habe zur Beschäftigungspolitik der NS-Zeit nichts gesagt, was man ihm vorwerfen könnte. Diese Ereignisse von Kärnten seien wichtig gewesen, weil es ‚jetzt kein Tabu mehr in der Geschichtsdiskussion' gebe."
>
> *(Der Standard, 14. 10. 1991)*

Je nach Situation und politischen Erfordernissen bekennen bzw. distanzieren sich Haider und andere FPÖ-Funktionäre von der „ordentlichen Beschäftigungspolitik". In einem rechtskräftigen Urteil stellte das OLG Wien dazu fest, daß das nachträgliche Abschwächen dieser Äußerung „nur als Maßnahme politischer Taktik" zu werten sei.[30] Im Februar 1994 bekräftigte Haider gegenüber der „Kleinen Zeitung", daß er seine Aussage über die „ordentliche Beschäftigungspolitik" „inhaltlich verteidigen" könne.[31] In seinem Buch sieht sich Haider als Beinahe-Opfer des österreichischen Verbotsgesetzes:

> „Wenn man die von der jüngeren historischen Forschung zweifelsfrei belegten Erfolge der Beschäftigungspolitik im Dritten Reich auch nur erwähnt, steht man sofort unter der Drohung der Klage wegen ‚Wiederbetätigung' und muß als Politiker ‚sofort' zurücktreten."
>
> *(Haider, Die Freiheit, die ich meine, S. 199)*

Im Zuge der Beschlußfassung der Verbotsgesetznovelle 1992 bezog die FPÖ eine zweideutige Haltung. Obschon die Parlamentsfraktion der FPÖ der Novelle zustimmte, weil man offenbar nicht in den Geruch der Begünstigung neonazistischer Propaganda kommen wollte, war im FPÖ-Zentralorgan „Neue Freie Zeitung" vorher und auch nach der Novellierung Kritik an den angestrebten Änderungen bzw. am Verbotsgesetz insgesamt geäußert worden. Ein Kolumnist hatte sogar spöttisch vorgeschlagen, man solle in diesem Zuge auch die Vorliebe für Deutsche Schäferhunde (Hitlers Lieblingshunde) und Eiernockerln (angeblich Hitlers Lieblingsspeise) unter Strafe stellen.[32] Offensichtlich um die Anhängerschaft nicht gänzlich zu verärgern, distanzierte sich die „Neue Freie Zeitung" nach der Beschlußfassung der Novelle im Nationalrat zumindest partiell von diesem Gesetz. Der FPÖ-Nationalratsabgeordnete John Gudenus, im Oktober 1995 selbst wegen seiner Auffassungen zum Holocaust zurückgetreten, richtete einen unterstützenden Brief an eine von rechtsextremer Seite initiierte, gegen das Verbotsgesetz gerichtete Bürgerinitiative „zum Schutze der Demokratie", der in der rechtsextremen Zeitschrift „Fakten" abgedruckt und folgendermaßen kommentiert wurde: „Solange so freiheitlich gesinnte Volksvertreter unsere Belange im österreichischen Parlament vertreten, ist unsere verzweifelte Lage nicht aussichtslos."[33] Haider klagte im Hinblick auf das Verbotsgesetz, da aufgrund seiner Äußerung über die „ordentliche Beschäftigungspolitik" Voruntersuchungen der Staatsanwaltschaft eingeleitet worden waren:

> „Es gibt hierzulande keine wirkliche geistige Freiheit. Es fehlt die Freiheit, die eigenen Gedanken in eigene Worte zu kleiden. [...] Aus dem Denkverbot folgt natürlich das Verbot der Verwendung von Worten bzw. die verordnete Pflicht zur Verwendung bestimmter Worte und Begriffe."
>
> *(Haider, Die Freiheit, die ich meine, S. 199)*

In einem Interview mit der Zeitschrift „profil" wurde deutlich, daß Haider zwischen „offizieller Geschichtsschreibung" und tatsächlicher Geschichte unterscheidet:

> „*Haider:* Dann müssen wir heute beginnen zu fragen, wie das wirklich war. In der offiziellen Geschichtsschreibung haben die Deutschen begonnen [den 2. Weltkrieg, Anm. d. Verf.], selbstverständlich.
>
> [...]
>
> *profil:* Wenn wir das richtig verstehen, heißt das, es muß Ihrer Ansicht nach die Geschichte des 2. Weltkriegs, insbesondere jene über Kriegsschuld, neu geschrieben werden?
>
> *Haider:* Ich will mich mit diesen Geschichten gar nicht befassen, sondern ich sage, wie immer die Geschichte im Laufe der Zeit noch facettenreicher wird, ist das nicht mein Problem.
>
> *profil:* Sobald es auf die Geschichte kommt, machen Sie eine Fehlleistung nach der anderen. Wie kommt das?
>
> *Haider:* Wo liegt hier die Fehlleistung?

profil: Beim Begriff der ‚offiziellen' Geschichtsschreibung über den Beginn des 2. Weltkriegs – da steckt die Grundthese einer rechtsradikalen, revisionistischen Geschichtsschreibung dahinter, die in einschlägigen Verlagen immer wieder publiziert wird, nach dem Motto, es gäbe eine offizielle und eine wahrhaftige.

Haider: Das habe ich nicht gesagt, das ist eine bösartige Unterstellung. Ich habe gesagt, in der offiziellen Geschichtsschreibung ist das so, und das ist so zur Kennntnis zu nehmen."

(profil, 21. 8. 1995)

Um zu solchen Geschichtsauffassungen zu gelangen, braucht Haider nur die von Lothar Höbelt, Andreas Mölzer und Brigitte Sob im Auftrag des Freiheitlichen Bildungswerkes herausgegebenen Jahrbücher der FPÖ zu lesen. Darin verbreiterte sich beispielsweise 1994 der dem Umfeld des „Revisionismus" zuzurechnende deutsche Publizist Alfred Schickel über Vergangenheitsbewältigung und John Gudenus über den Überfall der Deutschen Wehrmacht auf die Sowjetunion,[34] der seiner Meinung nach nur einem Angriff Stalins zuvorgekommen sei – eine Auffassung, die in eklatantem Widerspruch zu den Ergebnissen zeitgeschichtlicher Forschung steht.[35] Im folgenden Jahr vertritt der umstrittene deutsche Politikwissenschafter Werner Pfeifenberger neben anderen unhaltbaren, tendenziell antisemitischen Behauptungen die These der angeblichen „jüdischen Kriegserklärung" an das Dritte Reich,[36] die gleichfalls dem Bereich „revisionistischer" Geschichtsauffassungen zugeordnet werden muß.

Gudenus selbst mußte im Oktober 1995 als Nationalratsabgeordneter zurücktreten, da er im Zusammenhang mit einer kritischen Ausstellung über Kriegsverbrechen der Deutschen Wehrmacht angemerkt hatte: „Gaskammern? Ich halte mich da raus. Ich glaube alles, was dogmatisch vorgeschrieben ist."[37] Also auch Gudenus sieht offenbar eine „offizielle Geschichtsschreibung".

In ähnliche Richtung ging 1989 ein kurzer Kommentar der „Kärntner Nachrichten" zu den Thesen des Holocaust-Leugners David Irving, gegen den mittlerweile wegen Verdachts der nationalsozialistischen Wiederbetätigung in Österreich ein Haftbefehl vorliegt: „Neben dieser Kontroverse hat der britische Historiker David Irving in einer vollbesuchten Pressekonferenz in London anhand seiner neuesten Studien im PWE, der Kriegspropagandaabteilung, die Behauptung aufgestellt, es hätte selbst in Auschwitz keine Gaskammern zur systematischen Vernichtung von Menschen gegeben. Man darf als geschichtlich Interessierter gespannt sein auf die Auseinandersetzung mit diesen provokanten Thesen."[38]

Haider zur Affäre Reder

Der Handschlag des freiheitlichen Verteidigungsministers Friedhelm Frischenschlager mit dem nach Österreich überstellten Kriegsverbrecher Walter Reder sorgte im Jänner und Februar 1985 nicht nur innenpolitisch für harte Auseinandersetzungen. Das Echo der Weltpresse war für Österreich katastrophal. Während weite Teile der österreichischen Öffentlichkeit diese Vorgangsweise verurteilten, begrüßten einige FPÖ-Landesorganisationen das Verhalten Frischenschlagers. Besonders Haider zählte zu jenen, die diesen Handschlag und die persönliche Abholung des Kriegsverbrechers durch einen Minister der Republik Österreich befürworteten.

> „Trotz der Tatsache, daß es ein sehr emotionelles Thema ist, bin ich der Ansicht, daß Frischenschlager richtig gehandelt hat, um den letzten österreichischen Kriegsgefangenen – als Akt der humanitären Verständigung zwischen Österreich und Italien – persönlich zu empfangen."
>
> *(„Abendjournal" des ORF, 25. 1. 1985)*

Als Frischenschlager in der Folge sich der öffentlichen Meinung anschloß und Reder als Kriegsverbrecher bezeichnete, rief dies die heftige Kritik Haiders hervor.

> „Wie man heutigen Medienberichten entnehmen kann, hat Frischenschlager auch entgegen dem einstimmigen Be-

schluß der Bundesregierung [?] Walter Reder in einem jüngsten Interview neuerlich als Kriegsverbrecher bezeichnet. Die Landesgruppe Kärnten der FPÖ distanziert sich daher von diesen Erklärungen des Verteidigungsministers ausdrücklich, da sie nicht den Beschlüssen der Gesamtpartei, denen der Abgeordnetenkonferenz und der bisherigen Haltung der FPÖ entspricht. [...] Und wir stellen ausdrücklich klar, daß Walter Reder durch den Gerichtsbeschluß von Bari im Jahre 1980 ausdrücklich den Status eines Kriegsgefangenen im Sinne der Genfer Konvention zuerkannt hat [sic!], und daran hat man sich zu halten."

(*„Abendjournal", ORF, 11. 2. 1985*)

Haider übersieht dabei, daß der Beschluß von Bari keineswegs das Urteil der Erstgerichte aufhob, sondern Reder aufgrund guter Führung und glaubhaft gemachter Reue begnadigte. Reder wurde bedingt entlassen, jedoch gleichzeitig entsprechend internationalen Bestimmungen eine fünfjährige Internierung über ihn verhängt.[39]

In den „Kärntner Nachrichten" legte Haider nochmals seinen Standpunkt ausführlich dar:

„Die Rückkehr von Walter Reder hat beträchtlichen Staub aufgewirbelt. Die finsteren Ereignisse der Vergangenheit werden beschworen und Reder zur Symbolfigur für alle Greueltaten erklärt. Das ist betrüblich und erschütternd. Denn Walter Reder war Soldat wie Hunderttausende andere auch. Er hat seine Pflicht erfüllt, wie es der Eid des Soldaten gebietet.

[...]

Sein Schicksal ist die tragische Lebensgeschichte eines Soldaten, dessen Tun nicht mit Greueltaten des NS-Regimes verglichen werden kann. Das Schicksal Walter Reders hätte jeden unserer Väter ereilen können."

(*Kärntner Nachrichten, 14. 2. 1985*)

Haider erwähnt aber nicht, daß Reder als Kommandierender für die Ermordung von Tausenden Zivilisten verantwortlich war, die außerhalb der Kämpfe der Deutschen Wehrmacht gegen die Partisanen erschossen wurden. Die Partisaneneinheiten hatten sich zu diesem Zeitpunkt in unwegsames Berggelände zurückgezogen, um die Zivilbevölkerung durch die Kämpfe nicht zu gefährden.

Auch die Zeitung des deutschen rechtsextremen Nationaldemokratischen Hochschulbundes, „NHB-report", befragte Haider zur Affäre Reder:

> „*Report:* Hat Verteidigungsminister Frischenschlager mit der Begrüßung von Walter Reder einen Fehler gemacht?
>
> *Haider:* Ich habe bereits deutlich gemacht, daß ich das nicht so sehe. Für mich war das die Übernahme des letzten österreichischen Kriegsgefangenen.
>
> *Report:* Hätten Sie als Minister Reder ebenso willkommen geheißen?
>
> *Haider:* Nachdem Major Reder ein Kriegsgefangener war, braucht sich die Republik seiner nicht zu schämen.
>
> *Report:* Ist die Waffen-SS, der Walter Reder ja angehörte, in ihren Augen eine ‚Verbrecherorganisation'?
>
> *Haider:* Ich schließe mich da der Aussage eines ehemaligen westdeutschen Bundeskanzlers an, der sagte, die Soldaten der Waffen-SS waren Soldaten wie andere auch."
>
> *(NHB-report, Nr. 18, Folge 1/1985)*

Reder war kein Major der Deutschen Wehrmacht, sondern SS-Hauptsturmführer, der immer wieder zitierte militärische Rang beruht auf einem Übersetzungsfehler des italienischen Militärgerichtes. Angehörige der Waffen-SS wurden zu verschiedenen Aufgaben herangezogen, unter anderen zu Massenmorden an Juden in Osteuropa, aber auch als Bewacher in Konzentrationslagern. Die oft versuchte Trennung von Allgemeiner SS und Waffen-SS hat in der Realität nicht stattgefunden.[40]

Im Jahre 1980 rief die rechtsextreme „Deutsche Volksunion" auf, eine Petition für die Verjährung von Kriegsverbrechen zu unterzeichnen. Der Aufruf und die Unterzeichner wurden in der „Deutschen National-Zeitung" veröffentlicht. Neben bekannten österreichischen Rechtsextremen schienen unter den Unterzeichnern auch Otto Scrinzi, Mario Ferrari-Brunnenfeld und Jörg Haider auf:

> „Seit über drei Jahrzehnten mißachtet die Bonner Volksvertretung den Willen der übergroßen Mehrheit des deutschen Volkes nach einem Schlußstrich unter die pharisäerhaft einseitige Vergangenheitsbewältigung. Unter zunehmendem Druck und Terror werden vieljährige Schauprozesse gegen die Besiegten des Zweiten Weltkriegs durchgeführt, während die Sieger ihre millionenfachen Morde am deutschen Volk 1945 bis 1947 amnestierten und ausnahmslos ungesühnt ließen. Dieses Rachedenken und diese doppelte Moral schlagen dem Grundsatz eines gleichen Rechts für alle ebenso ins Gesicht wie den christlich-abendländischen Vorstellungen von Gnade, Vergebung und Versöhnung. Die Fortführung dieser Unrechtsprozesse muß das deutsche Volk in den Augen der Völkergemeinschaft für unabsehbare Zeit kriminalisieren und für Forderungen und Zumutungen vieler Art erpreßbar machen. Es geht um das Lebensrecht und die Freiheit unserer Kinder und Kindeskinder. Es geht um die Bewältigung der Gegenwart und Zukunft. Es geht um die Verwirklichung des Selbstbestimmungsrechts der Deutschen. Darum fordern wir im Bewußtsein unserer Verantwortung für kommende Generationen der Deutschen den überfälligen Schlußstrich durch Generalamnestie für jedwedes behauptete oder tatsächliche Unrecht im Zusammenhang mit dem Zweiten Weltkrieg. Wir rufen alle Deutschen, die ein gleiches Recht auch für unser Volk wünschen und denen an der Zukunft kommender Generationen liegt, hiermit dazu auf, der Volksbewegung für Generalamnestie beizutreten, die mit allen legitimen Mitteln in Wort und Schrift für das Recht der deutschen Nation wirken will. Es lebe die Wahrheit! Es lebe das Recht! Es lebe die Freiheit!
>
> *(„Deutsche National-Zeitung", Nr. 9, 29. 2. 1980)*

Nicht nur im Falle Reders, auch in seiner Darstellung der Soldatengeneration des Zweiten Weltkriegs hinterfragt Haider nicht, in wessen Dienst die Angehörigen der Wehrmacht ihre „Pflicht" erfüllten und auf wen sie ihren Eid ablegten. Im Oktober 1985 hielt Haider die Festrede beim traditionellen „Ulrichsbergtreffen", das von der „Kameradschaft IV" (Kameradschaft ehemaliger Waffen-SS-Angehöriger) mitorganisiert wird. Unter anderem sagte er dabei:

> „Für mich als einen Vertreter der jungen Generation, der selbst das Glück hatte, nie einen Krieg mitmachen zu müssen, ist es daher eine ehrende Aufgabe, zu Ihnen sprechen zu dürfen. Es ist mir aber auch ein aufrichtiges Anliegen, Ihnen für Ihren Einsatz zu danken. Ich bin nicht allein, sondern viele junge Menschen denken so wie ich, wenn ich sage: Ihre Opfer sind und sollen nicht umsonst gewesen sein! Ohne Ihren Opfermut gäbe es heute nicht jene Freiheit im westlichen Europa, die für viele schon so selbstverständlich geworden ist. [...]
>
> Meine lieben Kameraden, laßt Euch nicht beirren! Unsere Zeit braucht Vorbilder, braucht Menschen mit einer idealistischen Lebenseinstellung. Braucht Menschen, denen Heimat noch etwas bedeutet. Sie alle ragen heute heraus wie ein Fels im Meer des geist- und geschichtslosen Flugsandes."
>
> *(Kärntner Nachrichten, 10. 10. 1985)*

Anläßlich einer Kranzniederlegung für die Opfer beider Weltkriege erklärte Haider:

> „Es ist beschämend, wenn man sieht, wie Menschen, die alles gegeben haben, was sie zu geben hatten – nämlich ihr Leben –, von Drückebergern und politischen Opportunisten mit Dreck beworfen werden. Damit muß ein für allemal Schluß sein. Es ist unverständlich, warum unsere Väter und Großväter Verbrecher sein sollen, wie so viele Politiker

lautstark verkünden. Ich stehe zu dieser Kriegsgeneration, zu den Toten wie zu den Lebenden."

(Kärntner Nachrichten, 6. 11. 1986)

Seine Ansicht, die deutschen Soldaten hätten für Demokratie in Europa gekämpft, wiederholte Haider mehrfach. Diese Sicht ist nur aufrechtzuerhalten, wenn man dabei die oben angeführte These vertritt, das nationalsozialistische Deutschland sei einem Angriff der Sowjetunion zuvorgekommen.

Gegenüber „profil" meinte er:

„Ich habe gesagt, daß die Wehrmachtssoldaten die Demokratie in Europa, wie wir sie heute vorfinden, ermöglicht haben. Hätten sie nicht den Widerstand geleistet, wären sie nicht im Osten gewesen, hätten sie nicht die Auseinandersetzung geführt, dann hätten wir ...

profil: Was heißt ‚Widerstand geleistet', das war ja ein Eroberungsfeldzug der Deutschen Wehrmacht.

Haider: Dann müssen wir heute beginnen zu fragen, wie das wirklich war."

(profil, 21. 8. 1995)

Zwei Jahre zuvor hatte er in einem Interview für das Auslandsjournal des israelischen Rundfunks bereits ähnlich argumentiert, wie die Austria Presse Agentur meldete:

„FPÖ-Obmann hat die Ansicht vertreten, daß der Kampf deutscher Soldaten im Zweiten Weltkrieg dazu beigetragen habe, die heutige Demokratie in Österreich zu erreichen. [...]

Haider meinte in dem Interview, zu sagen daß deutsche Soldaten im Zweiten Weltkrieg die Demokratie in Österreich erkämpft haben, sei ‚verkürzt'. Der Kampf der Soldaten habe aber dazu beigetragen, ‚die Gefahr des Kommunismus zurückzudrängen'. Damit habe sich ‚die Möglichkeit geboten, daß Österreich den Anschluß im westlichen Bereich an demokratische Verhältnisse gefunden hat, sonst wären wir vielleicht ein Teil des kommunistischen Imperiums gewesen, ohne Demokratie.'

Zu dem Einwand, daß die sowjetische Armee ohne Aggressionskrieg gar nicht nach Österreich gekommen wäre, sagte Haider, ‚diese Frage habe ich nicht zu untersuchen, denn da ist die Geschichte sehr stark im Fluß.' Es sei die Frage zu stellen, wie die Aggressionsabsichten auf beiden Seiten gewesen seien."

(APA, 22. 1. 1993)

Die oben erwähnte Ausstellung über die Beteiligung der Deutschen Wehrmacht an rassistischen Kriegsverbrechen am Balkan und in Osteuropa nahm Haider zum Anlaß für folgende Polemik:

„Und nun geht man daran, mit Scholtens [BM Dr. Rudolf Scholten] Hilfe die gesamte Wehrmacht zu kriminalisieren, eine entsprechende Ausstellung nach Wien zu bringen. Wohl nach dem Motto: Großväter, ihr habt eure Schuldigkeit getan, ihr habt den Wiederaufbau der zweiten Republik geleistet, ihr habt uns Rote und Schwarze brav gewählt. Ihr habt uns mit dem Fleiß eurer Hände getragen und finanziert. Aber jetzt seid ihr nur mehr wenige. Wir brauchen euch nicht mehr: Habt also Verständnis dafür, daß wir, um eure Enkel zu verängstigen, euch nun den Fußtritt geben."

(Jörg Haider, 50 Jahre Zweite Republik –
Rückblick und Ausblick,
Rede im Palais Auersperg, 26. 4. 1995)

Haider unterstellt, daß die Auseinandersetzung mit der nationalsozialistischen Vergangenheit nur deshalb stattfände, um ihm und den Freiheitlichen zu schaden. Gleichzeitig spricht er die Kriegsgeneration von einer Kollektivschuld frei, die niemand dieser Generation tatsächlich unterstellt. Der Psychologe Klaus Ottomeyer erläutert diese Entlastungsfunktion am Beispiel von Haiders Auftritt am Ulrichsberg 1990:

„Haider ist hier eine Art Heiland, der mit einem mächtigen Gedenkkreuz im Rücken und als Sohn, auf den man gewartet hat, das komplizierte Problem der Schuld oder Mitverantwortung in der NS-Zeit einfach abschafft, und zwar ganz großzügig und pauschal. [...] Die Umwertung der NS-Geschichte ist nachweislich alles andere als nur ein Ausrutscher, sondern Teil eines breit angelegten Programms zur kollektiven Rehabilitation und Idealisierung der NS-Väter."[41]

Haider über Partisanen und Widerstandskämpfer

Schon die 1943 von den Alliierten beschlossene Moskauer Deklaration erklärte die Wiederherstellung der Unabhängigkeit Österreichs zum Kriegsziel. Österreich wurde darin aufgefordert, auch einen eigenen Beitrag zu seiner Befreiung zu leisten. Dieser eigene Beitrag konnte nur im Kampf der Widerstandskämpfer und der Partisanen gegen die nationalsozialistische Herrschaft bestehen. Der Widerstand einzelner Österreicher, vor allem auch der Partisanen im steirischen und Kärntner Gebiet wurde somit zu einem wichtigen Faktor für die Erlangung der Unabhängigkeit unseres Landes.

Aus der Sicht Jörg Haiders und auch einiger großer Kärntner Organisationen stellt sich dies etwas anders dar. Während Haider illegale Nationalsozialisten wie Ferdinand Kernmayr als Kämpfer für die Freiheit und Unabhängigkeit Österreichs darzustellen versucht (siehe oben), schreibt er in einem Brief an den Bund der Opfer des politischen Freiheitskampfes in Tirol, den mit einer Anrede zu versehen er nicht für nötig fand, folgendes:

> „Es scheint mir daher untragbar und als eine Beleidigung all jener, die wirklich für die Freiheit gekämpft haben, wenn Menschen, die sich nicht als Patrioten, sondern als Feinde der Integrität und der Einheit Österreichs erwiesen haben, mit diesem Verdienstzeichen [Ehrenzeichen für Verdienste um die Befreiung Österreichs] versehen werden. Ganz abgesehen davon, daß es mir unverständlich scheint, wenn eine Bundesregierung und eine Sozialistische Partei nicht die Größe aufbringt, nach 60 Jahren eines patriotischen Freiheitskampfes vieler Kärntner und Kärntnerinnen diese Lei-

stung ebenso im Sinne einer Befreiung Österreichs mit einem Ehrenzeichen anzuerkennen. Bedauerlicherweise ist Ihnen offenbar eine falsche Information bzw. eine parteipolitische Polemik mitgeteilt worden, die den Grund für Ihr gegenständliches Schreiben gebildet hat. Ich ersuche Sie, den wahren Sachverhalt zur Kenntnis zu nehmen und sehr fein zu unterscheiden, welche Argumentation ich in dieser Frage angewandt habe. Gerade als junger Mensch ist mir darum zu tun, die Leistungen der wahren Patrioten für Österreich nicht nur anzuerkennen und Ihnen Geltung auch in der Geschichte zu verschaffen, sondern ihre Leistungen davor zu bewahren, daß sie mit hintergründigen politischen Machinationen von Persönlichkeiten überschattet werden, die bei Gott für dieses Land nichts übrig gehabt haben."

(Schreiben Jörg Haiders an den Bund der Opfer des politischen Freiheitskampfes in Tirol, 26. 3. 1981)

Im Nationalrat versuchte Haider, einen Vergleich zwischen den Opfern des Faschismus und den Widerstandskämpfern der NS-Zeit auf der einen und den Kärntner Abwehrkämpfern aus dem Jahr 1918/19 auf der anderen Seite herzustellen:

„Wir haben hier einen Antrag eingebracht, der darauf abzielt – ich sage es hier ganz offen –, ein Ehrenzeichen der Republik zu schaffen, weil für viele Freiheitskämpfer in diesem Staate Ehrenzeichen vergeben wurden, aber die Kärntner Abwehrkämpfer von seiten der österreichischen Öffentlichkeit bis zur heutigen Stunde noch keine einzige Anerkennung in dieser Richtung erfahren haben. [...] Es gibt das sogenannte Opferfürsorgegesetz, das sehr deutlich zum Ausdruck bringt – es wurde 1947 geschaffen –, daß damit Begünstigungen für einen Kreis von Personen geschaffen werden sollen, die sich besondere Verdienste um die Unabhängigkeit Österreichs und um das demokratische System in Österreich erworben haben. Diese Begünstigungen erstrecken sich von der Renten- und Pensionsbemessung bis zur Vergabe von Arbeitsplätzen und Wohnungen, bis hin zur Erlangung von gewerbebehördlichen Konzessionen. [Zahlreiche empörte Zwischenrufe] Es geht beim Gesetz nicht nur um Konzentrationslager. Aber es ist ein Vergleich, und man zeigt damit, daß hier eine Form und eine Art von Freiheitskämpfern eine besondere Würdigung vor dem Gesetz erfahren hat. Ich glaube, mit Fug und Recht hier behaupten zu können, daß selbstverständlich auch die Kärntner Abwehrkämpfer Freiheitskämpfer waren und daher einen Anspruch haben, in diesem Staate gleichberechtigt behandelt zu werden."

(42. Sitzung des Nationalrats,
XV. Gesetzgebungsperiode,
2. 7. 1980)

Peter Michael Lingens befragte im Rahmen seines mit Haider geführten Interviews den FPÖ-Obmann ebenfalls nach dessen Haltung zu Partisanen und Widerstandskämpfern:

„*profil:* Wäre es in Ihren Augen respektgebietend, wenn ein solcher Soldat zu den Partisanen flüchtet, um an ihrer Seite gegen Hitler zu kämpfen?

Haider: Aus meiner Sicht wäre so jemand ein Verräter, weil er damit ja nicht Hitler, sondern seinen eigenen Waffengefährten geschadet hätte.

profil: Aber die Partisanen haben Hitler sehr wohl geschadet. [...]

profil: Ich verstehe und respektiere, daß man von sich selbst sagt, ich brächte es nicht fertig, als Partisan auf meine Landsleute zu schießen, aber das heißt doch nicht, daß man Leute, die sich aus sehr anständigen Motiven für diesen Widerstandskampf entschieden haben, Verräter nennen kann.

Haider: Ich glaube, daß in einer solchen Situation der Kampf ums Überleben im Vordergrund steht.

profil: Warum ist einer, der als Partisan überleben will, ein Verräter?

Haider: Weil er sich damit gegen seine Kameraden wendet.

profil: Aber er wendet sich nicht gegen seine Kameraden, sondern gegen ein Regime, für das seine Kameraden leider kämpfen. [...]

Haider: Theoretisch mag das stimmen, praktisch glaube ich, daß der einzelne Soldat, wenn er von der Unsinnigkeit des Krieges überzeugt ist, nur das Recht hat, die Waffen niederzulegen."

(profil, 16. 3. 1987)

Seine ablehnende Haltung gegenüber der Auszeichnung von Widerstandskämpfern behielt Haider auch als Landeshauptmann von Kärnten bei. 1990 wurde er von Bundespräsident Waldheim entsprechend einer seit vielen Jahren in allen Bundesländern üblichen Vorgangsweise ersucht, das Ehrenzeichen für Verdienste um die Befreiung Österreichs an einige Kärntner zu überreichen. Haider lehnte dieses Ansinnen brüsk ab und teilte dem Bundespräsidenten dazu mit:

„Da es um die Verleihung der Bundesehrenzeichen für ‚Verdienste um die Befreiung Österreichs' laufend Diskussionen und Meinungsunterschiede gab und gibt, erlaube ich mir hiermit festzuhalten, daß ich während meiner Amtstätigkeit als Landeshauptmann nicht willens bin, diese Auszeichnung in der Kärntner Landesregierung zu verleihen."

(Schreiben von Landeshauptmann Dr. Jörg Haider an Bundespräsident Dr. Kurt Waldheim, 7. 2. 1990)

Obschon es sich bei den Betroffenen um von der ÖVP-Kameradschaft der politisch Verfolgten Vorgeschlagene aus dem katholisch-konservativen Bereich handelte, erklärte Haider die zu Ehrenden einfach zu Tito-Partisanen und „Feind[en] dieses Landes" (Kärnten)[42] und spekulierte dabei mit den in weiten Kreisen Kärntens herrschenden Vorurteilen gegen Slowenen. Über diesen Diffamierungsversuch hinaus hat Haider damit als Landeshauptmann die Mitwirkung an einem gültigen, noch dazu von der FPÖ mitbeschlossenen Bundesgesetz[43] verweigert und damit auch seine Einstellung zum

Rechtsstaat bekundet. Diese Weigerung bekräftigte er wenige Jahre später neuerlich:

> „In Österreich sind sozialistische und linkskatholische Kräfte noch immer gekränkt, weil der erste europäische Akt der Selbstbestimmung [gemeint ist der Kärntner Abwehrkampf 1920] ein Erfolg der deutschen Mehrheitsbevölkerung und ihrer windischen Landsleute war. Daher werden auch heute noch ehemalige Angehörige der Partisanenverbände, die in Kärnten Greueltaten an der Zivilbevölkerung zu verantworten hatten, mit hohen Orden der Republik ausgezeichnet. Ein seltsamer Patriotismus! Deshalb habe ich mich auch als Landeshauptmann von Kärnten geweigert, im Auftrage der Wiener Zentralregierung solche Auszeichnungen zu verleihen."
>
> *(Haider, Die Freiheit, die ich meine, S. 221)*

Haiders Ablehnung jeglichen bewaffneten antinationalsozialistischen Widerstands verdeutlicht unter anderem seine vor dem Landesgericht für Strafsachen Wien als Zeuge geäußerte Behauptung, die oberitalienischen Partisanen hätten „frei von jedem Rechtsbewußtsein Terrorakte gesetzt".[44]

Nicht einmal Sabotagehandlungen gegen das NS-Regime wertet Haider als annehmbare Form antinationalsozialistischen Widerstandes:

> „*Haider:* [...] Vom Grundsatz her ist anzuerkennen: Derjenige, der als Widerstandskämpfer versucht hat, das politische System auszuheben oder die Führung zu beseitigen, der ist für mich Widerstand.
>
> *profil:* Es gibt ja auch Leute, die versucht haben, Sabotage gegen des Nazi-System zu machen.
>
> *Haider:* Das ist für mich die Grenze. Ich sage, jene, die die Fronttruppen sabotiert haben, damit die draußen verhungern oder von den Gegnern liquidiert werden, weil sie keinen Nachschub bekommen haben, die haben meiner Meinung nach keinen Widerstand, der zur Beseitigung des Systems führt, geleistet."
>
> *(profil, 21. 8. 1995)*

Feindbilder und Sündenböcke des Jörg Haider

In den Reden und Artikeln Haiders finden sich immer wieder dieselben Gruppen, die als Feindbilder dazu dienen sollen, den Zusammenhalt der eigenen politischen Bewegung zu festigen. Die Sprache Haiders ist dabei von starker Aggressivität geprägt, wobei manche Ausdrucksweise an historische Vorbilder der jüngeren Vergangenheit gemahnt. Um diese Feindbilder aufrecht zu erhalten, wendet er die von ihm häufig benutzte Methode der unvollständigen historischen Wahrheit an, das heißt, es wird nur der in die vorgebrachte Behauptung passende Sachverhalt präsentiert, das Umfeld und andere Tatsachen, die die Argumentation stören, bleiben unerwähnt.[45] Den Feindbildern unterstellt Haider die Absicht, die bestehende Gesellschaftsordnung oder regionale Verhältnisse in bedrohlicher Weise verändern zu wollen oder diese zu ruinieren. Oftmals konstruiert er dabei unglaublich anmutende Verschwörungsszenarien, die mit der Realität Österreichs kaum mehr etwas zu tun haben.

Die „Altparteien"

Als Hauptgegner sieht Haider die von ihm so genannten „Altparteien", ein Ausdruck, den neben ihm vor allem bundesdeutsche rechtsextreme Gruppierungen wie die „Deutsche Volks-Union" oder die „Republikaner" gerne verwenden.[46] Diese Strategie der Diffamierung seiner politischen Gegner verfolgt Haider schon seit den achtziger Jahren mit wachsender Aggressivität.

In den „Kärntner Nachrichten" (und gleichlautend in der „Aula") erläuterte Haider 1987 die im FPÖ-Antiprivilegienvolksbegehren geforderte „politische und moralische Erneuerung Österreichs":

> „Österreich als Staat ist in den letzten beiden Jahrzehnten zunehmend in eine Krise des Selbstverständnisses geraten, die

ihre Ursachen in der mangelnden Ehrlichkeit und Offenheit besonders des politischen Lebens hat. Die Aufteilung des Staates in Machtbereiche der Großparteien, gepaart mit der Pfründewirtschaft gewissenloser Funktionäre, die sich nicht Österreich, sondern nur mehr ihrer Partei und ihren Portemonnaies verpflichtet fühlen, die Mißwirtschaft mit öffentlichen Geldern durch parteipolitisch ausgewählte Manager, haben eine tiefe Vertrauenskrise zwischen den Bürgern und ihrem Staat verursacht. In diesen Bereichen muß daher Ordnung geschaffen werden, damit Österreich wieder attraktiv wird und damit demokratiepolitisch überlebensfähig bleibt.

[...]

Die alten Parteien werden es sich bei der Gefahr ihrer Reduzierung auf Bruchteile der heutigen Größe nicht auf die Dauer leisten können, die berechtigten Anliegen der Bürger, die unserem Volksbegehren zugrunde liegen, zu negieren oder auf die lange Bank zu schieben. Die politisch moralische Erneuerung Österreichs muß kommen."

*(Kärntner Nachrichten, 21. 5. 1987 bzw.
Die Aula 6/1987)*

Zum Jahreswechsel 1986/87 veröffentlichten die „Kärntner Nachrichten" ein Interview mit Haider, in dem unter anderem ausgeführt wird:

„*KN:* Ist das von den Freiheitlichen eingeleitete Volksbegehren zum Privilegienabbau der erste Schritt, ‚um die beiden alten Parteien vor sich herzutreiben', wie Sie dies nach der Wahl formuliert hatten?

Haider: Ganz richtig. Außerdem können alle Bürger in unserem Land den alten Parteien zeigen, daß für sie das Anliegen des Privilegienabbaus wichtig ist. [...] Die alten Parteien sind nicht wirklich reformfähig, weil sie zu sehr mit Macht und Funktionärsherrschaft verfilzt sind."

(Kärntner Nachrichten, 27. 12. 1986)

Haiders Volksbegehren erhielt 1987 nicht die von ihm erhofften 300.000 Stimmen. Er mußte sich mit 251.461 Unterschriften zufrieden geben, das war rund die Hälfte aller FPÖ-Wähler des Jahres 1986.[47]

Die „Kärntner Nachrichten" berichteten über die Weißensee-Gespräche 1989, wo Haider abermals heftige Angriffe gegen die Regierungsparteien startete:

> „Die Reform der Kammern, die Abschaffung der Zwangsmitgliedschaft in den Kammern und das Brechen der Macht der Sozialpartner sei jenes Grundthema der Zweiten Republik, das von der FPÖ aktualisiert worden sei, betonte Haider. Nach 1945 haben sich Rot und Schwarz Österreich aufgeteilt. ‚Es gibt rote, exklusiv rote und exklusiv schwarze Einflußbereiche, wo die Altparteien miteinander den Fruchtgenuß an der Beute Österreich haben', sagte Haider."
>
> *(Kärntner Nachrichten, 28. 9. 1989)*

Immer wieder betont Haider den angeblich autoritären Charakter der österreichischen Demokratie, vor allem dort, wo er mit seinen Bestrebungen auf Widerstand stößt, wie zum Beispiel beim Ausländervolksbegehren 1993:

> „Demokratie und Bürgerrechte sind dort in Gefahr, wo die Machtinteressen der Altparteien ins Wanken geraten. Das erklärt auch die Härte der Auseinandersetzung zwischen Altparteien und freiheitlicher Erneuerungsbewegung. Der autoritäre Charakter des politischen Systems im Griff der Altparteien wird selbst von diesen nicht mehr in Abrede gestellt."
>
> *(Haider, Die Freiheit, die ich meine, S. 132)*

Beim Neujahrstreffen 1994 der FPÖ versprach Haider,

> „daß er weiterhin alles daran setzen werde, um Österreich vom Schutt der Altparteien zu befreien, und es nicht zulassen werde, daß die Bürger in der Demokratie weiter unfrei sein müßten".
>
> *(APA, 9. 1. 1994)*

Der Ausdruck „Schutt der Altparteien" soll wohl eine Anlehnung an den christlichsozialen Parteiführer und Bundeskanzler Ignaz Seipel sein, der bezüglich der sozialen Errungenschaften der Jahre 1918–1920 von „Schutt der Revolution" sprach, den es zu beseitigen gelte.

Immer wieder betont Haider den seiner Meinung nach autoritären Charakter der angeblichen Herrschaft der „Altparteien", die ähnlich wie grausame absolute Herrscher vergangener Jahrhunderte gezeichnet werden:

> „Die Altparteien brauchen die Große Koalition, weil nur durch diese krankhafte Umklammerung die Millionen und Abermillionen Schilling aus den Abhängigen herausgeholt werden können, um Parteiapparate und Parteisoldaten zu mästen. Die Altparteien brauchen den Staatsrundfunk, um durch Angst, Verunsicherungs- und Verleumdungspropaganda Loyalitätsverluste unter den eigenen Anhängern in Grenzen zu halten."
>
> *(Haider, Die Freiheit, die ich meine, S. 201)*

Genau in dieselbe Richtung geht auch folgender Absatz aus Haiders Bekenntnisbuch:

> „Dieses politische System in Österreich hat bewirkt, daß der Herrschaft des feudalistischen Adels die Herrschaft der proletarischen und halbgebildeten Funktionäre gefolgt ist, und deshalb wird man fragen müssen, welche politische Klasse für das Volk erträglicher war. Die in Österreich herrschende ehrenwerte Funktionärsklasse hat das Land (noch) fest im Griff."
>
> *(Haider, Die Freiheit, die ich meine, S. 127)*

Jörg Haider scheute sich auch nicht, den noch belasteteren Begriff „Systemparteien"[48] zu verwenden. Dieser Ausdruck wurde von der NSDAP vor allem in der „Kampfzeit" vor 1933 gebraucht, um das „Weimarer System", also den ersten demokratischen Staat auf deutschem Boden, zu diffamieren. Mit „Systemparteien" waren die demokratischen Parteien gemeint, die Demokratie und Verfassung verteidigten.[49]

Besonders die Vorsitzenden von ÖVP und SPÖ machte Haider zu Zielscheiben seiner Attacken. Vranitzky war für ihn ein

„Austrofaschist im Nadelstreif" bzw. „Faschist", während er den damaligen Vizekanzler Busek als „Schrumpfaustriaken" beschimpfte oder als „Linken" disqualifizierte.[50]

Sozialdemokraten und Linke

Sozialistische Bestrebungen stellten seit den siebziger Jahren ein beliebtes Angriffsziel Haiders dar. Die „Kärntner Nachrichten" berichteten 1976 über einen Auftritt Haiders als Jugendreferent der FPÖ auf einem Verbandstag der Freiheitlichen Jugend in Kärnten:

> „Die Entwicklung innerhalb der Jungsozialisten mache eine bedenkliche Rückkehr zum Austromarxismus deutlich, der sich schon einmal in der Ersten Republik nicht zum Nutzen Österreichs auswirkte, stellte der Jugendreferent der FPÖ Jörg Haider [...] fest. Gerade der ideologisch verklemmte Juso-Vorsitzende Konecny steuere mit seinen Verstaatlichungs- und Enteignungstendenzen einen Kurs, der eindeutig eine marxistische Version eines österreichischen Sozialismus darstelle. [...] Damit sei erneut bewiesen, daß das sozialistische Ziel der totale Zentralstaat sei, in dem die Freiheit des Bürgers keinen Raum mehr habe."
>
> *(Kärntner Nachrichten, 27. 3. 1976)*

Ähnlich schrieb Haider in der Zeitung „Tangente":

> „Gedanken wie Partnerschaft, Mitbestimmung, Miteigentum in Arbeitnehmerhand müssen ehestens mit konkretem Inhalt erfüllt werden. Denn sie führen zur Stärkung der menschlichen Persönlichkeit und sind zutiefst mit den Vorstellungen der Sozialisten verfeindet, die eine Bevormundung des einzelnen von kollektivistischen Funktionärsapparaten ausbeuten [sic!]. Wehren wir daher den Anfängen!"
>
> *(Tangente, 22. 12. 1975)*

Es ist ein unglaublicher Zynismus Haiders, in diesem Zusammenhang die antinationalsozialistische Losung der ehemaligen WiderstandskämpferInnen gegen die Sozialdemokraten zu wenden.

Nachdem Haider sich als Landesparteisekretär und Abgeordneter zum Nationalrat etablieren konnte, galten seine Vorwürfe weniger der Sozialistischen Partei. Er konzentrierte sich nun stärker darauf, eine kommunistische Gefahr zu beschwören. So charakterisierte er im Nationalrat die Gegenveranstaltung „Oktober Tabor" zu den nicht unumstrittenen 60-Jahr-Feiern der Kärntner Volksabstimmung, an denen auch zahlreiche äußerst Rechte teilnahmen, folgendermaßen:

> „Das nennt sich also ‚Oktober Tabor' beziehungsweise ‚Oktober Arena'. Diese ‚Oktober Arena' ist nachweisbar heute ein reines Exerzierfeld des Bundes der Kommunisten Österreichs, die hier mit massiver Agitation arbeiten, die Zerstörung der österreichischen Staatsmacht fordern, die militante Bekämpfung der Parteien und Abtrennung Südkärntens von Österreich. [...] Wenn ein Bundeskanzler eine Antwort gibt [Dr. Kreisky verteidigte die Veranstaltung], die in Widerspruch mit den tatsächlichen Verhältnissen steht, dann muß ich feststellen, daß es untragbar ist, wenn ein Bundeskanzler heute kommunistische Aktivitäten, die die Zerschlagung Österreichs ins Auge fassen, als positive Werbung für dieses Land ansieht. Das ist meines Erachtens ein bißchen ein starkes Stück. (Abg. Haas: Es lebe die alte Burschenherrlichkeit!) Na, schauen Sie sich das einmal an! Ich würde sagen, das sind echte Patrioten, die für Österreich schon etwas geleistet haben. Aber diese Kommunisten, die hier verteidigt werden, sind gegen Österreich eingestellt, und wir haben daher keine Veranlassung, hier eine Unterstützung zu geben. (Abg. Dr. Fischer: „Wenn alle untreu werden", was?) Ich glaube Ihnen schon, daß Ihnen das unangenehm ist, wenn es noch Organisationen gibt, die auch traditionelles Liedgut pflegen, Herr Kollege Fischer! (Abg. Dr. Fischer: SS-Lieder sind uns unangenehm, und mehr als das!) Aber Sie sind gerade einer jener, die alles zu verharmlosen trachten, was sich auf der linken Ebene abspielt."

(64. Sitzung des Nationalrats,
XV. Gesetzgebungsperiode,
25. 2. 1981)[51]

Bei der Veranstaltung „Oktober Tabor" traten unter anderen namhaften Künstlern Peter Turrini, Georg Danzer, André Heller, Toni Stricker und die Gruppe „Schmetterlinge" auf. Helmut Qualtinger konnte nicht kommen, stellte aber einen mit ihm für diesen Abend produzierten Videofilm zur Verfügung.

Auch in den „Kärntner Nachrichten" skizzierte Haider eine Gefahr, die Österreich angeblich von linken Gruppen drohe:

> „Was aber nicht erfolgt, ist ein Offenbarungseid [der Großparteien] gegenüber den radikalen Minderheiten von links, die sich bewußt abseits der gemeinsamen ideellen Grundlage unserer Gesellschaftsordnung stellen. Aktualisiert durch die jüngsten Vorfälle im Kärntner Grenzland hat der kritische und nach einer gerechten Sozialordnung strebende Bürger ein begründetes Bedürfnis, von den staatlichen Verantwortungsträgern eine Klarstellung in dieser Richtung zu erwarten."
>
> *(Kärntner Nachrichten, 7. 9. 1977)*

Mit den „radikalen Minderheiten von links" sind Slowenen gemeint gewesen, die versuchten, illegal zweisprachige Ortstafeln aufzustellen, um ihren Wünschen nach gerechter Minderheitenpolitik Nachdruck zu verleihen.

Als Bundesparteiobmann der FPÖ widmete sich Haider wieder der Auseinandersetzung mit den beiden Großparteien, wobei er für die Sozialdemokraten besonders harte Worte fand:

> „Ich meine, daß die Zeit der starren Dogmen, der kompromißlosen Propagierung von Weltanschauungen vorbei ist. [...] So glaube ich, daß z. B. der Marxismus als soziale Heilslehre, damit aber auch seine Abkömmlinge wie der Sozialismus in Gestalt der heutigen Sozialdemokratie jede Daseinsberechtigung verloren haben."
>
> *(Kärntner Nachrichten, 21. 5. 1987)*

Die Sozialdemokratie stellt er als Verursacherin jeden Niederganges dar, wobei er stets „Sozialismus" und „sozialistisch" als

Begriffe bemüht, um den Unterschied zum Kommunismus zu vernebeln.

> „Der sozialistischen Moralität folgen hieße einen großen Teil der Menschenheit vernichten und den Rest in Verarmung stürzen. Mit ihrem Kulturkampf haben die Konkursverwalter des Sozialismus ein Instrument der Machtsicherung gefunden und nach ihrem ideologischen Bankrott mit Eroberung der Bildungs- und Informationseinrichtungen eine geradezu meisterliche Raffinesse bei der Strategie der Machterhaltung an den Tag gelegt."
>
> *(Haider, Die Freiheit, die ich meine, S. 56)*[52]

Angeblich ist „die Linke" von gnadenlosem Vernichtungswillen beseelt:

> „Im Umgang mit den politischen Gegnern ist die Linke gnadenlos. Das sichert zumindest ein Heer von Mitläufern."
>
> *(Haider, Die Freiheit, die ich meine, S. 59)*

> „Die 68er Generation hat sich eingenistet, ja fett gefressen im politischen System. Eine Kostprobe ihres unerbittlichen ideologischen Willens gab sie beispielsweise anläßlich des Volksbegehrens, das von der Freiheitlichen Partei zur Ausländerproblematik initiiert wurde."
>
> *(Haider, Die Freiheit, die ich meine, S. 74)*

Besondere Ablehnung erfahren im Weltbild Haiders und der FPÖ alle als „links" bezeichneten Strömungen, wie beispielsweise Gruppen, die um Ausländerintegration bemüht sind, kritische Katholiken u. a.:

> „Die Linke will eine andere Gesellschaft, will ein neues Volk, weil sie ihr eigenes Volk nicht leiden kann. Sie schwärmt von einem multikulturellen Europa, will durch Zuwanderung neue Mehrheiten im Volk erzwingen, betreibt durch Geschichtsfälschung gezielte Verhetzung der Jugend in den Schulen und schürt den Klassenkampf zwischen Klerus und Laien in der Kirche, um dem Volk den Anker des Glaubens und der moralischen Orientierung zu

> nehmen. Destabilisieren, auflösen, entwerten und ausgrenzen lautet die Devise."
>
> *(Haider, Die Freiheit, die ich meine, S. 54)*

Die „Linke" destabilisiere die Demokratie und schränke die Meinungsfreiheit ein:

> „Trotz aller Diffamierungsversuche würden sich die F nicht ‚in ihrem politischen Weg und ihrer Überzeugung korrigieren', führte der F-Obmann weiter aus. Von Seiten der politischen Linken gebe es einen ‚Tugendterror', der ebenso gefährlich wie anderer Terror sei. Dieser führe dazu, ‚daß die freie Rede in diesem Land zu einem halsbrecherischen Risiko' werde. Er sehe ebenso die Gefahr einer ‚gewaltsamen Destabilisierung' wie jene einer ‚manipulativen Destabilisierung', so Haider."
>
> *(APA 7. 3. 1995)*

Haider sieht sich und die FPÖ überall von totalitären Tendenzen der „Linken" umgeben, worauf im Abschnitt „Verschwörungsphantasien" noch näher eingegangen wird. Hier nur ein Beispiel:

> „Einheitspartei, Einheitskammern, Einheitsmedien schaffen die Gefahr eines neuen Absolutismus in Österreich. So wie unsere Vorfahren vor 150 Jahren gegen den Absolutismus Metternichs zu Felde gezogen sind, so müssen wir heute der roten Machtkonzentration die Stirn bieten.
>
> Gefügigkeit ist zum Schlüsselwort geworden. Da sich die Probleme nicht verringert haben, deckt man sie zu. Und wo dies nicht gelingt, wird die Kritik daran unterbunden. Demokratie ist der Wettbewerb von Ideen: Die Machthaber sehen darin jedoch immer weniger eine Errungenschaft als vielmehr eine Bedrohung ihrer Macht."
>
> *(Jörg Haider, Österreich-Erklärung zur Nationalratswahl 1994, in: Für Freiheit und Verantwortung, Jahrbuch für politische Erneuerung 1995, S. 338)*

Nach dem von Linksextremisten geplanten, aber mißglückten Sprengstoffanschlag auf einen Lichtmast nahe dem niederösterreichischen Ort Ebergassing versucht Haider, ein „Netz des linksextremen Terrors" zu propagieren, in das seiner Meinung nach unter anderen auch die SPÖ und die Grünen verstrickt seien.

AntifaschistInnen. WissenschaftlerInnen

Entsprechend bewährten rechtsextremen Rezepten versucht die Haider-FPÖ, alle ihr nicht genehmen Gruppen und Personen als linksextrem oder kommunistisch zu verteufeln, während sie gleichzeitig vergangene und gegenwärtige rechtsextreme Tendenzen verharmlost. Diese Diffamierungsversuche richten sich keineswegs nur gegen die politische Linke; insbesondere AntifaschistInnen, die sich den politischen Bestrebungen der Haider-FPÖ entgegenstellen, werden ins linke bis linksextreme Eck gestellt. Im besonderen richtet sich die Haider-Propaganda gegen in der Öffentlichkeit bekannte, engagiert auftretende antifaschistische WissenschaftlerInnen und Künstler, wobei Haider und seine propagandistischen Nachbeter weder vor Beschimpfungen noch Drohungen zurückschrecken.

Zu den von Haider immer wieder attackierten Wissenschaftlern zählen die in der antifaschistischen Aufklärung besonders engagierten Universitätsprofessoren Dr. Erika Weinzierl, Institut für Zeitgeschichte der Universität Wien, Dr. Anton Pelinka, Institut für Politikwissenschaft der Universität Innsbruck, Dr. Wolfgang Neugebauer, Dokumentationsarchiv des österreichischen Widerstandes, und der leider bereits verstorbene Dr. Erwin Ringel, Institut für medizinische Psychiatrie der Universität Wien. Gegen den an den Rollstuhl gefesselten Prof. Ringel kam es anläßlich eines Vortrags am 10. 10. 1990 in Klagenfurt bereits zu einem Angriff eines aufgeputschten Fanatikers. In einem Interview mit dem Sender „Antenne Austria" gab Haider, damals Landeshauptmann von Kärnten, dazu folgenden Kommentar ab:

> „Wenn jemand in Kärnten solch dummes Zeug rede, müsse er darauf gefaßt sein, so behandelt zu werden. Im übri-

gen habe dieser Mensch wohl seine 7 [sic!] Sinne nicht beisammen."

(Kurier, 30. 10. 1990, 24. 2. 1992)

In seiner „Festansprache" bei der Ulrichsbergfeier 1990[53] drohte Haider in Richtung Zeitgeschichtsforschung:

> „Wir erleben es, daß höchste Persönlichkeiten des öffentlichen Lebens, bis hinein in unsere Regierung, allen Ernstes die Meinung vertreten, man könnte Denkmäler, die an die Soldaten und Gefallenen der beiden Weltkriege erinnern, eigentlich schön langsam wegräumen. Das ist ein zweifelhafter Mut jener, die sich ohne ihr eigenes Zutun ins gemachte Nest der Demokratie und der Wohlstandsgesellschaft gelegt haben und nicht erkennen, wem sie das eigentlich zu verdanken haben. Das ist ein zweifelhafter Mut jener, die an ihren Schreibtischen Gedankengebilde erfinden – wie etwa die Historikerin Weinzierl (Gelächter im Publikum), die allen Ernstes der Meinung ist, daß dies nicht mehr zeitgemäß ist (Unruhe im Publikum). Es wird die Zeit kommen, wo solche Historiker nicht mehr zeitgemäß sind."

(Forum, 19. 3. 1991)

Solche Drohungen Haiders sind keine Ausrutscher. Als Anton Pelinka die NS-Vergangenheit des von FPÖ, KHD („Kärntner Heimatdienst") und KAB („Kärntner Abwehrkämpferbund") hochgejubelten Abwehrkampf-Propagandisten Hans Steinacher aufzeigte, meinte Haider:

> „Für Geschichtsfälscher und Österreichbeschimpfer muß die Zeit ein Ende haben. Pelinka hat ein gestörtes Verhältnis zu Kärnten, und seine ständig verbreiteten Unwahrheiten sind eine Zumutung."

(Kärntner Nachrichten, 9. 7. 1992)

Besonders heftige Angriffe löste das Aufzeigen der Kontakte und Querverbindungen der FPÖ zu rechtsextremen und neonazistischen Gruppen und Personen durch das Dokumentationsarchiv des österreichischen Widerstandes aus. Diese überparteiliche, von der Republik Österreich und der Stadt Wien getragene Einrichtung wurde im November 1991 in sieben Parlamentarischen Anfragen an Mitglieder der Bundesregierung als kommunistisch hingestellt.[54] Obwohl die Herkunft der Geldmittel der Stiftung Dokumentationsarchiv, die vom Bund und von der Gemeinde Wien stammen, für jedermann leicht überprüfbar ist, äußerte Haider wilde Verdächtigungen:

> „Solange sich das Dokumentationsarchiv des österreichischen Widerstandes nicht vom Verdacht der Pflege totalitären, kommunistischen Gedankenguts freispielen könne und nicht geklärt sei, aus welchen Geldquellen diese Einrichtung finanziert werde, bestehe für dessen Vertreter keine Berechtigung, sich zu Sittenwächtern und Richtern über die politische Moral in Österreich aufzuspielen, sagte heute der freiheitliche Parteiobmann Jörg Haider in einer Reaktion auf Aussagen des Leiters des DoKu-Archivs Dr. Neugebauer."
>
> *(Freiheitlicher Pressedienst, 20. 1. 1992)*

Über die verbale Diffamierung hinaus versuchten FPÖ-Politiker, mit Klagsandrohungen durch Rechtsanwälte das Dokumentationsarchiv einzuschüchtern. Insbesondere die Verbreitung des vom Dokumentationsarchiv herausgegebenen „Handbuchs des österreichischen Rechtsextremismus" versuchte FPÖ-Obmann Haider durch zahlreiche Klagen sowie einstweilige Verfügungen zu unterbinden. Während die FPÖ seit Jahren nichts unversucht ließ, dem Dokumentationsarchiv Schaden zuzufügen, bemühte sich Haider seit Herbst 1993 über seinen Anwalt Dr. Dieter Böhmdorfer um die Aufnahme eines FPÖ-Vertreters in den DÖW-Vorstand:

> „Herr Dr. Haider ersucht Sie, auch Vertreter der Freiheitlichen Partei als Mitarbeiter in der Stiftung Dokumentationsarchiv des österreichischen Widerstandes zu akzeptieren, damit in Zukunft, bevor die Öffentlichkeit mißverständlich informiert wird, die notwendigen Klarstellungen noch deutlicher getroffen werden können."
>
> *(Schreiben Dr. Dieter Böhmdorfer an Dr. Wolfgang Neugebauer, 30. 9. 1993)*

Nach dem Erscheinen der ersten Auflage des „Handbuchs des österreichischen Rechtsextremismus" insistierte Böhmdorfer nochmals auf eine Mitwirkung der FPÖ:

> „Es ist tatsächliches Ziel des Herrn Dr. Haider, im gesamtösterreichischen Interesse zu erreichen, daß eine der FPÖ nahestehende Person im Dokumentationsarchiv mitarbeiten darf. Es ist für Herrn Haider unverständlich, daß sein Ersuchen, diese Mitarbeit zu gestalten, nicht ernst genommen wurde, zumal ja ein ordentliches Gericht nach Studium des Buches und des Deckblattes das Verbot der Verbreitung ausgesprochen hat. [...] Ich ersuche deshalb darum, dieses Ansuchen ernsthaft und aufrichtig zu prüfen und nicht vorweg dem Obmann einer Oppositionspartei, die mit 28 Mandaten im Nationalrat vertreten und in allen Landtagen repräsentiert ist, die Glaubwürdigkeit und die Redlichkeit abzusprechen."
>
> *(Schreiben Dr. Dieter Böhmdorfer an Dr. Wolfgang Neugebauer, 15. 2. 1994)*

Der Vorstand des Dokumentationsarchivs lehnte dieses „Ansinnen Dr. Haiders einstimmig" ab.

Besonders der wissenschaftliche Leiter des Dokumentationsarchivs, Hon. Prof. Dr. Wolfgang Neugebauer, wird seither von Haider bei jeder sich bietenden Gelegenheit angegriffen und diffamiert. Neugebauer und das Dokumentationsarchiv sind – nach Meinung Haiders – auch Bestandteil des „Netzes des linksextremen Terrors", das in der „Neuen Freien Zeitung" publiziert wurde. Das Dokumentationsarchiv hat deshalb die „Neue Freie Zeitung" wegen übler Nachrede geklagt. In einem Vortrag im April 1995 erklärte Haider, er sehe sich selbst und seine Partei von der

> „Viererbande Neugebauer, Weinzierl, Voggenhuber und Purtscheller"

verfolgt.[55] Der Journalist Wolfgang Purtscheller ist seit seinen Recherchen im rechtsextremen Lager und mehreren Publikationen dazu ebenfalls zu einem Feindbild Haiders geworden.

Da zahlreiche Künstler und Intellektuelle sich im Rahmen der Aktion „SOS-Mitmensch", aber auch in ihrem künstlerischen Wirken konsequent gegen die Kunst- und Politikauffassungen der FPÖ wenden, gerieten auch sie in den Bereich der freiheitlichen Feindbilder. Haider sprach sich an verschiedenen Stellen immer wieder gegen die Subvention von Künstlern aus, die angeblich von der Regierung gekauft seien:

> „Welche oder besser gesagt wessen Freiheit ist es, wenn manche Künstler darben, während sich ein Kunstminister Scholten angesichts freier Burgtheaterstühle die Freiheit nimmt, die Peymanns, Nitschs, Mühls oder Fäkalkünstler, wie Brus und Kolig mit Subventionen zu überschütten? Die Freiheit der Kunst wäre gut, aber die Verschwendung und der Mißbrauch von Steuergeldern sind weder eine Kunst, noch je frei gewesen."
>
> *(Jörg Haider, Österreich-Erklärung zur Nationalratswahl 1994, in: Für Freiheit und Verantwortung. Jahrbuch für politische Erneuerung 1995, S. 343 f.)*

Schon 1988 griff er Burgtheaterdirektor Peymann wegen der Aufführung des Stückes „Heldenplatz" von Thomas Bernhard heftig an, wobei er sich eines Zitates von Karl Kraus bediente:

> „Hinaus mit diesem Schuft aus Wien"
>
> *(Neue Zeit, 12. 10. 1988)*

Dieser verbale Versuch der Vertreibung eines unliebsamen Kulturschaffenden erregte große Empörung.

Auch in seiner Erklärung zum „Staatsfeiertag" 1993 ließ es Haider nicht an Angriffen auf kritische Künstler fehlen:

> „Was ist das für eine österreichische Kulturgesellschaft, in der hochsubventionierte Künstler wie Elfriede Jelinek im Ausland nichts besseres zu tun haben, als Schmutz und Abfall über Österreich zu gießen, sodaß sogar die Gattin des französischen Botschafters in Wien sich berufen fühlt, einen

korrigierenden Artikel zugunsten Österreichs zu verfassen. Ist das das Kulturbekenntnis, welches wir haben wollen?"

Und weiter unten im Text:

> „Diese kulturelle und politische Hegemonie, die heute in Österreich existiert, führt letztlich dazu, daß über die Köpfe der Bürger hinweg Entscheidungen getroffen werden, die dieses Land nicht haben will. Die nicht dazu beitragen, dieses Österreich in seiner zukünftigen Entwicklung zu festigen. Dazu gehören die ideellen Aussagen und Gewichtungen. Dazu gehört auch die Verfaßtheit unserer Gesellschaft. Wer sind denn heute die Vorbilder in der österreichischen Gesellschaft? André Heller, Kurt Jürgens [sic! Curd oder Udo?], Elfriede Jelinek, Jazz Gitti – sie alle sind also die Vorbilder des neuen Österreich! Sie rangieren in den Zeitgeistmagazinen an erster Stelle, sie seien es, die dieses Österreich prägen. Ich bedanke mich dafür, daß Wehrdienstverweigerer, Steuerflüchtlinge und Österreichbeschimpfer unsere Vorbilder sind, daß aber die tüchtigen und fleißigen Leute, die aus diesem Österreich nach dem Krieg etwas gemacht haben, nicht zu Ehren kommen."

(Jörg Haider, Erklärung des Bundesparteiobmannes anläßlich des Staatsfeiertages am 26. 10. 1993, in: Für Freiheit und Verantwortung. Jahrbuch für politische Erneuerung 1994, S. 175 f.)

Im Sommer 1995 attackierte er neuerlich die sogenannten „Staatskünstler":

> „In einer Demokratie ist es ein Unding, daß es in der Hand eines Ministers liegt, sich einen Kreis von Staatskünstlern zu züchten, die mit Subventionen versorgt werden, während andere nicht in den Genuß von Wohltaten kommen, weil sie politisch nicht mit dem Minister konform gehen. Das ist feudalistisches Denken, das bekämpfen wir."

(News, 17. 8. 1995)

Selbst jene Künstler, die bei einem Benefizkonzert zugunsten der Hinterbliebenen der Bombenopfer von Oberwart auftraten, wurden von Haider diffamiert:

„Gestern erst hat eine Vielzahl von Künstlern, die sonst nicht durch Uneigennützigkeit bestechen, ein Benefizkonzert für die Hinterbliebenen der Opfer von Oberwart veranstaltet. Benefiz ist gut, vor allem wenn es still geschieht. Wie aber sogar der ORF berichtete, war aber, so wörtlich, ‚der Benefizgedanke zweitrangig, es war vor allem eine Solidaritätskundgebung'. Womit? Mit der demokratischen Selbstverständlichkeit, der Gewaltfreiheit? Nicht doch: es war Stimmungsmache und ein Auftritt für den sozialistischen Bürgermeister von Wien und seine Parteiinteressen. Stimmungsmache mit zahllosen Anspielungen gegen das freiheitliche Feindbild. Was sich dabei abspielte, ist ein pietätloser Tugendterror der besonderen Art. Unsere Staatskünstler entfernen sich gemeinsam mit ihren Gönnern und Machthabern vom Volk."

(Jörg Haider, Grundsatzerklärung, 8. 3. 1995)

Bei diesem Konzert waren unter anderen aufgetreten: Rainhard Fendrich, Wolfgang Ambros, Hubert von Goisern, Erste Allgemeine Verunsicherung, STS, Opus, Jazz-Gitti, Fritz Muliar, Karl-Heinz Hackl, Tony Wegas, Alfons Haider, Heinz Holecek, Die Hektiker, Etta Scollo, Andy Baum, Maria Bill.

Besondere Angriffe richtete Haider mehrfach gegen den Mitinitiator des „Lichtermeeres" von 1993, den Künstler André Heller:

„Es ist eine Frage der Werte, die uns von Scholten und auch von einem André Heller trennt, der den Tod seines Vaters gefeiert hat. Keine Frage der Religion oder Abstammung. Was uns von diesen Leuten trennt, ist, daß wir nicht heucheln oder in Wahrheit Haß schüren, sondern aus den Irrwegen der Vergangenheit eine freie gemeinsame Zukunft sichern wollen."

(Jörg Haider, 50 Jahre Zweite Republik –
Rückblick und Ausblick,
Rede im Palais Auersperg, 26. 4. 1995)

Ob es wohl Zufall ist, daß beide Genannten aus jüdischen Familien stammen und Haiders Vorwürfe bekannte antisemitische Stereotype enthalten? Die unwahre Behauptung, André Heller habe seinen Vater gehaßt, könnte auf ein Flugblatt des Neonazis Gerd Honsik zurückgehen, worin dieser erdichtet hatte, Hellers Vater sei Nazi-Kollaborateur gewesen und werde deshalb von Heller gehaßt. Tatsächlich war Stefan Heller, der Vater des Künstlers, sofort nach dem „Anschluß" 1938 verhaftet worden, konnte jedoch freigekauft werden und nach Frankreich fliehen, wo er Verbindungsoffizier der französischen Exilregierung zu den Amerikanern wurde. Allerdings war das Unternehmen „arisiert" worden und der alte Name „Heller Wiener Zuckerl" von den Nazis weitergeführt worden. Daher kam wohl Honsik zu seinen absurden Behauptungen.[56]

Im Herbst 1995 ließ die Wiener FPÖ ein für ihr Kulturverständnis bezeichnendes Plakat affichieren:

> „Lieben Sie Scholten, Jelinek, Häupl, Peymann, Pasterk oder Kunst und Kultur?"[57]
>
> *(zitiert nach profil, 23. 10. 1995)*

Der Lyriker H. C. Artmann hatte wegen krankheitsbedingter Arbeitsunfähigkeit über längere Zeit hinweg Unterstützung aus einem dafür vorgesehenen Sozialfonds des Unterrichtsministeriums erhalten, die bis 1995 als steuerfrei erklärt war. Plötzlich konfrontierte die Finanzverwaltung den Dichter mit Steuernachforderungen von mehr als 300.000,–. Als Bundesminister Dr. Scholten dem Dichter versprach, diesen Betrag durch eine Subvention abzudecken, löste dies heftige Kritik Haiders aus. Er beschimpfte Artmann als Sozialschmarotzer, der

> „sein Geld beim Branntweiner gelassen hat" und warf dem Minister vor, „er habe Artmannsche Steuerschulden [...] meuchlings aus öffentlichen Mitteln beglichen."
>
> *(News, 16. 7. 1995)*

Medien

Mit Ausnahme der „Kronen Zeitung" hat mittlerweile die Mehrheit der österreichischen Medien gegen Haider Stellung bezogen, und die noch vor einigen Jahren übliche Verharmlosung seiner Politik ist kaum mehr anzutreffen. Zeitungen wie das Nachrichtenmagazin „profil", der ORF sowie einzelne exponierte JournalistInnen sind ständig Angriffen und Klagsdrohungen Haiders ausgesetzt.

Haider sieht sich allerorten von angeblich regierungsgesteuerten, weil mit Presseförderung gekauften Medien umgeben, die nur wegen ihrer Parteienabhängigkeit über ihn schlecht berichteten.

> „Wer sich gegen die Mächtigen stellt, wer nicht mitmacht und sich nicht anpaßt, der wird zum medialen Freiwild erklärt. Je erfolgreicher die FPÖ ist, je mehr sie das jahrzehntelang festgefügte System von Parteienmacht und Funktionärsherrschaft demaskiert, desto lauter bläst die mediale Jagdgesellschaft zum Halali. Was man im demokratischen Wettbewerb nicht schafft, versucht man umso eifriger über die Redaktionsstuben zu erreichen."
>
> *(Haider, Die Freiheit, die ich meine, S. 70)*

Haider unterstellt den „Altparteien", über „gekaufte" Medien „Psychoterror" auszuüben:

> „Die kranken Riesen wehren sich und bedrohen die Zwerge. Die kranken Riesen, die Altparteien, werden nicht mehr lange durchhalten, aber noch haben sie die Kraft, um die bedrohten Zwerge, die Bürger, durch Psychoterror in Schach zu halten. Dazu trägt der Verbund von politischer Macht und medialem Einfluß bei. In keinem anderen demokratischen System kauft sich die Regierung so unverfroren die Gunst der Medien. Jedes Jahr gibt die Bundesregierung zwischen 200 und 300 Millionen Schilling als „Presseförderung" an die Zeitungen. Wer dabeisein will, muß sich durch Wohlverhalten profilieren. Und sie profilieren sich alle. Nahezu ohne Ausnahme: Wenn dann die Journalisten der ‚freien Medien' bei Fernsehdiskussionen in geradezu peinlicher Unterwürfigkeit dem Regierungschef ein paar belanglose Fragen stellen, dann weiß man, daß das System von Zuckerbrot und Peitsche wirkt. [...]

Das System wirkt und erzeugt einen angepaßten Journalismus, wie er in undemokratischen Systemen nicht anders sein könnte."

(Haider, Die Freiheit, die ich meine, S. 143 f.)

Die Berichterstattung der Medien arbeitet angeblich auf einen „geistig dressierten Menschen" hin:

„Die Gefahr, daß auch in einer freiheitlich rechtsstaatlichen Ordnung Kräfte auf einen geistig dressierten Menschen hinarbeiten, sind nicht von der Hand zu weisen. Zumindest bleibt es nicht verborgen, daß im österreichischen Staatsrundfunk nicht nur zahllose sozialistische Parteigänger und Lohnschreiber untergebracht sind, sondern auch solche Personen an Einfluß gewinnen, die direkt aus der kommunistischen Bewegung oder aus Schulungskursen in Moskau kommend in diesem Medium ans Werk gehen."

(Haider, Die Freiheit, die ich meine, S. 59)

und weiter:

„Medienpolitik in Österreich, das bedeutet in erster Linie politische Einflußnahme über die staatliche Presseförderung."

(Haider, Die Freiheit, die ich meine, S. 60)

und nochmals:

„Die Herrschaft der Partei- und Ministersekretäre im Staatsrundfunk ist sprichwörtlich. Sie garantiert den täglichen Verfassungsbruch des Grundrechts der Presse- und Meinungsfreiheit."

(Haider, Die Freiheit, die ich meine, S. 62)

Haider erfand auch eine neue Variante für die Abkürzung ORF:

„Oesterreichs Rücksichtslosester Falschmelder".

(Neue Freie Zeitung, 13. 1. 1993)

Auch Haiders Parteimedien schließen sich der Kritik ihres Parteiführers an. So diffamierte der damalige Chefredakteur der

„Neuen Freien Zeitung", heute übrigens Mitarbeiter im vielgeschmähten ORF, im September 1989 über die Tageszeitung „Der Standard":

> „Oscar Bronners ‚Album'-schwacher ‚Standard' als selbsternannter Gralshüter des politischen Liberalismus, der wohl mehr der Ostküsten-Mentalität der Vereinigten Staaten als dem systemkritischen Liberalismus des großen Friedrich von Hayek entsprechen dürfte."
>
> *(Neue Freie Zeitung, 21. 9. 1989)*

Wegen angeblicher „Hetztiraden" gegen Haider und die „Kronen Zeitung" äußerte sich der Chefredakteur der „Neuen Freien Zeitung", Walter Howadt, über die amtliche „Wiener Zeitung" in einem unter Journalistenkollegen bis dato nicht gepflogenen Stil:

> „Ist dieser angeblich überparteiliche Dreck unter dem Zeichen unseres Staatswappens, ist diese Akrobatik im roten Mastdarm auf unsere Steuerkosten zu fassen? Hat niemand mehr im vorgesetzten Bundeskanzleramt so viel Anstand und demokratisch-staatsbürgerliche Gesinnung, diesen Irrsinn abzustellen? [...] Die ‚Wiener Zeitung' hat auch das Recht zu sterben. Man darf es ihr nicht verweigern: Schon allein aus Pietät gegenüber ihrem auf diesem Weg vorangegangenen Schwesterblatt, der AZ."
>
> *(Neue Freie Zeitung, 11. 12. 1991)*

Bisheriger Höhepunkt in der Auseinandersetzung mit den österreichischen Medien war Jörg Haiders Stellungnahme nach dem Mißerfolg des Ausländervolksbegehrens, die nur als massive Infragestellung der Pressefreiheit verstanden werden kann:

> „Wenn er einmal ‚etwas zu reden habe', so Haider wörtlich, werde er schon dafür sorgen, daß in den Redaktionen ‚in Zukunft weniger gelogen' und über Ereignisse wie das Volksbegehren ‚mehr Wahrheit' transportiert werde."
>
> *(Kurier, 27. 1. 1993)*

Diese Aussage wurde nicht nur von der Journalistengewerkschaft verurteilt; selbst in der Haider freundlich gegenüberstehenden „Kronen Zeitung“ gab es Kritik; Kommentator Peter Gnam sprach von einem „völlig verunglückten Anschlag auf die Medienfreiheit“.[58]

Sobald es der FPÖ möglich schien, versuchte und versucht sie jedoch selbst, Personen ihres Vertrauens in wichtige Positionen des Rundfunks zu bringen. Teil des aufgekündigten Kärntner Paktes zwischen Haider und ÖVP-Landesparteiobmann Zernatto im April 1994 war die Forderung, die Positionen im ORF-Kuratorium und des Landesintendanten „im Einvernehmen zwischen FPÖ und ÖVP“ zu besetzen.[59] Nachträglich erläuterte Haider, daß damit die Macht der SPÖ im Rundfunk in Frage gestellt und die Wahl Gerhard Zeilers zum ORF-Intendanten verhindert hätte werden sollen.[60]

Sogenannte „Sozialschmarotzer“

Jörg Haider versuchte im Laufe seiner politischen Karriere mehrfach, das in breiten Kreisen der Bevölkerung populäre Thema des Mißbrauchs von Sozialleistungen – Stichwort „Sozialschmarotzer“ – für seine politischen Zwecke zu benützen. Während seiner ersten Periode als Abgeordneter zum Nationalrat war er dort als Sozialsprecher tätig. Bei Durchsicht seiner Reden aus dieser Zeit und diverser früher Artikel Haiders ergeben sich interessante Widersprüche seiner Positionen.

Als Bundesobmann des RFJ äußerte er sich unter dem Titel „Leistungsdenken oder Rentnermentalität“ in der RFJ-Zeitung „Tangente“:

> „Es geht also darum, entschieden dafür einzutreten, daß dem Leistungswilligen für seine Handlungen, die er mit einem bestimmten Ziel vornimmt, die entsprechende Anerkennung nicht versagt wird. [...]
>
> Nun, ganz so selbstverständlich scheint dies nicht mehr zu sein, gerät man in die Auseinandersetzung mit dem sozialistischen Wohlfahrtsstaatgedanken. Die Gleichheit – sprich

Nivellierung – gilt dort so viel, daß man den Menschen zusehends entmündigt und die Entscheidungsbefugnisse an Vater Staat abtritt. Eigeninitiative und Leistung sind da nicht mehr gefragt, und wer es nicht glaubt, wird dies spätestens bei der Steuervorschreibung merken. Dabei bedenken jene Verfechter des leistungsfeindlichen Wohlfahrtsstaates gar nicht, daß dieser schon in seinem Grundsatz enorm ungerecht ist. Oder leuchtet es nicht ein, daß eine nivellierte Festlegung menschlicher Lebensziele die Unterdrückung mancher, wenn auch ihrer Natur nach oft nur von Minderheiten verfolgter, qualitätsintensiveren Interessen bedeutet? Eine Nivellierung nach oben hat es bisher jedenfalls noch nie gegeben. [...]

> Auf eine totale Staatsfürsorge aber legen wir Jungfreiheitlichen keinen Wert. Das sei auch jenen Spekulanten ins Stammbuch geschrieben, die im Wohlfahrtsstaat eine angenehme Versorgung auf Kosten der Leistung anderer wittern."

(Tangente, 1. 7. 1972)

Im Nationalrat hingegen kritisierte Haider 1981, in seiner vergleichweise liberalen Phase, die vorhandenen Lücken des Sozialstaates:

> „Es gibt aber auch im Bericht der Volksanwaltschaft, der ja sehr ausführlich ausgefallen ist, eine ganze Menge von Beispielen, die uns deutlich machen, daß die Schattenseite dieses Sozialstaates von uns viel zu wenig beachtet wird, weil wir immer nur im Schlaglicht der Öffentlichkeit Diskussionen über Privilegien, Überversorgung und ähnliches erleben, aber niemals sehen, wie groß die Löcher eigentlich sind, die der Sozialstaat heute in seiner Gesetzgebung und vor allem auch in seiner Vollziehung aufweist. Wir leiden, glaube ich, nicht an einer Übersozialisierung, sondern an einer Überbürokratisierung in diesem Lande."

(88. Sitzung des Nationalrats, XV. GP, 15. 10. 1981)

Während Haider einerseits das Eintreten für die „Besserstellung der sozial Schwachen" als Anliegen der FPÖ propagierte, forderte er 1987 gleichzeitig die rigorose Schließung unrentabler verstaatlichter Betriebe. Daß eine Politik des rücksichtslosen Zusperrens die Arbeitslosenrate in einzelnen Regionen Österreichs sprunghaft ansteigen ließe, berührte Haider als selbsternannten Vertreter eines „sozialen Liberalismus" offenkundig wenig.[61]

Arbeitslosen wird im Rahmen der meist sehr emotional geführten „Sozialschmarotzer"-Diskussionen oft unterstellt, sie wollten ja eigentlich gar nicht arbeiten. Im Rahmen einer Pressekonferenz äußerten sich Haider und der damalige steirische FPÖ-Obmann Rader zum Problem der Arbeitslosigkeit laut Bericht der „Neuen Zeit":

> „Haider und seine Mannen offenbarten eine bezeichnende ‚Arbeitsdienst'-Ideologie: Der Sozialstaat habe die Verpflichtung, seine eigenen Mitbürger zur Arbeitsmoral anzuhalten, erklärte der FP-Chef bei einer Pressekonferenz. Nur zwei Drittel der Arbeitslosen hielt Haider zugute, daß sie ‚zu Recht' keine Anstellung fänden. Demnach hält Haider bei der momentanen Arbeitslosenrate rund 60.000 Österreicher für ‚Sozialschmarotzer', weil sie keine ‚zumutbare' Arbeit vom Arbeitsamt annehmen. Der steirische FP-Häuptling Rader schlug munter vor, der Staat solle das Arbeitslosengeld so herunterkürzen, daß es wieder ‚interessanter' werde, Arbeit anzunehmen, statt arbeitslos zu bleiben. Wenn ein Arbeitsloser eine Arbeit als unzumutbar ablehnt, sollte ihm bei jeder Ablehnung die ‚Arbeitslose' gekürzt werden, meinte Rader."
>
> *(Neue Zeit, 15. 1. 1988)*

In der Sitzung des Kärntner Landtages am 13. 6. 1991, in der Haider die für ihn verhängnisvolle Äußerung von der „ordentlichen Beschäftigungspolitik" des „Dritten Reiches" machte, trat der damalige Landeshauptmann für die zwangsweise Vermittlung Arbeitsloser ein:

> „Es ist eine zu stark gebundene Vermittlungstätigkeit [der Arbeitsämter], gebunden an die exakte frühere Tätigkeit, die jemand ausgeübt hat. Ich würde meinen, daß man hier, so wie bei der Berufsausbildung Berufsfelder existieren, auch

hier die Berufsfelder zum Einsatz bringen sollte. Das heißt, daß jemand, der arbeitsfähig ist, aber nicht arbeitswillig ist, einen verwandten oder gleichartigen oder annähernd gleichartigen Beruf zu ergreifen, den sollte man mit der Sanktion bedenken, daß er über eine entsprechende Kürzung der Arbeitslosengelder veranlaßt wird, doch einen Beruf zu ergreifen. (Abg. Hausenblas: Zwangsvermittlung ist das!) Ich weiß schon, Sie kommen jetzt mit dem Thema: Das ist Zwangsarbeit! Zwangsarbeit dann, Herr Kollege, (Abg. Dipl. Ing. Freunschlag: Zwangsvermittlung!) oder Zwangsvermittlung."

(Protokoll der Sitzung des Kärntner Landtags vom 13. 6. 1991)

FPÖ-Obmann Haider versuchte in diesem Zusammenhang wiederholt, Bevölkerungsgruppen gegeneinander auszuspielen:

„Der Skandal in unserem System ist: Die Faulen, die Nichtstuer, die Sozialschmarotzer und Tagträumer sind sich der fürsorglichen Hand des Sozialstaates sicher, während der bildungswillige Aufsteiger, für den persönliche Leistung im Vordergrund steht, das Nachsehen hat. Dies hängt natürlich damit zusammen, daß von der Regierung abwärts bis in die Ämter die Repräsentanten der Mittelmäßigkeit das Sagen haben, wenig Nachdenken in die Situation der Aufsteiger und Bildungseliten investiert, sondern mehr über Aussteiger und soziale Randgruppen philosophiert wird."

(Haider, Die Freiheit, die ich meine, S. 181)

Auf diese Weise bemüht sich Haider, jene, die sich selbst für bildungswillig und fleißig halten – und wer hält sich nicht gerne dafür? –, für sich zu gewinnen.

In diesem Zusammenhang erwies sich der unrechtmäßige Bezug von Arbeitslosengeld durch den ehemaligen Fußballer und wohlbestallten Makler Klaus Lindenberger, den die FPÖ als Spitzenkandidaten in Oberösterreich präsentierte, als besonders peinlich. Der von den Medien als „Sozialschmarotzer" aufgedeckte Lindenberger mußte daraufhin als Spitzenkandidat zurücktreten.[62]

Die slowenische Minderheit in Kärnten

Das offizielle Kärnten und vor allem die sogenannten „heimattreuen", deutschnational ausgerichteten Verbände wie „Kärntner Heimatdienst" und „Kärntner Abwehrkämpferbund" feiern seit nunmehr 75 Jahren die 1920 durchgeführte Volksabstimmung über den Verbleib Südkärntens bei Österreich als patriotischen Erfolg. Obschon der Abstimmungserfolg 1920 der Zustimmung eines großen Teils der slowenischen Minderheit zu verdanken war, betonen deutschnationale Kreise seither immer wieder die Gefahr einer angeblich drohenden bzw. beabsichtigten „Slowenisierung" Kärntens. Mit dem Vehikel der „Urangst" wird gegen die Rechte der Minderheit argumentiert. Der Assimilierungsdruck auf die Slowenen wurde seit dem Ende des Ersten Weltkriegs beträchtlich verstärkt. Einzelne Ortschaften, die noch um die Jahrhundertwende ausschließlich slowenisch besiedelt waren, verzeichnen heute nur mehr einen geringen Anteil von Einwohnern, die sich zur slowenischen Muttersprache bekennen. Hatten bei der Volkszählung 1900 noch mehr als 75.000 Personen Slowenisch als Umgangssprache angegeben, waren es 1981 nur mehr 16.421. Alleine in den letzten 40 Jahren reduzierte sich die Volksgruppe um mehr als 60 %. Nichtsdestotrotz stellen „Kärntner Heimatdienst" und FPÖ Kärnten immer wieder die Rechte der Volksgruppe in Frage.

Anfang 1985 forderte Jörg Haider die Einführung eines ethnischen Proporzes für Südkärnten, wie die „Aula" berichtete:

> „Nun hat der Kärntner freiheitliche Landesrat Dr. Jörg Haider auch für Südkärnten die Einführung des ethnischen Proporzes bei der Stellenbesetzung verlangt. Mit einer solchen Praxis würde endlich amtlich geklärt werden, in welchem Ausmaß Mehrheit und Minderheit in den öffentlichen Stellen vertreten sind. Dadurch käme es an den Tag, daß die Slowenen, die ihr schlimmes Los in Kärnten nicht oft genug beklagen können, derzeit weit überrepräsentiert sind."

(Die Aula, 1/1985)

Auch im Nationalrat in Wien nahm Haider gegen die Rechte der slowenischen Minderheit Stellung. Denn zum Unterschied von Kärntner Stellen bezog die Bundesregierung in Wien zumeist einen minderheitsfreundlicheren Standpunkt.

„Denn die Kenntnis dessen, was möglich ist und in welchen Bereichen sinnvolle Entwicklungen einzuleiten sind, das wird man, bitte schön, schon jenen überlassen müssen, die dort leben müssen, und man wird nicht aus irgendwelchen internationalen Prestigeüberlegungen eine Politik machen können, die uns letztlich wieder allen auf den Kopf fällt, weil sie nicht die Ruhe und eine gedeihliche Entwicklung von Mehrheit und Minderheit sicherstellen kann."

(30. Sitzung des Nationalrats, XV. Gesetzgebungsperiode, 16. 4. 1980)

Zur Untermauerung dieser Auffassung konstruiert Haider, so wie auch deutschnationale Verbände Kärntens, eine angebliche Benachteiligung der „Deutschkärntner":

„Man muß auch bedenken, daß es gerade innerhalb der Kärntner Slowenen eine durchaus respektable Aufwärtsentwicklung nicht nur im Förderungsbereich, sondern auch in ihrer wirtschaftlichen Verankerung gibt, und es wäre einmal ratsam zu prüfen, wie es denn kommt, daß es etwa in Kärnten keinen einzigen arbeitslosen Angehörigen der slowenischen Volksgruppe gibt, daß es aber sehr wohl gerade in Kärnten in den Wintermonaten, aber auch jahraus, jahrein bei den Jugendlichen eine nicht unerhebliche Arbeitslosenrate gibt."

(92. Sitzung des Nationalrats, XV. Gesetzgebungsperiode, 1. 12. 1981)

Ein wichtiges Hilfsmittel zur Bewahrung der slowenischen Identität sind die Sprache und der Unterricht in dieser Sprache. Daher stellt das im gemischtsprachigen Gebiet eingerichtete zweisprachige Schulwesen einen Hauptangriffspunkt für den „Kärntner Heimatdienst" und die Kärntner FPÖ dar. In den achtziger Jahren versuchten diese mit Duldung der ÖVP- und

SPÖ-Kärnten, das doppelsprachige Schulwesen zu schmälern bzw. zu beseitigen.

Schon 1983 meinte Haider dazu:

„Wir werden aber als Landesgruppe sorgfältig darauf achten, daß es zu keinen weiteren Vorleistungen an die Slowenen kommt, solange diese die demokratischen Volksgruppengesetze nicht anerkennen. Wir wollen vielmehr endlich ein Ende der Benachteiligung der Deutsch-Kärntner Schuljugend im zweisprachigen Unterricht erreichen."

(Die Aula, 10/1983)

In den letzten Jahren wurden Untersuchungen zur weiteren Schullaufbahn jener Kinder angestellt, die eine zweisprachige Volksschule besucht hatten. Dabei erwies sich, daß diese Schüler deutlich höhere Übertrittsquoten in Höhere Schulen und später an Universitäten aufwiesen als die Kinder aus dem ausschließlich deutschsprachigen Teil Kärntens.[63]

In seiner Begrüßung des „Kärntner Freiheitskommerses zum Gedenken an 65 Jahre Kärntner Abwehrkampf und Volksabstimmung, 70 Jahre Verteidigung Kärntens und Tirols durch Freiwillige Schützen", der von Freiheitlichen Akademikerverbänden getragen und von rechtsextremen Organisationen wie der NDP unterstützt wurde, sagte Haider:

„Unzählig sind ohnedies die Versuche, die stolze Kärntner Geschichte und die seiner heimatbewußten Bevölkerung im Bewußtsein der jüngeren Generation umzuschreiben. Zahllos sind aber auch die Akte der Mutlosigkeit, mit denen Politiker und Medienvertreter in einem Anflug von Opportunismus Leistung und patriotische Grundhaltung der Kärntner herabzusetzen und zu verfälschen trachten. Wer dieser Tendenz in der Öffentlichkeit geradlinig entgegentritt, gerät in Gefahr, sofort einer faschistischen Gesinnung geziehen zu werden. Die Vertreter des freiheitlichen Lagers in Kärnten haben dieses Risiko bewußt auf sich genommen. Auftrag und Geist des Abwehrkampfes sowie der Volksabstimmung müssen auch heute noch in der politischen Wirklichkeit zum Durchbruch kommen. Deshalb haben wir die schwierige Aufgabe mit übernommen, die jahrzehntelange Benachteiligung der Deutsch-Kärntner Schuljugend im Minderheitenschulwesen zu beseitigen! So gesehen hat der Freiheitskommers nicht nur eine historische Seite. Er ist zugleich auch öffentlicher Appell an alle, denen eine freie und ungeteilte Heimat nicht nur ein Lippenbekenntnis wert ist, sicherzustellen, daß Abwehrkampf und Volksabstimmung nicht durch politische Fehlentwicklungen verfälscht werden."

(Die Aula 9/1985)

Die FPÖ Kärnten unterstützte als einzige Kärntner Partei offiziell das gegen die zweisprachige Schule gerichtete Volksbegehren des „Kärntner Heimatdienstes", das forderte: „Die Gleichstellung der Deutschkärntner Pflichtschüler mit Slowenen durch Unterricht in eigenen Klassen mit ausschließlich deutscher Unterrichtssprache. Trennung der Klassen nach sprachlichen Gesichtspunkten innerhalb der bestehenden Schulen. [...] Anstellung von Deutschkärntner Lehrern zum Unterricht von Deutschkärntner Kindern und somit Schaffung von Arbeitsplätzen für Deutschkärntner Lehrer in Schulen des Grenzlandes! Lehrer-Arbeitsplätze dürfen nicht den Slowenen vorbehalten bleiben. Die Besetzung hat künftig dem Bevölkerungsverhältnis entsprechend zu erfolgen!"[64] Dem Heimatdienst und den Kärntner Freiheitlichen kommt offensichtlich nicht in den Sinn, daß auch deutschsprachige Kärntner Lehrer eine Lehrbefugnis für Slowenisch erwerben könnten.

In einem Interview in der „Aula" äußerte Haider dazu:

„*Aula:* Aber auch die Minderheitenschulfrage wird ein harter Brocken!

Haider: Auch in dieser Frage ist die Kärntner FPÖ die einzige politische Gruppe, die sich geradlinig für die Interessen der Deutsch-Kärntner Kinder einsetzt. SPÖ und ÖVP taktieren und versuchen alles, um eine Änderung des Minderheitenschulgesetzes zu verhindern.

Aula: Worum geht es?

Haider: Es geht uns um das Elternrecht und die Chancengleichheit für Deutsch-Kärntner bei der Lehrerpostenbesetzung.

[...]

Aula: Und wie steht die FPÖ zum Volksbegehren des KHD?

Haider: Wir unterstützen es offiziell, während die ÖVP wieder einmal „JEIN" gesagt hat und SP-Chef Wagner seinen Anhängern signalisiert hat, daß er das Volksbegehren nicht unterstützt. Für uns ist dies eine historische Entscheidung. Das werden wir auch den Kärntnerinnen und Kärntnern sagen. Denn es kann nicht zugelassen werden, daß im Grenzland ein slowenisches Bildungsmonopol entsteht und das Ergebnis der Volksabstimmung von 1920 damit in sein Gegenteil verkehrt wird."

(Die Aula 9/1984)

In einem Leserbrief an die Zeitung „Furche" bekräftigte Haider die Forderung nach dem ethnischen Proporz:

„Im Sinne des ethnischen Proporzes ist es legitim, auch den Deutsch-Kärntner Lehrern ohne slowenische Lehrbefähigung in Zukunft wieder Chancen zum Unterricht an zweisprachigen Schulen einzuräumen."

(Die Furche, 25. 7. 1986)

Das Volksbegehren des Kärntner Heimatdienstes wurde von rund 9% der Kärntner Wahlberechtigten unterstützt, das waren 34.152 Unterschriften. Trotzdem gelang es den minderheitsfeindlichen politischen Kräften, eine Segregation der Südkärntner SchülerInnen nach sprachlichen Kriterien durchzusetzen. Trotz hoher damit verbundener Kosten wurde das zweisprachige Schulwesen deutlich eingeschränkt und verschlechtert.

Die traditionell gegen die slowenischen Organisationen gerichtete Haltung variierte Haider nach seiner Wahl zum Landeshauptmann, ohne jedoch an der Grundlinie tatsächlich etwas zu verändern. Haiders neu anmutende Strategie bestand in einem alten Erfolgsrezept der Deutschnationalen, wie es auch im Nationalsozialismus angewandt wurde: Er teilt die Minderheit in „brave", anpassungswillige Vertreter und in „Radikale", wobei auch das alte Märchen von einer sogenannten „windischen" Volksgruppe aufgewärmt wird. Diese Bezeichnung wurde in der Ersten Republik für die assimilierungswilligen Slowenen verwendet. Zum politischen Zweck dieser „Windischentheorie" schreibt der Sprachwissenschaftler Gero Fischer: „Das Doppelspiel ist zudem leicht zu durchschauen: Einerseits treten die deutschnationalen Kräfte für die Forderung ein, das Windische wissenschaftlich zu bearbeiten, und gleichzeitig bekämpfen sie das Slowenische auf allen Ebenen mit allen Mitteln. Das Windische soll wieder die Rolle des politischen Instruments zur Spaltung der Slowenen spielen. Politisches Kalkül der Deutschnationalen ist es, die ‚Windischen' gegen die Slowenen zu mobilisieren. Doch: das Windische als selbständige Sprache einer windischen Volksgruppe ist und bleibt eine Fiktion."[65]

Die Sympathisanten der Kärntner Slowenen, insbesondere Lehrende der Universität Klagenfurt, versuchte Landeshauptmann Haider mit Drohungen einzuschüchtern:

> „Und ich sage es ganz offen, jenen, die die Volksgruppe nur als Vehikel für ihre radikalen Ideologien und ihren extremistischen Wanderzirkus mißbrauchen wollen oder die unter dem Deckmantel der Universität und Wissenschaft oder sonstiger Institutionen Zwietracht zwischen Mehrheit und Minderheit bringen wollen, werden wir das Handwerk legen."
>
> *(Zeit im Bild 2, 30. 5. 1989)*

Gegenüber dem ORF-Reporter erklärte er diese Passage:

> „Das ist keine Kampfansage an die Minderheit, aber eine Kampfansage an jene, die die Minderheit zum Vorwand nehmen, um ganz andere gesellschaftspolitische Interessen zu verfolgen. Das sind die Radikalen und Extremisten, die in der Demokratie im Prinzip nichts verloren haben, und die sind nicht meine Partner."
>
> *(Zeit im Bild 2, 30. 5. 1989)*

Im März 1993 thematisierte der zwar nach Wien gegangene, aber mit einer möglichen Rückkehr als Landeshauptmann noch immer spekulierende Jörg Haider neuerlich die „Slowenenfrage“, indem er der inzwischen demokratisch und unabhängig gewordenen Republik Slowenien unterstellte, sie verfolge offensiv „eine abstruse großslowenische Politik“ und erhebe Gebietsansprüche gegenüber Kärnten. Bundeskanzler Vranitzky und Landeshauptmann Zernatto leisteten nach Meinung Haiders durch Wegschauen der „Bedrohung der Heimat“ Vorschub; diese „kärntenfeindliche Propaganda“ werde nach den Worten Haiders in den zweisprachigen Schulen sowie von der Universität Klagenfurt mitgetragen.[66] Die früher gegen das kommunistische Jugoslawien gerichteten Vorwürfe und Verdächtigungen werden nun auch dem demokratischen Slowenien unterstellt. Die sogenannte Kärntner „Urangst“ wird auf diese Weise am Leben erhalten.

Ausländer, Gastarbeiter, Flüchtlinge – kurz: alle Fremden

Das leider nicht nur von Rechtsextremen propagierte Feindbild „Ausländer“ meint so gut wie immer wirtschaftlich schwache Menschen aus Ost- und Südosteuropa, die hier in Österreich die absolut unterste soziale Schicht stellen. Wohlhabende Touristen oder Westeuropäer werden meist nur dann zur Zielscheibe fremdenfeindlicher Agitation, wenn sie dunkle Hautfarbe haben. In der rechtsextremen Publizistik werden „Ausländer“ in zweierlei Hinsicht zu Feindbildern gestempelt: Einerseits dienen sie als Sündenböcke für gesellschaftliche, soziale und wirtschaftliche Mißstände, wie Arbeitslosigkeit, Wohnungsnot oder Kriminalität. Andererseits werden sie aus rassistischen Gründen als nicht zur organisch gewachsenen (deutschen) Volksgemeinschaft gehörig und als „Gefahr“ für die Zukunft des Volkstums bekämpft.

In Agitation und Publizistik der FPÖ lassen sich beide Elemente feststellen. In sprachlich sehr geschickter Weise stellt sich Jörg Haider dabei als „Inländerfreund“ vor, der durchaus kein „Ausländerfeind" sei. Mit dieser Taktik steht er freilich nicht allein; denn auch zwei von Neonazis geführte Wahllisten, „Ein Herz für Inländer" und „Nein zur Ausländerflut" (die zweite durfte aufgrund einer Entscheidung der Wahlbehörde nicht kandidieren), bezeichneten sich als inländerfreundlich und nicht ausländerfeindlich. Ein Spitzenkandidat dieser rechtsextremen „Inländerfreunde", Bernhard Blochberger, ist inzwischen zur FPÖ übergewechselt und figurierte bei der niederösterreichischen Landtagswahl 1993 sowie bei der Nationalratswahl 1994 und der Gemeinderatswahl 1995 als FPÖ-Kandidat.

Eine, die einheimische Bevölkerung gegen Ausländer aufwiegelnde Taktik Haiders besteht darin, daß er – schon mehrfach – eine wirtschafts- und arbeitsmarktpolitisch unhaltbare Aufrechnung von Arbeitslosenzahlen und Gastarbeiterbeschäftigung vornahm, wobei er die Ziffern wechselte. In der nationalsozialistischen Propaganda wurde die jüdische Bevölkerung gegen die Arbeitslosen aufgerechnet.

> „Man sollte aber auch den Mut haben, gerade ein Problem, das sich in Wien ständig stärker stellt, einmal zu sagen, ob's denn notwendig ist, daß wir bei 140.000 Arbeitslosen derzeit über 180.000 Gastarbeiter in Österreich haben müssen."
>
> *(ORF, „Österreich heute", 18. 9. 1987)*

> „Ich finde es beschämend, daß 180.000 Arbeitslose gemeldet sind und noch immer 140.000 Gastarbeiter im Land sind."
>
> *(Neue Zeit, 13. 1. 1988)*

In ähnlicher Form wiederholte Haider dieses Argument immer wieder, zum Beispiel bei der Ankündigung, mit dem Thema „Ausländer" die Wahlkämpfe des Jahres 1994 bestreiten zu wollen,[67] oder wenn er in unzulässig vereinfachender Weise und ohne Angabe von Quellen einfach behauptet:

> „So wurden etwa von 1989 bis 1992 in der Ostregion Österreichs 10.400 neue Arbeitsplätze geschaffen. Davon sind aber alle, also 100 Prozent, mit billigen ausländischen Arbeitskräften besetzt worden. Zugleich hat sich die Be-

schäftigung der Österreicher um 1300 Arbeitsplätze verringert."

(Haider, Die Freiheit, die ich meine, S. 177 f.)

Jörg Haider ist es zweifellos gelungen, das Thema „Ausländer" massiv in die öffentliche Diskussion einzubringen. Dabei geht es ihm weniger um Lösung irgendwelcher Sachprobleme als vielmehr darum, bei Wahlen politisches Kapital aus vorhandenen Anti-Ausländer-Emotionen zu schlagen. Eine Ende 1992 veröffentlichte Studie weist ein beträchtliches Potential für diese Art der Agitation aus. Beinahe ein Drittel der österreichischen Bevölkerung und mehr als die Hälfte der FPÖ-Sympathisanten haben Angst vor Ausländern und sind damit für Angstparolen und emotionalisierende Propaganda empfänglich.[68]

In der Agitation Haiders bedrohen Fremde sogar die Stabilität des Landes:

> „Das Thema ‚Ausländerfeindlichkeit' ist ein geeignetes Vehikel, um einen weiteren Zuzug von anderen Staatsangehörigen im Sinne des Zieles einer multikulturellen Gesellschaft politisch und praktisch zu fördern und dabei durch allmähliche Veränderung des Staatsvolkes die ersehnte Destabilisierung des politischen Systems herbeizuführen."

(Haider, Die Freiheit, die ich meine , S. 76)

Einwanderung führt laut Haider unweigerlich ins Chaos:

> „Eine Gesellschaft, die auf keiner gemeinsamen Wertebasis beruht, führt unweigerlich ins Chaos, zur Auflösung von Recht und Ordnung. Dies mag für die Verfechter der linken Lehre mit ihren anarchistischen Tendenzen eine durchaus akzeptable, wenn nicht gar wünschenswerte Konsequenz sein. Für Bürger, die in ihrer Heimat in Frieden leben wollen, wird gerade deshalb die Utopie von der multikulturellen Gesellschaft zum Alptraum."

(Haider, Die Freiheit, die ich meine, S. 94)

Allen jenen, die Haiders ausländerfeindliche Agitation kritisieren, unterstellt er, „Linke“ und von „Haß“ auf das eigene Volk erfüllt zu sein:

> „Nächstenliebe und Sehnsucht nach ‚Buntheit und Offenheit‘ sind bei den wenigsten Multikultis die Triebfedern des Handelns. Die meisten von ihnen, vor allem die linken Ideologen, scheinen vom Haß auf das eigene Volk getrieben, das nicht bereit ist, ihren Utopien zu folgen. [...] In den Ausländern glaubt man, das neue ‚Proletariat‘ gefunden zu haben, das Instrument für eine Neuauflage des Klassenkampfes, der nun zwischen In- und Ausländern ausgetragen werden soll.“
>
> *(Haider, Die Freiheit, die ich meine, S. 94 f.)*

An anderer Stelle meinte Haider:

> „Das Schlagwort von der multikulturellen Gesellschaft ist längst zu einer Ideologie geworden. Nachdem die Utopie von der klassenlosen Gesellschaft im Sinne des realen Sozialismus kläglich gescheitert ist, gibt es nun ein neues Dogma der unbarmherzigen Zwangsbeglückung. Nachdem es der Linken trotz aller Macht nicht gelungen war, die Menschen zum realen Sozialismus zu bekehren, stand sie vor einem ideologischen Vakuum. Was gab es noch für eine Existenzberechtigung für die linken Klassenkämpfer und Weltverbesserer, nachdem die friedliche Revolution in Osteuropa den Traum vom kommunistischen Einheitsmenschen ein für allemal zerstört hatte? Die vereinigten Linken waren auf der Suche nach einer neuen Ideologie und neuen Feindbildern. Sie fanden ersteres in der Idee der multikulturellen Gesellschaft und das zweite in allen, die damit nicht rückhaltlos einverstanden waren.“
>
> *(Haider, Die Freiheit, die ich meine, S. 89 f.)*

Die Ausländer sind nach Haider auch schuld am „Neonazi-Problem“:

> „Sicherlich, auch die Völker Mitteleuropas sind Mischprodukte mit einander überlagernden ethnischen Schichten –

> dies aber als Ergebnis vielhundertjähriger, organischer, evolutionärer Begegnung und nicht als Ergebnis einer massenhaften Landnahme im Kernterritorium der Heimat. Diese Fehlentwicklung ist auch eine Ursache für das traurige Neonaziproblem."
>
> *(Haider, Die Freiheit, die ich meine, S. 77)*

Hier klingt Haiders biologistisch gefärbter Volksbegriff an, der in folgender Passage noch deutlicher wird, in der Haider einen aus der rechtsextremen Publizistik wohlbekannten Argumentationsstrang aufgreift:

> „Die Argumente der Befürworter der multikulturellen Gesellschaft sind nicht nur blauäugig und praxisfern, sie sind auch größtenteils ausgesprochen zynisch. Dies gilt beispielsweise für das Argument, wir bräuchten ein hohes Maß an Einwanderung, um die Geburtenrückgänge wettzumachen. Dieselben Leute, die der völligen Freigabe der Abtreibung und der ständig fortschreitenden Abwertung der Familie das Wort reden, führen die daraus resultierenden Folgen zur Begründung und Rechtfertigung für die schrankenlose Zuwanderung an."
>
> *(Haider, Die Freiheit, die ich meine, S. 94)*

Entsprechend hieß es im FPÖ-Wahlprogramm für die Kärntner Landtagswahl 1994:

> „Besser Kärntner Familien mit vielen Kindern als Zusiedler aus dem Ausland zur Sicherung des Sozialstaates!"
>
> *(Kärntner Nachrichten, 3. 2. 1994)*

Eine offen rassistische Einstellung enthält ein Bericht der „Neuen Freien Zeitung", daß im niederösterreichischen Landesbeamtenteam für Dorfbildpflege ein aus Nigeria stammender Architekt mit österreichischer Staatsbürgerschaft mit Fragen der Dorferneuerung beschäftigt ist. An Landeshauptmann Pröll wurden von einigen Niederösterreichern Briefe gerichtet, „warum für ein derart spezifisch-österreichisches Gebiet denn gerade ein Mitarbeiter aus einem anderen Kontinent eingesetzt werde". Da Pröll sich den Argumenten der Anfrage nicht anschloß, meint die NFZ: „Womit zumindest geklärt sein dürfte, wie das von der VP beschworene Heimatbewußtsein aussieht."[69] Auch das rechtsextreme Blatt „Fakten", herausgegeben vom Gatten der niederösterreichischen FPÖ-Abgeordneten Barbara Rosenkranz, berichtet – sogar mit Faksimiles des Briefwechsels mit Landeshauptmann Pröll – mit demselben Grundtenor über diese Angelegenheit.[70]

Einen vorläufigen Höhepunkt erlebte die fremdenfeindliche FPÖ-Politik mit der Vorbereitung und Durchführung des Volksbegehrens „Österreich zuerst", mit dem das ausländerfeindliche Potential Österreichs für die FPÖ hätte mobilisiert werden sollen. Jörg Haider ging es dabei nicht um Sachpolitik, um die Lösung von Problemen im Sinne der 12 Punkte des Volksbegehrens, sondern vielmehr darum, ein ausländerfeindliches Klima in der Bevölkerung zu schaffen, das bei der nächsten Wahl der FPÖ zugute kommen sollte. In Vorbereitung des Volksbegehrens wurde die ausländerfeindliche Propaganda der FPÖ auch auf Bezirks- und Landesebene deutlich verschärft. So schrieb ein Kommentator in der „Neuen Freien Zeitung":

„Wenn man von einer sich sukzessiv verstärkenden Einwanderung ausgeht, ist eine solche Entwicklung auch angesichts der geringen Kinderzahl der einheimischen Bevölkerung zwingend zu erwarten. Und darin liegt der zweite Teil des Problems: In mehreren westlichen Ländern ist der Volkestod in dieser Weise nahezu vorprogrammiert, das muß einmal so drastisch ausgesprochen werden. Eine Regierung nun ist nicht nur dazu da, der Nation über momentane wirtschaftliche Schwierigkeiten hinwegzuhelfen, sondern es ist auch ihre Aufgabe, für die Zukunft zu sorgen, den Bestand des Staates, des Volkes und seiner Kultur zu sichern."[71]

Ähnlich klingt es bei Haider, der in einem Aufruf feststellt:

> „Der ärgste Schaden, den man einem Volk zufügen kann, ist es, seine Identität, sein kulturelles Erbe, die Chancen seiner Jugend fahrlässig aufs Spiel zu setzen. Darum haben wir das Volksbegehren ‚Österreich zuerst' eingeleitet. Um den Österreichern ihr Recht auf Heimat zu sichern."
>
> *(Neue Freie Zeitung, 16. 12. 1992)*

Dieser biologistischen Sichtweise entsprach eine der bedenklichsten Forderungen des FPÖ-Volksbegehrens:

> „Entspannung der Schulsituation durch Begrenzung des Anteils von Schülern mit fremder Muttersprache in Pflicht- und Berufsschulklassen auf höchstens 30 %; bei einem mehr als 30 %igen Anteil von fremdsprachigen Kindern Einrichtung von Ausländer-Regelklassen."
>
> *(Punkt 6 des Volksbegehrens, zitiert nach: Haider, Die Freiheit, die ich meine, S. 99)*

Damit würden automatisch alle Kinder, deren Eltern nicht als Österreicher geboren wurden, einer diskriminierten Kategorie zugeordnet werden, unabhängig davon, wie gut diese Kinder die deutsche Sprache tatsächlich beherrschen. Ebenso würden alle Kinder mit österreichischer Staatsbürgerschaft, aber nichtdeutscher Muttersprache zu den Opfern dieses biologistischen Volksbegriffes werden.

In der Volksbegehrensagitation schreckten die FPÖ-Politiker und -Medien vor keinem unzulässigen Vergleich, vor keinem demagogischen Untergriff und vor keiner Unwahrheit zurück. Jörg Haider verglich in einem Festvortrag die angeblich drohende ungezügelte Einwanderung mit den sogenannten „ethnischen Säuberungen" in Bosnien und stellte damit Kriegsverbrechen und Genozid auf eine Stufe mit einer ausländerfreundlichen Politik:

> „Nicht zuletzt unter dem Gesichtspunkt, daß es uns gut ansteht, auch als freiheitlich denkende Menschen, klar zu formulieren, daß es so etwas wie ein Recht auf Heimat in einem zukünftigen Europa geben muß. Sonst werden wir schön langsam zum Durchhaus und legitimieren, wenn wir dieses Recht auf Heimat nicht akzeptieren, die ethnischen Säuberungen im zerfallenden Jugoslawien als einen durchaus legalen Vorgang."
>
> *(Aula, 12/1992)*

Zahlreiche freiheitliche Bezirkszeitungen, aber auch die „Neue Freie Zeitung" operierten mit Ängsten der Bevölkerung vor angeblich drohender Landnahme, wobei ansonsten nur von rechtsextremen oder neonazistischen Blättern verwendetes Vokabular anzutreffen war. Dazu einige Beispiele:

Freiheitlicher Gemeindekurier Nr. 308/1992:

„Sie wollen Freiheit und Wohlstand. Ihr Ziel ist das ‚gelobte Land' – der reiche Westen, wo sie eine dicke Portion von jenem Wohlstandskuchen abschneiden wollen, den unsere Mütter und Väter für uns gebacken haben. Sie wollen mit am gedeckten Tisch sitzen, sie erwarten Gastfreundschaft, und wir haben viele von ihnen in unseren Familienkreis aufgenommen. Aber der Platz wird eng, und der Strom der Herbergsuchenden übersteigt unsere Möglichkeiten. Viele jener, die nicht an unseren Tisch gebeten wurden, entreißen dem Gastgeber, was er nicht freiwillig hergibt. Aus den einzelnen Hilfesuchenden wird eine Meute hungriger Wölfe, die alles an sich rafft und auch die helfende Hand des Hausherrn nicht verschont. Noch können wir uns wehren – aber schon vor der Haustür warten unüberschaubare Horden gieriger Wohlstandsritter. Ist dieses Bild der Angst über die Ausländersituation eine übertriebene Parabel ohne Bezug zur Wirklichkeit? Dann sehen wir uns um! [...] 80 Prozent der Ladendiebstähle werden von Ausländern begangen."

Flugblatt einer Gruppe der „Freiheitlichen Bauernschaft" in Oberösterreich:

„Die Attacke. Heimisches Bauernland für Bosnier? Perfekte Landnahme geplant!"

Schlagzeilen der „Neuen Freien Zeitung":

„Nach Linzer Türkenkrieg: Wehret den Anfängen" (25. 11. 1992) oder „Warum Volksbegehren? Weil Österreicher keine Wohnung finden, aber für Auslandsbonzen zahlen. Wohnbauförderung für KGB, Stasi, Diplomaten!" (2. 12. 1992)

In dem von der FPÖ verteilten Werbeprospekt „Österreich zuerst" wurde in unverschämter Weise mit falschem Zahlenmaterial operiert. So sprach Jörg Haider in seinem Vorwort von einem Ausländeranteil von 12 % in Österreich (tatsächlich

6,6 %); aus den österreichweit auf 100.000 geschätzten illegalen Ausländern machte er „100.000 illegal in Wien lebende Ausländer", um so auf einen Ausländeranteil von 24 % in Wien zu kommen (offiziell 12,7 %).[72]

Höhepunkt war Haiders Rede beim Neujahrstreffen der FPÖ in Graz am 10. 1. 1993, als er vor einer tobenden und johlenden Anhängerschar zum Rundumschlag gegen alle politischen Gegner ausholte. Den Popstar Ostbahn-Kurti, Exponent von „SOS-Mitmensch", beschimpfte Haider als „promillegestörten Denker der Nation"; Bundeskammerchef Maderthaner attackierte er ebenso wie Bundeskanzler Vranitzky, Landeshauptmann Pröll, André Heller und seine damalige Noch-Parteikollegin Nationalratspräsidentin Schmidt; Bundespräsident Klestil warnte Haider davor, auf „die Einflüsterungen der linkslinken Schickeria" zu hören, wenn er wiedergewählt werden wolle; FPÖ-Generalsekretär Meischberger verstieg sich zu der Aussage, Klestil sei der „Hampelmann der linkslinken Schickeria".[73]

Nicht zuletzt diese Verbalaggressivität und die damit heraufbeschworenen Reaktionen trugen zum Mißerfolg des Ausländervolksbegehrens bei, wobei die 417.000 Unterschriften zugunsten der Fremdenfeindlichkeit keineswegs bagatellisiert werden dürfen.

Haiders FPÖ und die Kirche

Gegenüber der katholischen Kirche hat Haider ein gespaltenes Verhältnis. Gemäß seiner politischen Erziehung steht er in einer antiklerikalen Tradition des deutschnationalen Lagers in Österreich. Gleichzeitig sieht er jedoch in den rechten und fundamentalistischen Kräften der katholischen Amtskirche in Österreich, die vor allem um den Sankt Pöltener Bischof Kurt Krenn, dem hier keine rechtsextremen Bestrebungen unterstellt werden sollen, und die reaktionäre Zeitung „Der 13." konzentriert sind, inhaltliche Bündnispartner. Daraus ergab sich sein Versuch, Kurt Krenn für die Propaganda des Antiausländervolksbegehrens einzuspannen. Haider und sein Grundsatzreferent Andreas Mölzer nahmen Krenn mehrfach gegen innerkirchliche Kritiker in Schutz und luden ihn zu FPÖ-Veranstaltungen ein; umgekehrt erhält Haider Unterstützung von Krenn, wenn dieser beispielsweise meint: „Haiders Partei nähert sich der Kirche."[74]

Ein Dorn im Auge der FPÖ-Rechtsextremisten sind die von christlich-humanistischen Motiven getragenen Bemühungen der katholischen Kirche zur Ausländerintegration. In den „Kärntner Nachrichten" kommentierte der ehemalige „Aula"-Schriftleiter und Mitarbeiter der Kärntner FPÖ-Zeitung (bis zu seinem Tode Ende 1991) Dr. Werner Widmann diese Bestrebungen folgendermaßen:

> „Mehr als ein Tropfen auf den heißen Stein werden alle kirchlichen Bemühungen durch die undifferenzierte und unbegrenzte Hereinnahme von meist nichtchristlichem Bevölkerungsüberschuß auch nicht sein, denn die soziale Wirklichkeit in unserem Land wird sich der Vergewaltigung durch die geforderte ‚Nächstenliebe' widersetzen. Der Trieb zur Selbsterhaltung und der Instinkt, was nun den westlichen Völkern guttut, die werden sich nicht durch noch so eindringliche Appelle der österreichischen Bischofskonferenz und ihrer Sprecher – für unseren Heimatbereich zumindest – aufheben und pervertieren lassen. [...] Schließlich ist dieses österreichische Kirchenvolk nicht schuld an dem Vermehrungstrieb und am Zuge der menschlichen Lemminge. Und der Schutz seines Lebensraumes und damit seiner Existenz steht doch wohl nicht im Widerspruch zur christlichen Ideologie? Oder doch?"
>
> *(Kärntner Nachrichten, 25. 4. 1991)*

Die für die Haider-FPÖ äußerst unangenehme scharfe Ablehnung ihres Volksbegehrens durch die katholische Kirche – von den Bischöfen über die Priester bis zu den Laien – versuchte die FPÖ durch einen Untergriff sondergleichen wettzumachen. Die „Neue Freie Zeitung" behauptete in einer über einem Bild von Johannes Paul II. plazierten Schlagzeile allen Ernstes: „Papst rechtfertigt das FP-Volksbegehren voll!" Die katholische

Wochenzeitschrift „Die Furche" veröffentlichte daraufhin den vollen Wortlaut des an die deutschen Bischöfe gerichteten Papsttextes, der weder einen Bezug zum FPÖ-Volksbegehren noch irgendeine Spur von Ausländerfeindlichkeit enthielt.[75] Österreichische Bischöfe, die gegen das Volksbegehren auftraten, wurden von Haider verunglimpft:

> „Haider hatte nach der Kritik Königs und des Weihbischofs Florian Kuntner an seinem Volksbegehren erklärt, es habe sich ‚dabei um einen Kommentar der linken Kirche gehandelt'. Die ‚konservative Fraktion der Kirche' halte sich zurück, ‚da viele Katholiken der Meinung der Freiheitlichen' seien. Er, Haider, sei praktizierender Katholik und fühle sich von ‚Kuntner und dem pensionierten König' nicht vertreten."
>
> *(Neue Zeit, 25. 10. 1992)*

Als ÖVP-Obmann Vizekanzler Dr. Busek den Kardinal verteidigte, wurde er von Haider als „geistiger Irrläufer" und „personifizierte Anstands- und Instinktlosigkeit" bezeichnet.[76]

Haider-Rechtsprechung?
Der FPÖ-Obmann und die Justiz

Haider sieht sich von einer ungerechtfertigt gegen ihn gerichteten Rechtsprechung unterdrückt, der er sogar ein eigenes Kapitel in seinem Bekenntnisbuch widmet. Dieses leitet er folgendermaßen ein:

> „Im folgenden soll durch einige Beispiele gezeigt werden, wie oft auf krasseste Art in bezug auf mich und die FPÖ von der geltenden Rechtsprechung abgewichen wurde und wird, was deutlich die politische Einseitigkeit der Gerichte bzw. Staatsanwaltschaften belegt."
>
> *(Haider, Die Freiheit, die ich meine, S. 139)*

Nach einer Auflistung von Prozessen, die Haider vor 1993 gegen politische Gegner und Künstler verlor, gipfelt er in der Behauptung:

„Sämtliche Beispiele zeigen, daß die einseitigen Verfolgungshandlungen gegen Angehörige der freiheitlichen Opposition kein Zufall mehr sein können. Die Kette der Indizien für ein subtiles Zusammenspiel des von den Altparteien beherrschten Machtzentrums wird immer dichter. In Kreisen der Justiz wird es auch gar nicht mehr bestritten, daß es in Presseprozessen schon eine eigene ‚Haider-Rechtsprechung' gibt, die – wenn es dem FP-Chef schadet – zu genau gegenteiligen Schlußfolgerungen kommt, als es der langjährigen Spruchpraxis gemäß wäre."

(Haider, Die Freiheit, die ich meine, S. 142 f.)

Die Spruchpraxis der österreichischen Gerichte ist allerdings gerade bei Klagen Haiders sehr unterschiedlich. Haider selbst ist der wohl klagfreudigste Politiker Österreichs. Alle seine Kritiker haben immer wieder mit gerichtlichen Schritten gegen sie zu rechnen, während Haider selbst im Schutze der parlamentarischen Immunität agiert. Es ist hier nicht der Platz, die an die hundert von Haider in den letzten Jahren angestrengten Prozesse aufzulisten. Nur zwei Beispiele sollen genügen: Er ließ keinen Schritt unversucht, um das Erscheinen des „Handbuchs des österreichischen Rechtsextremismus" zu unterbinden bzw. zu erschweren. Das von Haider wegen des Titelblatts, das ihn in einer Fotomontage mit der deutschen Reichskriegsflagge zeigte, beim Handelsgericht Wien angestrengte Verfahren erlebte einige Wechselfälle. In erster Instanz erwirkte Haider eine einstweilige Verfügung gegen die Verwendung des Titelblattes, das daraufhin überklebt bzw. übersprüht werden mußte (wogegen sich Haider abermals wandte!). Da der Spruch in zweiter Instanz beim Oberlandesgericht Wien dem Dokumentationsarchiv doch gestattete, das Titelblatt wieder zu verwenden, beschritt Haider den außerordentlichen Rechtsweg zum Obersten Gerichtshof, der wiederum Haider recht gab. Hier hatte er also einen Sieg zu verbuchen.

Anders lief das Verfahren, das Haider gegen den Grün-Politiker Peter Pilz anstrengte. Dieser hatte den FPÖ-Obmann als „politischen Ziehvater und Ideologen des rechtsextremen Terrors" bezeichnet. Eine Klage Haiders wurde vom Obersten

Gerichtshof abgewiesen. Haider kommentierte diese höchstrichterliche Entscheidung wie immer mit der Behauptung einer linken Verschwörung gegen seine Person:

> „Je schwächer die Linken in unserem Land werden, umso radikaler werden sie, umso brutaler versuchen sie die Einflußnahme auf den staatlichen Rundfunk, die Beeinflussung von einzelnen Medien, gibt es politischen Druck auf Träger der Rechtsstaatlichkeit, auf Staatsanwälte oder richterliche Funktionäre."
>
> *(Die Presse, 18. 10. 1995)*

Das etwas vereinfachte Bild des FPÖ-Obmanns meint, wenn er vom Gericht recht erhält, sei die Justiz gesetzeskonform; erhalten seine Gegner recht oder werden seine Klagen abgewiesen, dann sei das eben nicht gesetzeskonform. Als nach seiner Aussage von der „ordentlichen Beschäftigungspolitik" des Dritten Reiches die Staatsanwaltschaft Klagenfurt Voruntersuchungen wegen des Verdachts der nationalsozialistischen Wiederbetätigung einleitete, drohte Haider den Juristen unverhohlen mit dem Druck der Straße:

> „‚Wenn mit zweierlei Maß gemessen wird', wenn also eine Anklage wegen des Verdachts der Wiederbetätigung gegen ihn erhoben werde, ‚dann werde ich österreichweit alle jene Menschen mobilisieren, die für Gerechtigkeit und Sauberkeit und Ordnung in der Justiz eintreten, und die sich nicht mehr gefallen lassen, daß Kleinkriminalität im öffentlichen Dienst toleriert wird, aber mißverständliche Meinungsäußerungen zu Vorhabensberichten an die Oberstaatsanwaltschaft in Graz führen.'"
>
> *(Der Standard, 15./16. 6. 1991)*

Verschwörungsphantasien des Jörg Haider

In der rechtsextremen Ideologie werden oft Verschwörungen feindlicher Gruppen phantasiert, um Mißstände der Gegenwart zu erklären. Dieser Mechanismus funktionierte schon zu Anfang dieses Jahrhunderts bzw. Ende des vorigen und wurde von den Nationalsozialisten weidlich ausgebaut. Man denke nur an die Propagandalüge von der angeblichen jüdischen Weltverschwörung, die den Zweiten Weltkrieg ebenso verursacht habe wie die Unterdrückung des deutschen Volkes nach 1945. Diese Vorstellung präsentiert unter anderem der Politikwissenschafter Werner Pfeifenberger in kaum verklausulierter Form im letzten Jahrbuch der Freiheitlichen.

Seit die FPÖ und ihr Obmann auch Niederlagen hinnehmen mußten und die Ablehnung der Freiheitlichen durch die übrigen Parteien die Aussicht auf Regierungsbeteiligungen der FPÖ fraglich scheinen läßt, werden zur Erklärung der Mißerfolge in verstärktem Maße Verschwörungstheorien herangezogen; Haider sieht sich und die FPÖ als Opfer der anderen politischen und gesellschaftlichen Kräfte.

Haider sieht die Gesellschaft von Repräsentanten der linken Bewegung von 1968 unterwandert, diese seien Verursacher der meisten gegenwärtigen Mißstände, eine Bedrohung für die Freiheit und die Schuldigen an der ungerechtfertigten Unterdrückung der FPÖ:

> „Diese neomarxistische Kulturrevolution mit ihrem Konzept der permanenten Veränderung ist kläglich gescheitert. [...] Doch der Marsch durch die Institutionen hat diese gescheiterte 68er Generation in die führenden Positionen unserer Gesellschaft gebracht. Sie hat erhebliche Macht im Kultur-, Bildungs- und Medienbereich wie auch im Sektor des Wissenschaftsbetriebes. Dort kultiviert sie ihr ungestilltes ideologisches Bedürfnis und richtet sich an künstlichen Feindbildern auf. Als neuzeitliche Inquisition sorgt sie für ein geistiges Klima, das unter dem Vorwand liberaler Offenheit einen lähmenden Konformismus erzeugt. Geistige Intoleranz ist das prägende Element, das Anderssein nicht verträgt."
>
> *(Haider, Die Freiheit, die ich meine, S. 50 f.)*

An anderer Stelle meint Haider:

> „Mit ihrem Kulturkampf haben die Konkursverwalter des Sozialismus ein Instrument der Machtsicherung gefunden und

> nach ihrem ideologischen Bankrott mit Eroberung der Bildungs- und Informationseinrichtungen eine geradezu meisterliche Raffinesse bei der Strategie der Machterhaltung an den Tag gelegt."
>
> *(Haider, Die Freiheit, die ich meine, S. 56)*

Auch die Großparteien und Haider-feindlichen Kräfte werden in der programmatischen Broschüre „Weil das Land sich ändern muß!" wie eine österreichweite Verschwörung im Stil der Mafia gezeichnet:

> „Das System des verknöcherten ‚Ständestaates' hat viele Repräsentanten und Fürsprecher und verkörpert damit die derzeit herrschenden Machtverhältnisse der Altparteien SPÖ und ÖVP. Sie sitzen in den Ministerien und Kammern, in den Gewerkschaften und der öffentlich-rechtlichen Rundfunkanstalt, in den Regierungsparteien und den Zeitungsredaktionen, in den Künstlersalons und auf diversen Oppositionsbänken. Dieser österreichische Parteien-, Kammern- und Verbändestaat hat sich in den letzten Jahren und Jahrzehnten eine wahre ‚Prätorianergarde' heransubventioniert, die zur Verteidigung seiner Untugenden und Verfehlungen allzeit bereit steht. Jeder, der dem politischen und gesellschaftlichen Kodex dieser ‚ehrenwerten Gesellschaft' entgegensteht, wird auszugrenzen versucht."
>
> *(Weil das Land sich ändern muß!, S. 10)*

Im Rahmen der Auseinandersetzungen um die EU-Volksabstimmung beschuldigte Haider den Bundeskanzler, er erfülle „außerösterreichische Aufträge":

> „Vranitzky ist ein Bilderberger – ich weiß, daß die Freimaurer da vieles anschaffen."
>
> *(Kurier, 4. 6. 1994)*

In Ergänzung zu solchen Verschwörungstheorien werden Vorstellungen des endgültigen Untergangs unserer Zivilisation, der Demokratie, der Gefährdung der „Heimat" verbreitet. Die daraus entstehenden Ängste der Menschen werden zur politischen Mobilisierung benützt. Solche chiliastischen Endzeiterwartungen kennzeichneten unter anderen die nationalsozialistische Propaganda, aber auch Philosophie und „Rassentheorien“ im Vorfeld des Nationalsozialismus. Dieser „Untergang des Abendlandes“ könne nur mehr durch die FPÖ-Erneuerungsbewegung abgewendet werden. Dieser Kulturpessimismus, integrativer Bestandteil aller rechtsextremen Bewegungen dieses Jahrhunderts, kennzeichnet die Grundstimmung der meisten FPÖ-Publikationen.

Haider selbst sieht Österreich als Folge eines allgemeinen „Wertverlustes“ bedroht:

> „Die Gesellschaft ist vom Zerfall bedroht, die moralischen und ethischen Grundlagen sind brüchig geworden. Ein destruktiver Geist hat das öffentliche Leben erfaßt; es fehlt die notwendige Klammer einer idealistischen Gesinnung.“
>
> *(Haider, Die Freiheit, die ich meine, S. 19)*

Nach Meinung Haiders steht der Untergang des Abendlandes quasi vor der Tür:

> „Wenn wir heute vor einem apokalyptischen Szenarium stehen, weil der Mensch die Natur nicht nur erkenntnissuchend ins Kreuzverhör genommen, sondern sie zur totalen Unterordnung unter seine materiellen Interessen gezwungen hat, sind wir wohl an einem Wendepunkt angelangt. Wenn die Suche nach dem Ideal der Freiheit zum Verlust ethischer Orientierung menschlichen Handelns geführt hat, Tabus bis zur Barbarei fallen, eine antiautoritäre Erziehung zur psychischen Verwahrlosung der Jugend geführt hat, Drogenkonsum und steigende Selbstmordraten zum Markenzeichen der modernen Zivilisation geworden sind, dann ist Umkehr geboten.“
>
> *(Haider, Die Freiheit, die ich meine, S. 30)*

> „Trotz eindeutiger technologischer und wirtschaftlicher Führung läuft die westliche Welt erstmals Gefahr, ihre bestimmende Rolle im internationalen Geschehen zu verlieren. Denn nicht nur der Sozialismus ist am Ende, auch die Welt des liberal-kapitalistischen Modernismus befindet sich in der Krise. Gesellschaftliche Zerfallserscheinungen sind nicht

mehr zu übersehen. [...] Eine Gesellschaft, der elementare Tugenden wie Verantwortung, Treue, Pflicht und Selbstachtung abhanden gekommen sind, ist wie Flugsand beim ersten Wind."

(Haider, Die Freiheit, die ich meine, S. 253 f.)

Haider stilisiert sich und die Freiheitlichen zum Opfer der anderen Parteien und seiner weltanschaulichen Gegner hoch, wobei seine Bedrohungsszenarien immer phantastischer werden:

„Vieles erinnert an die Methoden der mittelalterlichen Lehensherren und läßt jeden chancenlos, der im öffentlichen Bereich nicht das Knie vor dem Proporzstaat beugt. Die stille Revolution, die sich seit einigen Jahren durch die Abkehr von diesem rot-schwarzen Lehenssystem in Österreich vollzieht, hat Unduldsamkeit bei den Machtapparaten hervorgerufen. Wer nicht für sie und damit ihren Machtanspruch ist, ist ein Feind der Demokratie, suggerieren sie.

Ihre Verhaltensweisen und Reaktionen werden zunehmend härter, brutaler. Wohin wird das führen? Wie Macht und Einfluß nur mehr mit autoritären Mitteln erhalten werden sollten, haben wir in unserer Geschichte schon erlebt."

Und weiter in derselben Rede:

„Wenn man diejenigen, die heute am skrupellosesten die Diffamierung der Freiheitlichen betreiben, gewähren läßt, dann werden sie freiheitlich-demokratische Opposition verbieten. Und wer kommt dann an die Reihe? Die Konservativen in der ÖVP, die schon in den siebziger Jahren, als die Freiheitlichen noch kein ‚Störfaktor' waren, von radikalen Vorfeldern wie Neugebauers Dokumentationsarchiv als rechtsextrem diffamiert wurden? Und dann? Diejenigen, die es in der SPÖ noch wagen könnten, für eine Einwanderungskontrolle oder gegen den Arbeiterkammerzwang einzutreten?

‚Wehret den Anfängen' hat für jede Art des Totalitarismus zu gelten. Hellhörigkeit ist geboten auch bei kleinen Dingen. Vorsicht ist geboten, wenn humanitäre, ökologische und demokratische Tugenden allzu laut und fadenscheinig propagiert werden. Nur allzu leicht wird Tugend dekretiert, um das Denken zu verbieten."

(Jörg Haider, Grundsatzerklärung anläßlich der Attentate von Oberwart und Stinatz am 8. 3. 1995)

Haider zieht hier in Umkehr aller Realität einen Vergleich seiner Freiheitlichen mit Widerstandskämpfern gegen totalitäre Strukturen, die Gefahr laufen, verboten zu werden. Er übernimmt in zynischer Weise sogar die Losung ehemaliger WiderstandskämpferInnen und AntifaschistInnen, „Wehret den Anfängen".

Nur Haiders „Dritte Republik" wird die Freiheit gewährleisten, die laut Haider so sehr gefährdet ist:

„Der Widerstand gegen die Dritte Republik ist der Widerstandskampf gegen die Freiheit!"

(Jörg Haider, 50 Jahre Zweite Republik – Rückblick und Ausblick, Rede im Palais Auersperg, 26. 4. 1995)

Haider und der rechtsextreme Bombenterror

Der seit Dezember 1993 immer wieder aufflammende ausländerfeindliche und rassistische Bombenterror stellt Haider und seine Freiheitlichen vor besondere Probleme. Zahlreiche Kommentatoren stellten einen Zusammenhang zwischen dem Ausländervolksbegehren im Jänner 1993, der dadurch aufgeheizten ausländerfeindlichen Stimmung in Österreich und den eindeutig ausländerfeindlich motivierten Briefbombenattentaten her. In einer ersten Reaktion distanzierte sich Haider von den Tätern und verdoppelte selbst die Ergreiferprämie. In einer von den fünf Parteiführern unterzeichneten 12-Punkte-Erklärung vom 16. 12. 1993 wurde die Täterschaft dem Rechtsextremismus zugeordnet und eine Mäßigung der Sprache versprochen. Schon wenige Tage später wurden diese Versprechen von Haider gebrochen: „ausländische Geheimdienste" und „Ex-Stasi-Leute" wären tatverdächtig, und dem Innenminister wurde unterstellt, absichtlich falsche Spuren verfolgen zu lassen:

> „Ich habe immer stärker das Gefühl, daß ohne irgendeine konkrete Spur der Innenminister für seine Partei politisches Kleingeld herausschlagen möchte und eine ideologische Abrechnung mit den Freiheitlichen durch Vorverurteilungen, Schuldzuweisungen und konstruierte Verbindungen versucht".

Und weiter:

> „Ich habe den Verdacht, daß es sich um interessensgeleitete Ermittlungen handelt."
>
> *(Neue Freie Zeitung, 22. 12. 1993)*

Haider hatte aber auch allen Grund zu Problemen. Wiesen doch drei der von der Polizei später festgenommenen Verdächtigen Kontakte zu den Freiheitlichen auf. Sowohl der Hauptverdächtige Ing. Peter Binder als auch der kurzfristig wegen Tatverdachts in U-Haft befindliche Alexander Wolfert, beide VAPO-Aktivisten, haben sich nach unwidersprochenen Zeitungsberichten für Haiders Anti-Ausländervolksbegehren engagiert. „Der Peter war halt ein Haider-Fan", erklärte Binders Vater gegenüber der Zeitschrift „News".[77] Der zweite Hauptverdächtige Franz Radl hatte gleichfalls das FPÖ-Volksbegehren 1993 unterschrieben und ideologisch begründet: „Meine Unterschrift ist die einzige Alternative, die uns hier in diesem jüdisch-freimaurerischen Verbrechersystem legistisch noch offenbleibt."[78] Bei der Gemeinderatswahl im März 1990 agierte Radl auf Ersuchen des FPÖ-Obmanns Franz Pilz in seinem Heimatort Fürstenfeld als Wahlzeuge für die FPÖ, während er gleichzeitig versuchte, für die neonazistische Liste „Nein zur Ausländerflut" bei der Nationalratswahl am 7. Oktober 1990 zu kandidieren. „Die Ideologie meiner Bewegung", erklärte er am 9. April 1992 in einem Gerichtsprotokoll, „deckt sich im wesentlichen mit dem FPÖ-Parteiprogramm."[79] Obwohl Radls neonazistische Aktivitäten spätestens seit dem diesbezüglichen Verfassungsgerichtserkenntnis vom 28. 2. 1991 – Ablehnung der Beschwerde gegen die Nichtzulassung der Nationalratskandidatur[80] – bekannt waren, blieben die FPÖ-Kontakte aufrecht. Erst als Radl bei der FPÖ-Weihnachtsfeier 1991 unverhohlen rechtsextreme Pamphlete verteilte und „Bekehrungsversuche" scheiterten, wurde er „zu internen Veranstaltungen nicht mehr eingeladen". „Ich möchte nicht verhehlen", erklärte der von Radls „angenehmen Umgangsformen" angetane Fürstenfelder FPÖ-Obmann in einer Stellungnahme noch nach der Verhaftung des mutmaßlichen Terroristen im Dezember 1993, „daß ich um diesen begabten jungen Mann nachtrauerte [sic!]." Diese Trauer des Stadtrats Pilz um eine abhanden gekommene Nachwuchshoffnung und seine Empörung über die angebliche Brutalität der Stapo bei der Verhaftung von Franz Radl sen. wurden durch kein Wort des Mitleids für die Opfer des Briefbombenterrors getrübt.[81]

Haider selbst war in der Folge bemerkenswert zurückhaltend in seinen Stellungnahmen zum Briefbombenterror. Dies änderte sich erst Anfang 1995, insbesondere dann nach dem von Linksextremisten begangenen Attentat auf einen Strommasten nahe dem niederösterreichischen Ort Ebergassing. Nachdem endlich auch die von Haider immer wieder beschworene „gewaltbereite Linke" ein Sprengstoffattentat verübt hatte, setzte rasch ein Wechselspiel zwischen Bedauern und Unterstellungen ein.

Wenige Tage nach dem Bombenattentat von Oberwart, dem vier Männer aus der nahegelegenen Roma-Siedlung zum Opfer gefallen waren, drückte Haider im Nationalrat sein Bedauern über dieses Verbrechen aus:

> „Waren es bei den ersten Briefbomben Versuche, dieses Land in Aufregung zu versetzen, und wir konnten sagen, die Betroffenen sind glimpflich davongekommen, so hat es beim Attentat auf den Wiener Bürgermeister mit seiner schweren Verletzung, die er davongetragen hat, schon ganz anders ausgesehen. Es war sehr tragisch, als ein Klagenfurter Polizist beim Entschärfen einer Briefbombe [sic!] beide Hände und ein Auge verloren hat, es mußten jetzt vier Landsleute diesen Terror mit dem Leben bezahlen."

(Stenographisches Protokoll der 20. Sitzung des Nationalrates der Republik Österreich vom 8. 2. 1995, XIX. GP)

Weiters forderte er – sehr staatsmännisch – verstärkte Integrationsmaßnahmen für die burgenländischen Roma und – weil eben opportun – eine Verbesserung von deren Lebenssituation.

Das Blatt wandte sich aber rasch. Bereits wenige Tage später äußerte er gegenüber der Zeitschrift „profil" den Verdacht, es könnten Geheimdienste ihre Hand im Spiel gehabt haben und zog einen völlig unzutreffenden Vergleich zwischen der Situation im Kärnten der siebziger Jahre und dem rassistischen Attentat im Burgenland:

> „Daß jetzt auch das Burgenland von jenen Aktivitäten erfaßt wird, die Kärnten in den siebziger Jahren erdulden mußte: wo eine Serie von Sprengstoffanschlägen inszeniert wurde, um das Zusammenleben von Mehrheit und Minderheit negativ zu gestalten. Nachdem sich dort herausgestellt hat, daß das Aktivitäten des jugoslawischen Geheimdienstes gewesen sind, kann ich mir durchaus vorstellen, daß man jetzt im Burgenland einen Ansatz zur Destabilisierung sucht, weil es auch hier ungelöste Probleme zwischen Mehrheit und Minderheit gibt.
>
> *profil:* Haben Sie für diese kühne Hypothese auch nur ein einziges Indiz?
>
> *Haider:* Ich glaube, daß hier ein größeres Zusammenspiel eines Netzwerks aus altkommunistischen Staaten mit der Neonazi-Szene in Kooperation sein könnte. Denn ehemalige Geheimdienst-Mitarbeiter und Gruppierungen haben kein Interesse an stabilen Verhältnissen in demokratischen Staaten."

(profil, 13. 2. 1995)

Haiders Grundsatzerklärung vom 8. 3. 1995, einen Tag nach dem zugunsten der Roma aus Oberwart abgehaltenen Benefizkonzert, benutzte er die Attentate von Oberwart und Stinatz in erster Linie, um sich selbst und die Freiheitlichen als Opfer zu stilisieren. Wenige Absätze nur widmete er den Bombenopfern, über Seiten hinweg jedoch beklagte Haider die Ausgrenzung der Freiheitlichen, die Angriffe der anderen Parteien, des Dokumentationsarchivs des österreichischen Widerstandes und von Künstlern und Intellektuellen gegen seine „Bewegung". Er listete Gegendemonstrationen, angebliche Attentate auf seine Person auf. In einem Absatz erwähnte er die Opfer von Stinatz und Oberwart, die er geschickt wiederum mit den Freiheitlichen in Verbindung brachte:

> „Und noch etwas sei den hetzerischen Kausal-Konstrukteuren in aller Deutlichkeit gesagt: Die Opfer des blutigen Terrors waren keine Fremden, das waren Landsleute, Österreicher. Die vier ermordeten Roma waren Angehörige einer österreichischen Minderheit, für deren Anerkennung als Volksgruppe sich lang vor den Koalitionsparteien die Freiheitlichen durch ihren Volksgruppensprecher Harald Ofner eingesetzt haben. Und das bisher letzte Terroropfer, Erich Preiszler aus Stinatz, ist der Neffe des freiheitlichen Landtagsabgeordneten Alois Preiszler."
>
> *(Jörg Haider, Grundsatzerklärung, 8. 3. 1995)*

An diesem 8. März sprach er aber nochmals von rechtsextremem Terror:

> „Es spricht vieles dafür, daß es sich um rechtsextremistischen Terror handelt. Es ist die wahrscheinlichste Erklärung. [...]
>
> Jede Aufdeckung von rechtsextremistischen Umtrieben und Gefahren im Zuge der Ermittlungen ist uns Freiheitlichen nur recht. Aber das Gefühl ist beklemmend, daß man wegen einer diesbezüglichen Beschränkung der Ermittlungen nicht fündig werden könnte."
>
> *(Jörg Haider, Grundsatzerklärung, 8. 3. 1995)*

Wenige Sätze später erwähnte Haider Kärntner Attentate, die vom jugoslawischen Geheimdienst verübt worden seien. War also doch der Geheimdienst Drahtzieher der Attentate im Burgenland? Diese Vermutung stellt Haider anschließend implizit in den Raum.

Erst nach dem Anschlag von Ebergassing wandte sich seine Argumentation endgültig. Nun vermutete er hinter allen Anschlägen Linksextreme:

„Briefbomben, Rohrbomben, die Bomben von Oberwart und Stinatz: Motive und Täter bleiben erschreckend rätselhaft. Schuldzuweisungen an Rechtsextremisten, die durch die erfolgreiche Mitte-Rechts-Politik der Freiheitlichen ermutigt worden seien, waren hingegen eindeutig. Obwohl für jeden unvoreingenommenen Beobachter ebenso eindeutig sein mußte, daß die Freiheitlichen nur politisches Opfer, niemals aber politischer Gewinner dieser Verbrechen sein konnten.

Seit voriger Woche müßten aber eigentlich alle bisherigen Überlegungen neu überdacht werden. Alle Alarmglocken müßten läuten. Umso entsetzlicher ist die Stille all derer, die nach jedem vorangegangenen Bombenanschlag sofort einen politisch schuldzuweisenden Kommentar zur Hand hatten. [...]

Seit eineinhalb Jahren gibt es Bombenterror. Aber es gibt nur einen Terroranschlag, bei dem die Täter bekannt geworden sind. Und dies nur deshalb, weil sie sich selbst in die Luft gesprengt haben. Und diese Täter sind Linksextremisten."

(Jörg Haider, 50 Jahre Zweite Republik.
Rückblick und Ausblick,
Rede im Palais Auersperg, 26. 4. 1995)

Wenige Tage später äußerte er in einem Interview mit der konservativen Tageszeitung „Die Presse" unter verzerrter Darstellung des Sachverhalts:

„Die Zusammenhänge etwa, daß die Sicherheitsbehörden in Kärnten bereits gewarnt haben, daß es durchaus einen Zusammenhang zwischen der Bombe von Klagenfurt und den Tätern von Ebergassing geben könnte. [...] Löschnak [BM für Inneres, Anm. d. Verf.] hat ja noch gesagt, daß bei Klagenfurt und Oberwart und bei Stinatz idente Täter sein müssen. Wenn es tatsächlich so ist, daß Ebergassing und Klagenfurt auch ident sind, hätte das ja weitreichende Konsequenzen."

(Die Presse, 29. 4. 1995)

Es stellte sich allerdings rasch heraus, daß aufgrund der Bauweise der Bomben und aufgrund der vorliegenden Bekennerschreiben kein Zusammenhang zwischen Ebergassing und dem rassistischen Bombenterror besteht.[82]

Bis zum Sommer wandte sich Haiders Sicht des Attentats von Oberwart jedoch nochmals. Nun vermutete er eine kriminell motivierte Fehde zwischen Angehörigen der Minderheit:

> „Die Ursache dieser Bombe kann aber durchaus in der reinen Kriminalität liegen – Waffenschieberei, Autoschmuggel oder Rauschgift. Zwischen Attentat und Auffinden der Opfer verging sehr viel Zeit. Nach Ansicht der Kriminalisten wurde der Tatort nachträglich verändert."
>
> *(News, 17. 8. 1995)*

Diese Verdächtigungen wiesen sowohl die Ermittler der Polizei als auch das Bundesministerium für Inneres entschieden zurück. Es sei keinerlei Manipulation an den Leichen feststellbar gewesen.[83]

Zu neuen ungeheuerlichen Verdächtigungen verstiegen sich Haider und ihm folgend seine Freiheitlichen nach den neuerlichen Briefbombenattentaten vom Oktober 1995, bei denen zwei Menschen – ein Arzt und eine siebzigjährige Flüchtlingshelferin – schwer verletzt wurden:

> „Die Briefbomben explodierten just zu Beginn des Wahlkampfes, weshalb F-Chef Jörg Haider wieder einmal einen ganz anderen Zusammenhang herstellte, obwohl dieser die Absicht dazu bestreitet. Bomben gebe es immer dann, wenn die ‚Linken' in Turbulenzen seien oder Wahlen vor der Tür stehen würden, sagt Haider, doch im selben Atemzug meint er: ‚Mir fällt das nur auf, ich habe keinen Zusammenhang hergestellt.' Und im Nachsatz: ‚Das muß ja keine Auftragsarbeit der SPÖ, der Koalition und der Linken sein. Es gibt Leute, die die demokratische Entwicklung im Land im Wege von Bombenattentaten stoppen wollen.'"
>
> *(Der Standard, 18. 10. 1995)*

Die „Neue Freie Zeitung“ titelte dazu:

> „Briefbomben zum Wahlauftakt: Wer glaubt jetzt noch an Zufall?“
>
> *(Neue Freie Zeitung, 18. 10. 1995)*

Und ein Kommentator der „Kärntner Nachrichten“ führte aus:

> „Wieder Bombenterror! Die düsteren Vorahnungen Jörg Haiders haben sich furchtbar bestätigt. Am Montag erschütterten Explosionen in Niederösterreich nicht nur zwei Dörfer, sondern erneut auch die politische Landschaft Österreichs. [...]
>
> Damit haben sich die Warnungen des freiheitlichen Bundesobmannes Jörg Haider auf schreckliche Art bewahrheitet: Er hatte bei seiner Rede vor dem freiheitlichen Landestag am 7. Oktober in Völkermarkt auf mögliche Verbindungen zwischen den Bombenattentaten der vergangenen zwei Jahre und der linksextremen Szene hingewiesen. ‚Ich würde mich nicht wundern, wenn in den nächsten Tagen in Österreich wieder eine Bombe explodiert‘, hatte Haider die zuständigen Stellen des Innenministeriums ausdrücklich gemahnt, die Gewaltbereitschaft der extremen Linken zu unterschätzen, die offenbar immer dann zum Ausbruch komme, wenn es für die Sozialisten politisch opportun sei.“
>
> *(Kärntner Nachrichten, 19. 10. 1995)*

Die Warnung Haiders ist allerdings interessant: Als der linke Journalist Wolfgang Purtscheller im Frühjahr 1995 fälschlich warnte, zu Ostern könnten wieder Briefbomben verschickt werden und kurz darauf das Sprengstoffattentat von Ebergassing geschah, hatte Haider sofort einen Verdacht gegen Purtscheller geäußert. Der FPÖ-Obmann würde sich wohl verwahren, wenn im Oktober 1995 jemand aus demselben Grund nun einen Verdacht gegen die Freiheitlichen wendete.

Haider und das rechtsextreme Lager

Der Freude rechtsextremer Kreise über Haiders Wahl zum FPÖ-Bundesparteiobmann sowie seinen Erfolg bei der Nationalratswahl 1986 stehen Haiders positive Stellungnahmen zu solchen Gruppen und seine Mitgliedschaften in derartigen Organisationen gegenüber.

Haider sagte selbst dazu:

> „Ich gehöre sowohl dem Turnerbund als auch einer waffenstudentischen Korporation an. Ich habe auch keine Absicht, diese Zugehörigkeit in Frage zu stellen, da dort sehr wesentliche Erziehungs- und Bildungsarbeit geleistet wird, in der jüngere Menschen Wertvorstellungen vermittelt erhalten, die ihnen heute in anderen Bereichen ihres Lebens nicht mehr zugänglich sind, und damit wertvolle Bildungspersönlichkeiten für die Gesellschaft herangebildet werden."
>
> *(Die Aula 10/1986)*

Der von Haider hier angesprochene Turnerbund ist der „Österreichische Turnerbund" (ÖTB), die „heute mit Abstand wichtigste Organisation des Deutschnationalismus und Rechtsextremismus",[84] obschon dessen mehr als 70.000 Mitglieder nicht in ihrer Gesamtheit als rechtsextrem bezeichnet werden können. So stellte das Oberlandesgericht Wien im Rahmen eines Presse-Prozesses über die „Bundesturnzeitung" und die Zeitschrift für junge Mitglieder „Der junge Bund" fest: „Aus dieser Aussage [...] ergibt sich klar, daß der Zeuge Nowak [damals Schriftleiter der Bundesturnzeitung] offenbar nicht nur Turner ist, sondern zumindest in Teilen der Ideologie des Nationalsozialismus anhängt und in dieser Ideologie die Bundesturnzeitung gestaltet. [...] In der Richtung einer nationalsozialistischen und österreichfeindlichen Politik des ÖTB liegt aber eine Veröffentlichung der periodischen Druckschrift ‚Der junge Bund' [...] Besonders gravierend ist der Text [...] des beiliegenden Heftes, wo eine Anzahl von 6 Millionen vergasten Juden ohne Begründung und völlig willkürlich auf 300.000 reduziert und diese Zahl 300.000 mit den Opfern der Bombardierung Dresdens aufgerechnet wird, eine Aufrechnung, die an historischer Haltlosigkeit, Demagogie und nationalsozialistischer Propaganda wohl kaum zu übertreffen ist."[85]

Anläßlich des Erscheinens des Werkes „Rechtsextremismus in Österreich nach 1945" im Jahr 1979[86] griff Haider den damaligen Bundesminister für Inneres Erwin Lanc wegen dessen Vorworts zu dem angeführten Buch an und bezog dabei die Rolle eines Verteidigers des ÖTB:

> „Immerhin haben Sie ja auch mit der Unterstützung dieses Buches Menschen verteufelt, die bis zum heutigen Tage in ihrer Ehre nicht wiederhergestellt worden sind. Ich darf Sie daran erinnern, daß Sie die gesamten Mitglieder der Traditionsverbände, der Turnvereine damit dem Vorwurf des Rechtsextremismus ausgesetzt haben, nur weil sie sich in einer Organisation befinden, die sich vielleicht zu einem anderen politischen Spektrum bekennt als dem, dem Sie angehören. Trotzdem muß ich sagen, daß hier Leute diffamiert worden sind, die zu einer Zeit für die Unabhängigkeit Österreichs und für die Beibehaltung dieses Landes, insbesondere des Bundeslandes Kärnten, bei Österreich eingetreten sind, als selbst in Wien die Staatsregierung noch unsicher war, ob dieser Staat lebensfähig sein würde."
>
> *(26. Sitzung des Nationalrats, XV. Gesetzgebungsperiode, 5. 3. 1980)*

Haider fügt jedoch nichts über das Verhalten der von ihm in Schutz genommenen Verbände vor und während der Zeit des Nationalsozialismus hinzu, der schließlich Österreich von der Landkarte löschte. Die Vorläuferorganisation des ÖTB, der „Deutsche Turnerbund", war bereits vor 1938 für seine illegalen nationalsozialistischen Aktivitäten bekannt. Im August 1934 verfügte die Generaldirektion für die öffentliche Sicherheit in Wien die Einstellung des „Deutschen Turnerbundes" mit der Begründung: „Es ist amtsbekannt, daß sich zahlreiche Mitglieder der dem Vereine „Deutscher Turnerbund" angehörenden Turnvereine im Sinne der Nationalsozialistischen Deutschen Arbeiterpartei (Hitler-Bewegung), der jede Betätigung in Österreich verboten ist, betätigt haben. Insbesondere hat die nationalsozialistische Aufstandsbewegung in der vom Deutschen Turnerbund gemieteten Turnhalle in Wien VII., Siebensterngasse, ihren Ausgang genommen und ist durch Erhebungen die aktive Teilnehmerschaft von Angehörigen der Verbandsvereine an den Aufstandshandlungen in den Bundesländern einwandfrei festgestellt worden."[87]

Auch als der Deutsche Turnerbund 1938 in der zentralen nationalsozialistischen Sportorganisation aufzugehen gezwungen wurde, dürfte ein Zusammenhalt der Vereine weiter bestanden haben. Zumindest erinnert sich ein Mitglied dieser Zeit in der „Bundesturnzeitung": „Durch die schwierigen Verhältnisse, in die viele Turnvereine nach 1938 gekommen waren, – da z. B. viele Vorturner und Vorturnerinnen, die in den Vereinen ehrenamtlich gearbeitet hatten, nun in den Organisationen des Dritten Reiches in hauptamtlichen Stellungen tätig waren – war es fast nicht mehr möglich, Kurse nur mehr mit Übungsleitern der Vereine zu besetzen."[88]

Der von Haider mehrmals auch im Nationalrat als österreich-patriotisch verteidigte sogenannte „Kärntner Abwehrkampf" sowie der „Kärntner Abwehrkämpferbund" sehen in der Selbstdarstellung des wohl bekanntesten Abwehrkämpfers Hans Steinacher, illegaler Nationalsozialist ab 1933,[89] etwas anders aus. Steinacher hatte so wie auch andere Funktionäre des „Abwehrkämpferbundes" bald den Weg zum Nationalsozialismus gefunden und schätzt in seinen Erinnerungen den Abwehrkampf der Jahre 1918/1919 folgendermaßen ein: „Nicht nur falsch, sondern auch lächerlich sind alle Versuche einer ‚österreichischen' Nachkriegszeit gewesen, den Erfolg Kärntens im zweijährigen Kampf von 1918–1920 als einen Sieg des ‚österreichischen Staatsgedankens' darstellen zu wollen. Kärntens Kampf konnte nur als deutscher Kampf, in Selbstverantwortung für das geschaute Reich und für Volkstum und Heimat geführt werden." Etwas später bekräftigt Steinacher: „Es war mir stets eine unumstößliche Selbstverständlichkeit, den Abstimmungskampf nicht um den Anschluß an Österreich, sondern um die großdeutsche Zukunft zu führen."[90]

Trotzdem betonte Haider in den „Kärntner Nachrichten":

> „Gewiß waren es nicht nur soziale Gründe im weitesten Sinn, sondern vor allem die ausgeprägte Verbundenheit zu Heimat und Volk, die die Kärntner Abwehrkämpfer zu ihrem Handeln ermuntert hat. Dies ist umso höher zu werten, da der Abwehrkampf zu einer Zeit begonnen werden mußte, zu der selbst die Regierung in Wien noch gar nicht an die Lebensfähigkeit eines selbständigen Österreich glaubte. Auch die Sozialisten träumten damals vom Anschluß an Deutschland. Die Kärntner aber kämpften für den Verbleib ihrer Heimat bei Österreich!"
>
> *(Kärntner Nachrichten, 17. 7. 1980)*

Haider trat bereits als Mittelschüler der Pennälerverbindung „Albia" und als Student der Verbindung „Silvania" in Wien (Mitglied der Deutschen Burschenschaft in Österreich) bei.[91] In diesen Burschenschaften wird noch die Tradition der „Mensur" aufrechterhalten, das heißt, es wird mit scharfen Degen geschlagen, was zu Gesichtsverletzungen der Kontrahenten führt. Zur Erziehungsarbeit dieser Verbindungen heißt es in einem von der Deutschen Burschenschaft herausgegebenen Prospekt: „Die weltanschauliche und methodische Schulung findet ihren Niederschlag in unserer politischen Aktivität. Dazu gehört die Pflege des Volkstums und der Kampf gegen alle Versuche, Österreich aus dem deutschen Kulturraum herauszulösen. Weiters haben wir uns zur Aufgabe gestellt, stets auf die widerrechtliche Teilung Deutschlands aufmerksam zu machen und diesen status injuriae nicht bequeme Selbstverständlichkeit werden zu lassen, denn nur über eine Wiedervereinigung Deutschlands kann ein vereintes Europa von Dauer geschaffen werden."[92]

Haider besuchte den „Festkommers" anläßlich des 15. Burschentages des Österreichischen Pennäler-Ringes, der in Kärnten abgehalten wurde. Die „Kärntner Nachrichten" widmeten diesem Ereignis eine ausführliche Berichterstattung unter der Überschrift: „Das Land braucht positive Eliten ...":

> „Den Festkommers anläßlich des 15. Burschentages des Österreichischen Pennäler-Ringes nützte Jörg Haider, selbst Angehöriger Waffenstudentischer Korporationen, zu einem

eindringlichen Appell an die Korporationsverbände: Gerade die jüngsten Hochschulwahlen hätten bewiesen, daß es im Bereich der mittleren und höheren Schulen so etwas wie ein politisches Vakuum gebe, das man ausfüllen müsse. Daraus ergebe sich ein ‚Handlungsauftrag für die Korporationen', da ‚das Land positive Eliten' brauche. […]

In Anspielung auf die gängige Subventionspraxis gegenüber allen möglichen, insbesondere linken, Vereinen und Vereinigungen, meinte der FPÖ-Chef weiter, daß hierzulande offenbar nur der gefördert werde, der auf seine Heimat lautstark schimpfe. Die Korporationen hingegen, die heimatbewußt seien, Staatsverantwortung und Vaterlandsliebe vertreten, erhielten seitens der Öffentlichkeit keine Unterstützung. ‚Die Mächtigen im Lande wollen uns nicht', meinte Haider, ‚sie bezeichnen uns sogar als Faschisten, womit wir zwar ganz gut leben, wie die steigenden Aktivenzahlen beweisen', fuhr Haider fort. Dennoch gelte es, seitens der einzelnen Korporationen und seitens der Dachverbände mehr Aktivitäten in der Öffentlichkeit zu setzen."

(Kärntner Nachrichten, 12. 6. 1987)

Kernstück der Burschenschaften ist das Lebensbundprinzip, d. h. grundsätzlich bleibt jeder sein ganzes Leben lang nicht nur Mitglied, sondern sollte auch der Weltanschauung der Burschenschaften stets verpflichtet bleiben. Andreas Mölzer, selbst Burschenschafter, betonte nach Haiders Absage an die „Deutschtümelei", daß diese kein Problem sei, denn „die FPÖ sei ‚immer gegen die Deutschtümelei im Sinne von Überbetonung des nationalen Elementes' gewesen", das wisse „jeder in der F, der aus dem ‚alten national-liberalen Lager kommt'", daher „auch Haider selbst, der einer Burschenschaft angehört und seinen Schwur geleistet hat".[93]

Mehrere mittlerweile angeblich ausgeschlossene Burschenschafter entwickelten sich in den neunziger Jahren zu führenden Aktivisten des österreichischen Neonazismus, wie beispielsweise Franz Radl, der auch wegen Verdachts der Beteiligung an der Briefbombenserie vom Dezember 1993 angeklagt worden war.[94]

Eng mit den deutschnationalen Burschenschaften verbunden ist die rechtsextreme Monatszeitschrift „Aula“, die eine wichtige integrative Funktion für das gesamte rechtsextreme Spektrum bis hin zum Rechtskonservativismus erfüllt. Kreise um die „Aula“ waren wesentlich am Aufstieg Haiders zum Bundesparteiobmann der FPÖ beteiligt. Haider selbst betonte 1989 in einem Interview die wesentliche Aufgabe, die „Aula“ und Burschenschafter für die „erneuerte“ FPÖ zu übernehmen hätten:

„*Aula:* Welche Rolle könnten und sollten Ihres Erachtens die traditionellen Gruppierungen des alten national-liberalen Lagers in Österreich, etwa die Freiheitlichen Akademikerverbände und die studentischen Korporationen, in dieser, Ihrer Konzeption der Erneuerung spielen?

Haider: Unsere Verbände werden stärker mit unserem politischen Anwachsen auch die Funktion einer geistigen Drehscheibe übernehmen müssen, indem sie Sachkonzepte, Lösungsmodelle für einzelne Problembereiche erarbeiten und damit deutlich machen, daß wir nicht Traditionspflegevereine sind, sondern daß es uns darum geht, die Arbeit für dieses Land von den politischen Wertvorstellungen her, bis hin zur Lösung auch von technischen Detailproblemen, mit großem Sachverstand in Angriff zu nehmen.“

(Die Aula 2/1989)

Haider so wie eine ganze Reihe anderer freiheitlicher Politiker (wie Gerulf Stix, Walter Sucher, John Gudenus, Alexander Götz, Wilfried Gredler, Helmut Kowarik, Walter Meischberger, Gerhard Zeihsel, Ewald Stadler, Rainer Pawkowicz, u. a.) und Funktionäre des rechtsextremen Lagers bis hin zum Obmann der neonazistischen NDP, Norbert Burger, beglückwünschten die „Aula“ zu deren vierzigjährigem Bestand. Haider schrieb dazu u. a.:

„Die damit Hand in Hand gehende schwache materielle Ausstattung freiheitlicher Medien und freiheitlicher Publizistik mußte stets durch besonderes Engagement und besonderen Idealismus wettgemacht werden. Am beeindruckendsten zeigt dies wohl die nunmehr vier Jahrzehnte währende Geschichte der Zeitschrift der Freiheitlichen Akademikerverbände, Aula. Vom eher internen Verbandsorgan hat sich die Aula ohne staatliche Förderungsmillionen und ohne ausländische Zeitungszaren zu einem respektablen freiheitlichen Magazin gemausert, das auf seine kämpferische Art und Weise durchaus meinungsbildend wirkt. Bequem war diese Aula nie, auch nicht für die FPÖ und ihre Spitzenfunktionäre. [...] Führend war die Aula zweifellos in der Diskussion um die ethnisch-kulturelle Identität unserer Heimat. Bemerkenswert waren aber immer auch die radikalliberalen Ansätze des Blattes, wenn es darum ging, für Meinungsfreiheit und historische Wahrheit einzutreten. Themenbereiche, die auch für die freiheitliche Politik der Zukunft zentral bleiben werden."

(Die Aula 9/1991)

Im Herbst 1994 betonte er gegenüber der „Aula" nochmals die Verbundenheit der FPÖ mit Korporationen, Turnerbund, Freiheitlichen Akademikern und anderen rechten Gruppen:

„Wenn es die FPÖ als erfolgreiche Kraft nicht gibt, dann gibt es auch keine erfolgreiche national-freiheitliche Bewegung in den Korporationen, in den Akademikerverbänden, in den Turnvereinen, wo immer heute dieses Lager repräsentiert ist. Wir haben gemeinsame Wurzeln in der 1848er Revolution, wir bekennen uns beide zu dieser Tradition und wir sollten also auch klug genug sein, in einer offenen, wenn auch nicht fusionierten Kooperation unser politisches Wollen maximal umzusetzen."

(Aula 9/1994)

Im August 1995 wurde der Herausgeber der „Aula", Herwig Nachtmann, wegen nationalsozialistischer Wiederbetätigung in erster Instanz verurteilt.[95] Die „Aula" hatte im Sommer 1994 einen Artikel veröffentlicht, in dem die Funktionsfähigkeit der Gaskammern in den NS-Konzentrations- und Vernichtungslagern bestritten wurde, wobei auf eine Stellungnahme des Gerichtssachverständigen für Bauangelegenheiten, Dipl. Ing. Walter

Lüftl zurückgegriffen wurde. Lüftl war für diese seine Äußerungen aufgrund der Gesetzeslage 1991 nicht zur Verantwortung gezogen worden, was die „Aula" mit Freude kommentiert hatte.

Nach diesem Urteil wollte Haider plötzlich von der „Aula" nichts mehr wissen und meinte gegenüber der Zeitschrift „News":

> „*News:* Der Aula-Herausgeber Herwig Nachtmann wurde wegen NS-Unbelehrbarkeit verurteilt. Trifft Sie das?
>
> *Haider:* Die Aula gehört zu keiner F-Vorfeldorganisation, also haben wir damit nichts zu tun.
>
> *News:* Sie ist doch ein Presseorgan des Freiheitlichen Akademikerverbandes?
>
> *Haider:* Auch der will mit uns nichts zu tun haben!"
>
> *(News, 17. 8. 1995)*

Alljährlich findet Anfang Oktober am Kärntner Ulrichsberg ein sogenanntes „Heimkehrertreffen" statt, zu dem unter anderen die „Kameradschaft IV" einlädt und an dem daher zahlreiche ehemalige Angehörige der Waffen-SS teilnehmen.[96] So konnten die Veranstalter 1983 beispielsweise Vertreter der SS-Division „Nordland" begrüßen. Im selben Jahr lud der Obmann der Ulrichsberggemeinschaft GR Dr. Karl Theodor Mayer (ÖVP) „eine große Anzahl von stets und ständig unterstützenden Menschen zu einem festlichen Empfang", darunter auch Jörg Haider, der in den Jahren 1985 und 1990 die Festrede beim Ulrichsbergtreffen hielt, aus der oben bereits zitiert wurde. Bedauerlicherweise erklären sich auch Politiker von ÖVP und SPÖ in Kärnten zum Besuch dieses Soldatentreffens bereit.

Anläßlich der Hundertjahrfeier des „Deutschen Schulvereins Südmark" würdigte Haider die Verdienste dieser Vereinigung:

> „Was durch den Abwehrkampf und durch die Leistung des Schulvereines im Grenzland verhindert werden konnte, soll jetzt durch ein Wirtschaftsabkommen erreicht werden: Die Errichtung eines 20 bis 30km weiten Territoriums eines

gemischtsprachigen Gebietes im Grenzland. Darauf kann unsere Antwort nur lauten: Jetzt erst recht Schulverein Südmark im Zentrum des Deutschtums im Grenzland."

(Kärntner Nachrichten, 18. 6. 1980)

Der „Deutsche Schulverein Südmark" in Graz hatte sich bereits 1923 einer „Antisemitischen Kampfgemeinschaft der völkischen Vereine" eingegliedert. Nur zwei Jahre später wurden dann der Wiener und der Grazer Schulverein in einen einheitlichen „Deutschen Schulverein Südmark" zusammengefaßt, der sich satzungsgemäß die „Förderung der Wohlfahrt des deutschen Volkes im In- und Ausland" zur Aufgabe stellte und die Mitglieder zum „Eintreten für den Zusammenschluß aller deutschen Stämme" und zur „Abwehr jedes deutschfeindlichen, also auch jüdischen Einflusses auf allen Gebieten" verpflichtete.[97]

Im Rahmen einer Fernsehsendung wurde 1981 eine Aufzeichnung der 60-Jahr-Feier der Kärntner Volksabstimmung des Freiheitlichen Akademikerverbandes Kärnten-Osttirol gezeigt, an der neben anderen auch der Obmann der neonazistischen NDP Burger und Jörg Haider teilnahmen. Zum Abschluß der Veranstaltung sangen die Teilnehmer – einander an den Händen haltend – das Lied „Wenn alle untreu werden", das war das Treuelied der SS.[98]

In der folgenden Woche von Journalisten darauf angesprochen, meinte Haider:

„Es handelt sich [beim Freiheitlichen Akademikerverband Kärnten-Osttirol] um eine Organisation, die auf der Grundlage der österreichischen Gesetze basiert, die prominente Leute in ihren Reihen hat. Die Studentenbewegung ist auf der Grundlage eines national-liberalen Weltbildes entstanden. Burger hat seine Anhänger, wir haben Anhänger."

(„Politik am Freitag", 6. 3. 1981)

In anderem Zusammenhang fragten Journalisten Haider nochmals zu dieser Veranstaltung:

„ORF: Es gab einmal einen Fernsehfilm im Deutschen Fernsehen, da wurden Sie so – jedenfalls optisch – in die Nähe zum NDP-Chef Burger gerückt. Ist Ihnen so etwas unangenehm?

Haider: Mir persönlich ist das überhaupt nicht unangenehm, weil für mich Burger kein Problem ist. Das war eine Veranstaltung, an der ja alle drei politischen Parteienvertreter waren – und der Burger also –

ORF: Was heißt ‚alle drei'?

Haider: Parlamentsparteien, ÖVP, SPÖ …

ORF: Aha, plus Burger also?

Haider: Und Burger ist also – der hat irgendwo eine Tagung zum selben Zeitpunkt gehabt und ist also etwas später zu dieser Veranstaltung gekommen und ist also von mir nicht einmal gesehen worden. Aber – ich betrachte ihn nicht als Problem, nur werde ich mich auch von ihm nicht vertreiben lassen von einer Veranstaltung!"

(„Mittagsjournal", 8. 5. 1982)

Andererseits betonte Haider im Nationalrat:

„Ich glaube, hier macht man es sich doch ein bißchen zu leicht, daß man nämlich, Herr Bundesminister – und das ist ein Vorwurf, den wir einmal an Sie richten müssen –, mit zweierlei Maß in diesen Bereichen mißt, mit zweierlei Maß insbesondere dann, wenn es um die Beurteilung auf der einen Seite von rechtsextremistischen Tätigkeiten und auf der anderen Seite von linksextremistischen Tätigkeiten geht. Ich glaube, beides ist gleichermaßen gefährlich für unser politisches System, beides muß mit größter Aufmerksamkeit verfolgt und beobachtet werden."

(26. Sitzung des Nationalrats,
XV. Gesetzgebungsperiode, 5. 3. 1980)

Burger aber – Obmann einer neonazistischen Partei – stellte für Haider kein Problem dar!

Im Frühjahr 1988 deckte eine Wochenzeitung auf, daß im Sommer 1987 im Hause des Rechtsaußen Otto Scrinzi, Erbgesundheitstheoretiker, ehemaliger FPÖ-Nationalratsabgeordneter und Gründer einer rechtsextremen Sammelbewegung „National-freiheitliche Aktion", ein Treffen zwischen Haider, Burger und Scrinzi stattgefunden habe. Haider meinte damals auf die Frage der Zeitung:

> „Mit dem Burger rede ich auch. Ich glaube, daß da ein bisserl eine Gesprächsbasis ganz gut ist."
>
> *(profil, 24. 3. 1988)*

Obschon Haider später versuchte, diese Äußerung abzuschwächen, verwies „profil" auf das in seinem Besitz befindliche Tonbandprotokoll des Gesprächs.

Im Frühjahr 1987 kandidierte unter anderen der Mitorganisator der „Notwehrgemeinschaft der Bauern" Robert Dürr für die Funktion des Obmanns der FPÖ-Burgenland. Nach Bekanntwerden seiner Pläne, die von Jörg Haider öffentlich unterstützt wurden, gelangte die Information in die Medien, daß Dürr bis vor zwei Jahren Mitarbeiter der neonazistischen Zeitschrift „Sieg" und Kontaktmann der ebenfalls neonazistischen Zeitung „Nachrichten-Austausch-Dienst" gewesen war.[99] Ende 1985 gab Dürr dem „Sieg" ein Interview in Zusammenhang mit dem Weinskandal, in dem er „Sieg" um Unterstützung für seinen „Befreiungskampf" für die burgenländischen Weinbauern ersuchte.[100] Dies störte Haider nur wenig. Auf die Frage eines Journalisten antwortete er:

> „Der Dürr ist nach wie vor mein persönlicher Freund."
>
> *(„Mittagsjournal", 1. 4. 1987)*

Gegenüber Journalisten meinte Dürr im Herbst desselben Jahres zur Tatsache der Massenmorde mittels Giftgas in nationalsozialistischen Konzentrationslagern: „Ich selbst kann mich zu diesem Thema nicht äußern, weil ich wissenschaftlich nicht in der Lage bin, das zu verfolgen." (Inlandsreport, 22. 10. 1987) und „Man sollte die Ansichten von Wissenschaftern, die sagen, in den deutschen Konzentrationslagern wurden keine

Juden vergast, veröffentlichen und nicht verbieten." (Basta, November 1987). Obwohl Haider damals relativ lange versuchte, Dürr zu halten, mußte er schließlich dem öffentlichen Druck nachgeben und auf Dürr als Landesparteiobmann und Spitzenkandidat verzichten. Dürr konnte auch nicht – obwohl über Vorzugsstimmen in den Landtag gewählt – sein Mandat dort ausüben. Anläßlich des Bundesparteitages 1990 „distanzierte sich der FP-Vorstand von Robert[101] Dürr, der wegen seiner politischen Einstellung für die Partei kein akzeptabler Mandatsträger sein könne." (Wiener Freie Zeitung, Mai 1990). Im August 1990 sprach das Bundesparteigericht der FPÖ Dürr vom Vorwurf des parteischädigenden Verhaltens frei. Das Verfahren war wegen der Weigerung Dürrs, an einer Waffenübung des Bundesheeres teilzunehmen, eingeleitet worden. (Neue Freie Zeitung, 23. 8. 1990)

Zeitschriften rechtsextremer Gruppen der BRD bemühten sich mehrmals um Interviews mit Jörg Haider, die ihnen dieser bereitwillig gewährte. So erschien in der Zeitung des „Bundes Heimattreuer Jugend" ein telefonisches Interview mit dem FPÖ-Obmann.[102] Diese Organisation wird im Verfassungsschutzbericht der BRD als rechtsextrem eingestuft, eine Vereinigung gleichen Namens wurde bereits 1959 wegen Verdachts neonazistischer Aktivitäten in Österreich aufgelöst.

Wie bereits erwähnt, gewährte Jörg Haider der Zeitung „NHB-report" ein ausführliches, auch durch Fotos belegtes Interview. Der Verfassungsschutzbericht 1985 der BRD vermerkt über diese Zeitung, daß es sich dabei um das Organ des „Nationaldemokratischen Hochschulbundes" handelt, das im Verlag des NPD-Parteiorgans verlegt wird. Unter anderen verfassen Otto Scrinzi und der Obmann der neonazistischen „Aktion Neue Rechte" („Partei für Recht und Ordnung") Bruno Haas – bereits wegen neonazistischer Betätigung in Wien unter Anklage gestanden – Beiträge für dieses Blatt. Der „Report" fragte Haider zu diesem Fall:

„*Report:* Der österreichische Politiker Dr. jur. Bruno Haas, der die Auffassung vertritt, die Österreicher seien Deutsche, rief zur völkischen (nicht zur staatlichen!) Einheit der

Deutschen auf. Deshalb wurde er in Wien zu einer Haftstrafe verurteilt. Wie konnte dies unter einem FPÖ-Justizminister geschehen, der noch dazu allenthalben als „national" angesehen wird?

Haider: Das ist leicht erklärbar. Nach dem Prinzip der Gewaltenteilung sind die Richterschaften und die Gerichte in Österreich absolut unabhängig, weisungsungebunden und unversetzbar.
Daher gibt es keine, wie auch immer geartete Einflußnahme der Regierung auf die Entscheidungen eines einzelnen Richters oder Senats."

(„NHB-report" Nr. 18, Heft 1/1985)

Im selben Interview wurde Haider weiters auf die „National-Freiheitliche-Aktion" des Rechtsaußen Scrinzi angesprochen. An dieser Sammelbewegung beteiligten sich unter anderen Vertreter des äußerst rechten Randes des rechtsextremen Spektrums, wie beispielsweise die NDP.

„*Haider:* Soweit mir bekannt ist, hat Dr. Scrinzi diese Aktionsgemeinschaft als Arbeitsgemeinschaft und nicht als Partei gegründet. Er will damit auch Impulse auf die FPÖ-Politik ausüben, weil er sich nach wie vor zu dieser Partei bekennt. Daher bin ich über diese Entwicklung auch nicht besorgt. Reformen sollten innerparteilich durchgeführt werden, denn mit einer Aufsplitterung in verschiedene nationale Parteien stärkt man nur die etablierten Parteien."

(„NHB-report", a. a. O.)

In den letzten Jahren stieß eine ganze Reihe ehemaliger Aktivisten neonazistischer Organisationen zu den Freiheitlichen:

Bernhard Blochberger, Kandidat der FPÖ Niederösterreich u. a. bei den Nationalratswahlen 1994 und bei den Gemeinderatswahlen 1995, war in den achtziger Jahren Funktionär der neonazistischen Nationaldemokratischen Partei (NDP) Norbert Burgers gewesen; Elmar Dirnberger, Freiheitlicher Bezirksrat in Wien, unterstützte die neonazistische ANR 1977 bei den

Hochschülerschaftswahlen; Günter Grassner, Freiheitlicher Kandidat bei den Linzer Gemeinderatswahlen 1991, unterstützte als Burschenschafter die Kandidatur des Neonazis Norbert Burger bei den Bundespräsidentenwahlen 1980; Werner Königshofer, freiheitlicher Bundesrat aus Tirol, war in den siebziger Jahren Aktivist der neonazistischen Nationaldemokraten und laut Impressum Mitarbeiter einer von Walter Ochensberger herausgegebenen neonazistischen Zeitung; Peter Milanollo, freiheitlicher Kandidat bei den oberösterreichischen Landtagswahlen 1991, war 1973 Spitzenkandidat der neonazistischen Nationaldemokratischen Partei gewesen; der ehemalige Spitzenfunktionär der NDP und häufiger Inserent in rechtsextremen Zeitschriften, Dietmar Sulzberger, kandidierte 1991 für die FPÖ bei den Bezirksvertretungswahlen in Wien, trat aber aufgrund öffentlicher Proteste sein Mandat nicht an; Frank-Dieter Stanzel, hochrangiger Funktionär der NDP, fungiert laut Bericht der Tageszeitung Kurier (2. 3. 1995) in der FPÖ als Wirtschaftsberater, mußte aber seine Kandidatur bei den niederösterreichischen Gemeinderatswahlen 1995 zurückziehen, nachdem seine NDP-Vergangenheit öffentlich bekannt geworden war.[103]

Auch Funktionäre rechtsextremer Gruppierungen, wie des „Österreichischen Turnerbundes" (z. B. Gerhard Zeihsel, stv. Gauobmann des ÖTB Wien; Erich Slupetzky, 1978–1983 Bundesobmann des ÖTB, u. a.), der „Österreichischen Landsmannschaft" (Helmut Kowarik, Vorstandsmitglied der ÖL und Eigentümer des Volkstumsverlags, Barbara-Wiebke Schöfnagel), der „Wohlfahrtsvereinigung der Glasenbacher" (Hans Ivo Lukesch), der „Kameradschaft IV" (Jakob Kobold, Obmann der Ortsgruppe der K IV in Wels), des „Ringes Volkstreuer Verbände" (Walter Sucher, Obmann des RVV mit guten Kontakten zu NDP-Obmann Norbert Burger), der „Gesellschaft der Völkerfreunde" (Karl Katary, stv. Obmann der „Völkerfreunde") fanden in den letzten Jahren den Weg zur FPÖ. Andere wieder treten immer wieder bei Veranstaltungen rechtsextremer Gruppierungen, wie beispielsweise den Tagungen der „Arbeitsgemeinschaft für demokratische Republik" (AFP) auf (z. B. Kriemhild Trattnig, Ilse Hans, Georg Hanreich). Die Vernetzung zwischen FPÖ auf der einen und rechtsextremem Spektrum auf der anderen Seite wurde in den letzten Jahren deutlich dichter und enger.[104]

Seit Oktober 1995 erscheint die bundesdeutsche Zeitschrift „Junge Freiheit" mit einer von Jürgen Hatzenbichler und Andreas Mölzer gestalteten Österreich-Ausgabe. Beworben wird diese mit einem Porträt Haiders und dem Slogan: „Zeitung für die Dritte Republik".[105] Inhaltlich vermittelt das Blatt den Eindruck einer FPÖ-Parteizeitung. Neben einem ausführlichen Interview mit Haider und einem Beitrag über die Wiener Freiheitlichen verbreitet sich Andreas Mölzer ausführlich über die von Haider angestrebte „Dritte Republik", die er bereits vor der Türe wähnt, und präsentiert die „Junge Freiheit Österreich" als Projekt für diese „Dritte Republik". Neben Mölzer verfaßten der FPÖ-Paradehistoriker Lothar Höbelt, der wegen intensiver Kontakte zum Neonazismus diskreditierte Ministerialrat Günter Rehak, gegen den im August 1995 Strafanzeige wegen Verdachts der nationalsozialistischen Wiederbetätigung und Disziplinaranzeige eingebracht wurde,[106] der „Aula"-Autor Vinzenz Eschlauer sowie Bischof Kurt Krenns Europa-Berater und „Aula"-Autor Friedrich Romig Artikel für das neue Zeitungsprodukt.[107]

Das Landesamt für Verfassungsschutz Berlin beschäftigt sich in einer Folge seiner Publikationsreihe „Durchblicke" ausführlich mit der „Jungen Freiheit" (JF). Der Direktor des Landesamtes schreibt zu dem Blatt: „Die ‚Neue Rechte' – vertreten beispielsweise durch die ‚Junge Freiheit' – ist eine intellektuelle Bewegung. Damit erhält der Rechtsradikalismus in Deutschland eine neue Qualität". Und die Autoren der Studie gelangen zu folgenden Bewertungen:

„Die gesamte ideologische Spannbreite der ‚Neuen Rechten' ist in der JF vertreten. [...] In der ‚Jungen Freiheit' finden sich Äußerungen, die auf eine gewisse Verharmlosung der nationalsozialistischen Vergangenheit Deutschlands schließen lassen. [...] Nach kritischer Würdigung der vorliegenden Exemplare der ‚Jungen Freiheit' erkennt man die ‚Masche' der Zeitung: In eigenen Artikeln, d. h. in von Redaktionsmitgliedern geschriebenen Beiträgen, relativ zurückhaltend, nutzt die Zeitung die Ansichten namhafter Politiker, soweit diese deckungsgleich sind mit der Meinung des Blattes. Im Gegensatz zu Parteien wie beispielsweise den REP [Republikaner, Anm. d. Verf.] ist die politische Linie der ‚Jungen Freiheit' in stark abgemilderter Form von den vier Ideologieelementen Nationalismus, Autoritarismus, Antipluralismus und individueller Ungleichheit bestimmt. [...] Die ‚Junge Freiheit' mag aufrührerisch sein, sich rechtsradikal und populistisch gebärden. Wegen der Unklarheit des sich bietenden Erscheinungsbildes muß sich das Landesamt für Verfassungsschutz jedoch weiter mit ihr beschäftigen."[108]

Die von Haider immer wieder betonte Distanzierung vom Rechtsextremismus erweist sich im Lichte der oben angeführten Kontakte und Verbindungen als unzutreffend und nur von tagespolitischer Opportunität diktiert.

Anmerkungen:

1 Zur Charakterisierung der Aula siehe: Reinhold Gärtner, Die Aula, in: Handbuch des österreichischen Rechtsextremismus, hg. v. Stiftung Dokumentationsarchiv des österreichischen Widerstandes, aktualisierte und erweiterte Neuausgabe, Wien 1994, S. 278–296, sowie Brigitte Bailer, Wolfgang Neugebauer, Rechtsextreme Vereine, Parteien, Zeitungen, informelle/illegale Gruppen, in: dass., S. 122–131.

2 Nach der Gründung einer „Landesbauernschaft Kärnten" im Jahr 1942 wurde Reinhold Huber Landesbauernführer. Von 1956 bis 1965 war Huber Landesparteiobmann der FPÖ-Kärnten. Aus: 100 Jahre freiheitliche Tradition in Kärnten. Zur Gründung des Kärntner Bauernbundes am 2. 3. 1886, o. J. (1986), S. 32, 47. (Schriftenreihe des Freiheitlichen Bildungswerkes 17)

3 Jörg Haider, Die Freiheit, die ich meine. Das Ende des Proporzstaates. Plädoyer für die Dritte Republik, Franfurt/M. – Berlin 1993.

4 Der Standard, 21. 8. 1995.

5 Vergleiche die Selbsteinschätzung dieses Lagers durch Andreas Mölzer, Die Aula 6/1987.

6 Siehe dazu: Der Standard, 10./11. 11. 1990.

7 Halt, 56/1990.

8 Siehe dazu: Salzburger Nachrichten, 31. 12. 1991.

9 Aula, 10/1990.

10 Aula 9/1990.

11 Eine neue Studie beziffert den deutschnationalen Kern in Österreich mit 10 %, unter den FPÖ-Anhängern hingegen mit 22 %; das deutschnationale Potential beträgt unter den FPÖ-Anhängern 40 %. Fritz Plasser, Peter Ulram, Radikaler Rechtspopulismus in Österreich. Die FPÖ unter Jörg Haider, Wien im November 1994, S. 4 (vervielfältigtes Manuskript).

12 Kärntner Nachrichten, 14. 1. 1993.

13 Kurier, 20. 8. 1995.

14 Kurier, 20. 8. 1995.

15 Neue Freie Zeitung, 30. 8. 1995.

16 Tangente, 22. 12. 1975.

17 Das Volksbegehren wurde von 250.000 ÖsterreicherInnen unterzeichnet.

[18] Weil das Land sich ändern muß! Auf dem Weg in die Dritte Republik, Wien 1994 (Reihe Kontrovers des Freiheitlichen Bildungswerkes), S. 22.

[19] Weil das Land sich ändern muß!, a. a. O., S. 33.

[20] Siehe dazu ebenda, S. 57.

[21] Ebenda, S. 98.

[22] Walter Marinovic, Linke Kulturmafia – rechte Kunst, in: Für Freiheit und Verantwortung, Jahrbuch für politische Erneuerung 1994, hg. v. Lothar Höbelt, Andreas Mölzer, Brigitte Sob, Wien 1994, S. 324.

[23] Unterlagen im DÖW, Mappe RE 84/13.

[24] Kopien des FPÖ-Antrags und der Stellungnahme von Stadtrat Edlinger befinden sich im DÖW, Zeitungsausschnittesammlung, FPÖ, Wien.

[25] Weil das Land sich ändern muß!, a. a. O., S. 32.

[26] TV-Sendung „Anders gefragt“, 20. 8. 1995. Presseaussendung der SPÖ, 21. 5. 1995.

[27] Haider, Freiheit, a. a. O., S. 167 f.

[28] Kärntner Nachrichten, 26. 3. 1987.

[29] Bericht des Bundespolizeikommissariats Klagenfurt an die Staatsanwaltschaft in Klagenfurt, 25. 5. 1936. DÖW 6126. Vgl. auch „Kärntner Nachrichten“, 12. 12. 1985.

[30] Zitiert nach: profil, 12. 7. 1993.

[31] Kleine Zeitung, 2. 2. 1994.

[32] Rubrik Ceterum censeo von Michael A. Richter, Neue Freie Zeitung, 1. 8. 1991.

[33] Fakten, 17/1992.

[34] Alfred Schickel, Die Vergangenheitsbewältigung entläßt ihre Kinder. Kritische Anmerkungen zum öffentlichen Umgang mit der heutigen Zeitgeschichte; John Gudenus, Das Unternehmen „Barbarossa“ – ein neues Kapitel? beide in: Für Freiheit und Verantwortung. Jahrbuch für politische Erneuerung 1994, a. a. O., S. 764–789.

[35] Siehe dazu: Gerd R. Ueberschär, Das Unternehmen „Barbarossa“ gegen die Sowjetunion – ein Präventivkrieg? Zur Wiederbelebung der alten Rechtfertigungsversuche des deutschen Überfalls auf die UdSSR 1941, in: Brigitte Bailer, Wolfgang Benz, Wolfgang Neugebauer (Hg.), Wahrheit und „Auschwitzlüge“. Zur Bekämpfung „revisionistischer“ Propaganda, Wien 1995, S. 163–182.

[36] Werner Pfeifenberger, Internationalismus gegen Nationalismus. Eine unendliche Todfeindschaft, in: Für Freiheit und Verantwortung. Jahrbuch für politische Erneuerung 1995, hg. v. Lothar Höbelt, Andreas Mölzer, Brigitte Sob, Wien 1995, S. 494–546, bes. S. 521.

37 Der Standard, 18. 10. 1995.

38 Kärntner Nachrichten, 14. 9. 1989.

39 Beschluß des Militärtribunals von Bari (Italien) vom 14. 7. 1980.

40 Vgl. Am Beispiel Walter Reder. Die SS-Verbrechen in Mazabotto und ihre „Bewältigung", hrsg. v. Dokumentationsarchiv des österreichischen Widerstandes, Wien o. J. (1986)

41 Die Zukunft, März 1992.

42 Siehe dazu auch die „Festrede" von Landeshauptmann Dr. Jörg Haider beim Ulrichsbergtreffen am 17. 10. 1990, veröffentlicht in: Forum, 19. 3. 1991, S. 24.

43 Bundesgesetz vom 27. 1. 1976 über die Schaffung eines Ehrenzeichens für Verdienste um die Befreiung Österreichs, BGBl., Jg. 1976, 22. Stück.

44 Protokoll der Hauptverhandlung vor dem Landesgericht für Strafsachen Wien, Dr. Jörg Haider gegen Verlag des ÖGB, 26. 11. 1992, 9b E Vr 5973/91, S. 5.

45 Siehe die von Haider mehrfach nur halb erzählte Geschichte von Ferdinand Kernmayr.

46 Siehe dazu etwa die Überschrift in der rechtsextremen „Deutschen National-Zeitung" vom 19. 3. 1993, S. 6, „Niedergang der Altparteien".

47 Neue Freie Zeitung, 2. 7. 1987.

48 Freiheitlicher Pressedienst, 18. 10. 1986.

49 Siehe dazu etwa die Rede von Dr. Joseph Goebbels vom 25. 2. 1930, in: Signale der neuen Zeit. 25 ausgewählte Reden von Joseph Goebbels, 10. Aufl., München 1934, S. 53 ff.

50 Basta, 3/1993; Der Standard, 26. 5. 1993; Kurier, 20. 6. 1994.

51 Die von Haider verteidigten waffentragenden Studentenverbindungen waren und sind Träger des Deutschnationalismus in Österreich. Sie stellten vor 1938 einen wichtigen Faktor für den aufkommenden Nationalsozialismus dar. Heute entstammen ihren Reihen zahlreiche führende Persönlichkeiten des rechtsextremen Lagers.

„Wenn alle untreu werden" war das Treuelied der SS. Es wird heute noch in Organisationen des rechten Randes, unter anderem beim ÖTB, gesungen.

52 Beim ersten Satz des Zitates beruft sich Haider auf Friedrich August von Hayek, The People ..., 1988, S. 27–83. (zitiert nach Haider).

53 Bei den alljährlichen Ulrichsbergfeiern handelt es sich um ein „Gefallenengedenken", das aber auch von ehemaligen SS-Angehörigen und in- und ausländischen ehemaligen Nationalsozialisten und auch Rechtsextremen besucht wird. Aufrufe dazu werden vor

allem in der Zeitschrift der Kameradschaft IV (Kameradschaft ehemaliger Angehöriger der Waffen-SS) veröffentlicht.

54 Sämtliche angefragten Mitglieder der Bundesregierung (Vranitzky, Busek, Mock, Hesoun, Scholten, Löschnak und Michalek) wiesen in ihren Antworten die in den Anfragen enthaltenen Beschuldigungen und Unterstellungen zurück. Anfragen und Antworten liegen im DÖW auf.

55 APA, 5. 4. 1995. Kopie im DÖW.

56 News 18/1995.

57 Gemeint sind BM für Wissenschaft und Kultur, Dr. Rudolf Scholten, die Schriftstellerin Elfriede Jelinek, der Wiener Bürgermeister Dr. Michael Häupl und die Wiener Kulturstadträtin Dr. Ursula Pasterk.

58 Zitiert nach: News, 5/1993, S. 16.

59 Salzburger Nachrichten, 20. 4. 1994.

60 Kärntner Nachrichten, 5. 5. 1994.

61 Vgl. Kärntner Nachrichten, 21. 5. 1987 (Aula 6/1987) bzw. Dolomiten, 15. 5. 1987.

62 Wiener Zeitung, 18. 3. 1994.

63 Ralf Unkart, Rechtspolitische Erwägungen zur Minderheitenschule. In: Der Donauraum, Jahrbuch für Donauraumforschung 1986, S. 56.

64 Ruf der Heimat, Nr. 69, März/April 1984.

65 Gero Fischer, Windischenphantasien, in: ders., Peter Gstettner (Hg.), „Am Kärntner Wesen könnte diese Republik genesen". An den rechten Rand Europas: Jörg Haiders „Erneuerungspolitik", Klagenfurt/Celovec 1990, S. 101.

66 Siehe dazu: Der Standard, 31. 3. 1993; Die Presse, 31. 3. 1993; Kärntner Nachrichten, 8. 4. 1993.

67 Neue Freie Zeitung, 2. 2. 1994.

68 Plasser,Ulram, a. a. O., S. 4.

69 Neue Freie Zeitung, 5. 5. 1994.

70 Fakten, 30/1994.

71 Neue Freie Zeitung, 18. 11. 1992.

72 Siehe dazu: Wiener Freie Zeitung, 1/1993; Der Standard, 14. 1. 1993; Volkszählung 1991. Wohnbevölkerung nach Gemeinden mit der Bevölkerungsentwicklung seit 1869 (Beiträge zur österreichischen Statistik, hrsg. vom Österreichischen Statistischen Zentralamt, 1.300/0. Heft), Wien 1992, S. 2 und 84.

73 Siehe dazu die Berichte am 11. 1. 1993 in den Zeitungen „Kurier", „Kleine Zeitung", „Täglich Alles", „Wiener Zeitung" und „Die Presse";

weiters: Kurier, 12. 1. 1993; Wiener Zeitung, 13. 1. 1993; News, 2/1993.

[74] Interview mit der katholischen italienischen Zeitschrift „Il regno", zitiert nach Salzburger Nachrichten, 26. 2. 1994.

[75] Siehe dazu: Neue Freie Zeitung, 7. 1. 1993; Die Furche, 21. 1. 1993.

[76] Oberösterreichische Nachrichten, 27. 10. 1992.

[77] News, Sonderheft 1, Dezember 1993.

[78] Ebenda.

[79] News, 16. 12. 1993.

[80] Erkenntnis des Verfassungsgerichtshofs W I-11/90-9 vom 28. 2. 1991 (Kopie im DÖW).

[81] Fürstenfelder Grenzlandecho, 9. 1. 1994.

[82] profil, 21. 8. 1995.

[83] profil, 21. 8. 1995; Standard, 17. 8. 1995.

[84] Bailer, Neugebauer, Rechtsextreme Vereine, a. a. O., S. 199.

[85] Urteil des Oberlandesgerichtes Wien vom 23. 4. 1981.

[86] Dokumentationsarchiv des österreichischen Widerstandes, Rechtsextremismus in Österreich nach 1945, Wien 1979.

[87] Bescheid der Generaldirektion für öffentliche Sicherheit im Bundeskanzleramt vom 7. 8. 1934. Allgemeines Verwaltungsarchiv, BKI 15/5, 215.766-GD2/34. Zitiert nach: Roland Schmidl, Der Deutsche Turnerbund (1919) und seine politische Relevanz in der Ersten Republik Österreich. Dissertation an der Philosophischen Fakultät der Universität Wien 1978, S. 225.

[88] Bundesturnzeitung, Folge 8/1985.

[89] profil, 9. 10. 1995.

[90] Hans Steinacher, Sieg in deutscher Nacht. Ein Buch vom Kärntner Freiheitskampf, Wien 1943, S. 6 und 317.

[91] Die Aula, Folge 1/1987. Zu den Burschenschaften siehe auch: Markus Perner, Klaus Zellhofer, Österreichische Burschenschaften als akademische Vorfeldorganisationen des Rechtsextremismus, in: Handbuch des österreichischen Rechtsextremismus, a. a. O., S. 270–277.

[92] Undatiertes Faltprospekt der Deutschen Burschenschaft in Österreich.

[93] Kurier, 20. 8. 1995.

[94] Siehe dazu: Markus Perner, Klaus Zellhofer, a. a. O., S. 270 f.

[95] Die Presse, 10. 8. 1995. Das Urteil ist im Herbst 1995 noch nicht rechtskräftig.

[96] Zur Charakterisierung der Ulrichsberggemeinschaft siehe Bailer, Neugebauer, Rechtsextreme Vereine, a. a. O., S. 266 ff.

[97] Die österreichische Nation, Heft 11/1955.

[98] TV-Sendung Politik am Freitag, 13. 2. 1981

[99] Schnittarchiv des Dokumentationsarchivs des österreichischen Widerstandes sowie Mappe „Sieg" und „Nachrichten-Austausch-Dienst".

[100] „Sieg", Nr. 11, 11. 11. 1985.

[101] In der Wiener Freien Zeitung steht – wohl irrtümlich – Helmut anstelle von Robert.

[102] „Na klar". Jugendzeitschrift für Umwelt, Mitwelt, Heimat, 31. 12. 1986.

[103] Kurier, 14. 3. 1995.

[104] Siehe dazu auch: Brigitte Bailer, Wolfgang Neugebauer, Die FPÖ: Vom Liberalismus zum Rechtsextremismus, in: Handbuch des österreichischen Rechtsextremismus, bes. S. 489– 494.

[105] Werbefolder für die Junge Freiheit Österreich.

[106] profil, 7. 8. 1995.

[107] Junge Freiheit, Ausgabe Österreich, 20. 10. 1995.

[108] Landesamt für Verfassungsschutz Berlin, Die Intellektualisierung der „Neuen Rechten". Die „Junge Freiheit", Durchblicke, 2/1994, S. 56–60.

Register

Brigitte Bailer-Galanda, geb. 1952, Sozialwissenschafterin und Historikerin, als wissenschaftliche Mitarbeiterin im Dokumentationsarchiv des österreichischen Widerstandes tätig, zahlreiche Publikationen zum Themenkreis Rechtsextremismus in Österreich, zuletzt Mitbearbeiterin und Autorin des 1994 erschienenen „Handbuchs des österreichischen Rechtsextremismus" und Mitherausgeberin des Sammelbandes „Wahrheit und ‚Auschwitzlüge'". Basierend auf diesen Arbeiten legt sie nun die grundlegende Neubearbeitung und Erweiterung ihres 1987 im Löcker-Verlag erschienenen Buches „Ein teutsches Land. Die ‚rechte' Orientierung des Jörg Haider" vor.

Weiters erschien von der Autorin im selben Verlag 1993 „Wiedergutmachung kein Thema. Österreich und die Opfer des Nationalsozialismus".